btb
Aus Freude am Lesen

btb

Buch

»Denk dran, Zorka, dein Leben gehört dir! Und niemandem sonst!«, das sind die Worte mit denen Zorkas Vater seine Tochter an ihrem elften Geburtstag verlässt.
Zorka ist tief verletzt. So wird aus dem wilden Kind eine sensible, romantische Einzelgängerin, die in einem Glashaus lebt und mit ihrer Insektensammlung besser klarkommt als mit ihren Mitmenschen. Als Zorka einen Mann kennen lernt, der genauso seltsam ist wie sie selbst, der ihr Sternenstaub schenkt, der manchmal verschwindet, der ein Geheimnis hat, verliebt sie sich das erste Mal in ihrem Leben vorbehaltlos. Sie erfährt, dass der Richard, den sie liebt, Richard Dorsey ist, ein über alle Maßen begabter berühmter Architekt, von dem es auf der ganzen Welt großartige unvollendete Gebäude gibt und der irgendwann untergetaucht ist.
Werden die beiden einsamsten Menschen der Welt zueinander finden?

Alexandria Brunkhorst

Das Schmetterlingshaus

Roman

Aus dem Amerikanischen von Susanne Van Volxem

Mit einem Anhang zum Buch und seiner Autorin

btb

Die Originalausgabe erschien 2004 bei St. Martin's Press, New York.

FSC
Mixed Sources
Product group from well-managed
forests and other controlled sources

Cert no. GFA-COC-1223
www.fsc.org
© 1996 Forest Stewardship Council

Verlagsgruppe Random House FSC-DEU-0100
Das FSC-zertifizierte Papier *Munken Print* für Taschenbücher aus dem btb Verlag liefert Arctic Paper Munkedals AB, Schweden.

1. Auflage
Deutsche Erstveröffentlichung Dezember 2005

Umschlaggestaltung: Design Team München
Umschlagfoto: buchcover.com/Balck/defd
Autorenfoto S. 267 © Evelyn Johnson
Satz: Uhl+Massopust, Aalen
Druck und Einband: Clausen & Bosse, Leck
EM · Herstellung: AW
Made in Germany
ISBN-10: 3-442-73378-2
ISBN-13: 978-3-442-73378-1

www.btb-verlag.de

FÜR BRAD

Es war Paarungszeit, und Heuschrecke wurde immer aufgedrehter. Anfangs dachte ich, ihr plötzlich verändertes Benehmen hätte mit der Zeitumstellung zu tun. Zweimal im Jahr, im Frühling und im Herbst, spielte die ganze Menagerie verrückt. Immer wieder, wenn die Sonne an ihrem tiefsten Punkt stand, krachte Schmetterling gegen die Zimmerdecke, als hätte er vergessen, dass nicht länger der Himmel über ihm war. Kaulquappe ertrank beinahe; ich musste sie erst sanft, dann mit Nachdruck auf ihr herzförmiges grünes Rettungsfloß befördern. Selbst Ameise, meine strapazierfähigste Spezies, stolperte in verzweifelter Suche nach dem Sinn des Lebens durch den Oktober. Normalerweise fand sie ihn Mitte November, pünktlich zu den Truthahnresten und zermanschten Kartoffeln, mit denen ich sie nach Thanksgiving fütterte.

Doch nun war die Stunde vor dem Fest. Es war allgemeiner Konsens, dass das Beleuchtungskomitee – Kolibri, Spottdrossel, Fledermaus und Eule – sich dieses Jahr selbst übertroffen hatte. Das Licht kam aus einigen wenigen Kandelabern und unzähligen weißen Tropfenformbirnen, Seegraskerzen trieben im Salzwasserweiher umher, und meine Sterne hatten sich bescheiden unter die gläserne Decke verzogen. Keine Frage: Der Vorsitzende des Festausschusses, Glühwürmchen, das sich bisher nie mit besonderen Managerqualitäten hervorgetan hatte, war in diesem Jahr zu Hochform aufgelaufen, mit dem Ergebnis, dass das ganze Haus dank seines Engagements nur so funkelte.

Noch prächtiger als die Ausstattung waren freilich meine geliebten Kreaturen selbst anzusehen. Hoch konzentriert und tief in ihre Vorbereitungen versunken, standen sie vor ihren Frisiertischen und legten ein letztes Mal Hand an, bevor sie sich in die dunkle Nacht zu den Lophelia-Wiesen stürzen würden. Hase und Wels stritten sich um den blauen Eyeliner, Mücke übte schon mal den großen Auftritt, Weberknecht half Vogelspinne, ihren glänzenden schwarzen Pelz zu kämmen. Marienkäfer, normalerweise eine meiner schüchternsten Kreaturen, hatte sich für ein bodenlanges pinkfarbenes Abendkleid entschieden, das seinen einzigen schwarzen Punkt besonders gut zur Geltung brachte. Hummel – Marienkäfers beste Freundin und sehr auf modische Kleidung bedacht – hatte ihm von seiner Wahl abgeraten, mit dem Argument, Pink passe nicht zu seinem dunklen Rot; doch Marienkäfer hatte sich nicht beirren lassen, und nun war Hummel von leichtem Neid erfüllt, als sie ihm beim Ankleiden vor dem dreiteiligen Spiegel zuschaute. Taube bat Nachtfalter, ihr beim Anlegen der Doppelfaltschließe behilflich zu sein; Qualle memorierte ihre Begrüßungsworte (von ihrer Begleitung wusste man nur, dass sie maritimer Herkunft sein würde); Pfau hielt einen kleinen Strauß purpurner Margeriten in der Kralle, die er später seiner Auserwählten überreichen wollte. Es wurde gezankt, geschimpft und viel geneckt und gefoppt, aber solche Mätzchen waren nicht ungewöhnlich bei einer 310-köpfigen Familie.

Auch Musik war bereits zu hören: eine Art Vorspiel zur Darbietung des Zwölfmannorchesters, das sie auf den Lophelia-Wiesen erwartete. Manch eine Melodie kam von meinen Kreaturen selbst: das aggressive Zirpen von Grille, das Hämmern von Specht, das behäbige Tschilpen von Wilsondrossel. Wieder andere Harmonien wurden von meinen Sternen erzeugt, ein kollektives Lichterfunkeln und leises Gemurmel.

Flügel schlugen, Fühler zuckten, Glupschaugen wechselten Blicke mit anderen Glupschaugen. Schließlich stellten meine

Kreaturen sich in einer langen Reihe auf; sie schubsten und drängelten einander, weil jeder als erster auf den Wiesen sein wollte. Die weichen Klänge des Cellos, die näselnde Oboe, die kapriziöse Flöte – über Kilometer hinweg konnte ich den Auftakt zu den Festlichkeiten hören. Meine Kreaturen hörten es auch. Ihr aufgeregtes Lachen brachte die Luft zum Vibrieren. Das Musikkomitee in vorderster Front der Warteschlange wiegte sich zufrieden bei den ersten Takten von Chopins FANTASIE IN A-DUR. *Das Beleuchtungskomitee, noch immer eifrig um die Erfüllung seiner Pflichten bemüht, löschte die Kerzen und die weißen Lichter.*

Es dauerte keine drei Minuten, bis es im Gewächshaus vollkommen dunkel war, und weitere sechs, bis meine Kreaturen in Reih und Glied standen. Ich schaute zu Tausendfüßler, der ersten Kreatur in der Warteschlange, und öffnete die Tür.

PROLOG

Obwohl es in Zeitschriften und Klatschgeschichten immer heißt, Väter würden ihre Familien mit einem großen Knall verlassen, trifft das in den meisten Fällen nicht zu.

Mein elfter Geburtstag fing wunderbar an, eine intime kleine Runde aus ein paar Nachbarskindern, bei Wurstbroten und Partytröten. Mama hatte alle nötigen Vorbereitungen getroffen: verschiedenfarbiges Konfetti, Wundertüten und ein auseinanderfaltbares »Happy Birthday«-Schild, das unser schäbiges Esszimmer aussehen ließ, als müsste gleich noch etwas ganz Großartiges passieren. Mama war extra den weiten Weg bis nach Ix gefahren, um eine Piñata zu kaufen. Den ganzen Vormittag über zog sie ihre Schürze an und aus. Auch meine Nerven waren angespannt. Ich konnte kaum still sitzen.

Matty Munchau, ein ziemlich langweiliger Junge mit einer verfrühten Glatze am Hinterkopf, kam ein paar Minuten eher als die anderen. Ich war froh, dass er der Erste war; wir waren bisher immer schnell ins Gespräch gekommen. Wir diskutierten gerade über ionische Strukturen, als Lenny Lopate und Carrie Anselment eintrafen. Ihre Mütter hatten sich anlässlich des Ereignisses zu einer Fahrgemeinschaft zusammengeschlossen, und ich war schon drauf und dran, meine Einladung zu bereuen, als ich das kichernde Pärchen den betonierten Bürgersteig entlangkommen sah. Die Röte stieg mir ins Gesicht, als ich den beiden die Tür öffnete und demütig ihre Geschenke entgegennahm, die in braunes Packpapier gewickelt waren.

Nikki Busby war die Nächste, dann Joe Magnus. Mama beugte sich herunter, um Daddy einen Kuss auf den Kopf zu geben. »Unser kleines Mädchen gibt eine Geburtstagsparty«, sagte sie laut, als wäre Daddy entweder weit weg oder plötzlich taub geworden. Sein Gehör funktionierte jedoch ausgezeichnet, außerdem saß er direkt neben ihr in seinem Sessel. Seine ganze Aufmerksamkeit galt einem Baseballspiel im Fernsehen.

Mittagessen. Fangen im Hof. Blindekuh. Wundertüten. Dann die Piñata. Mama klatschte in die Hände, wie um dem Ereignis eine dramatische Note zu verleihen, und wir verbanden Lenny mit einem von Daddys alten schwarzen Socken die Augen und drehten ihn dreimal um sich selbst.

»Mir ist schwindelig«, sagte Lenny, als er gegen den Schwarzweißfernseher stolperte und ihn beinah umriss. Daddys Augen nahmen einen bekümmerten Ausdruck an, als würde das Baseballspiel wegen Regen erst später beginnen.

»He, he, Vorsicht!«, sagte Daddy zu mir, zu Mama und zu Lenny. Ich schenkte ihm ein zähnebleckendes Lächeln und zog Lenny rasch zurück in die Mitte des Wohnzimmers.

»War das Ball oder Strike?«, murmelte Daddy, während er den Fernseher lauter drehte.

Mama kicherte und verknotete die Bänder ihrer Küchenschürze zu einer großen Schleife im Rücken.

»Wo ist Joe?«, fragte sie. Suchend blickten wir uns um (bis auf Lenny natürlich). Joe Magnus war ein echter Einzelgänger, jemand, der während der großen Pause allein auf der Elfmeterlinie vom benachbarten Fußballplatz Karten spielt.

»Ich gehe ihn suchen«, sagte ich.

Joe war mühelos aufzuspüren. Er war in der Küche, wo er auf dem schwarz-weiß gekachelten Fußboden Fisch-Quartett gegen sich selbst spielte.

»Joe«, sagte ich zaghaft, denn ich war niemand, der schnell die richtigen Worte fand. »Wir spielen Piñata. Lenny ist …« Ich hielt inne. Was war Lenny genau? »Lenny hat die Augen verbunden. Ich meine, er probiert es als Erster.«

Joe Magnus schaute von seinen Fischkarten hoch – Thunfisch, um genau zu sein – und erwiderte: »Heb ein paar Bonbons für mich auf, okay?«

Ich nickte und ließ ihn allein. Ich verhielt mich manchmal ähnlich wie dieser Junge, aber nicht jetzt. Schließlich war das meine Party.

Wir wechselten uns bei der Piñata so lange ab, bis Carrie sie schließlich zerschlug. Der Bonbonregen ergoss sich mitten in unsere vom ständigen Drehen leicht benommenen, lachenden Gesichter. Ich hatte noch immer Angst, etwas Falsches zu sagen, wie es mir anscheinend öfters passierte, doch als wir unsere Karamellbonbons, Toffees und Kaugummikugeln in die Luft warfen, war ich fast gar nicht mehr nervös.

Als ich mit einer Hand voll Bonbons in die Küche zurückkam, schlug Joes rechte Hand unter lautem Siegergebrüll gerade in seine linke (Flunder hatte die Sache für sich entschieden). Ich pustete in die Luft; sie fühlte sich irgendwie festlich an, und kurz überlegte ich, ob die Dichte der Luft je nach Anlass vielleicht wechselte. Geburtstagsluft schien sich von normaler Luft zu unterscheiden: ein bisschen mehr $O_{2,}$ eine Prise mehr $CO_{2,}$ vielleicht sogar mehr Helium (He) wegen all der Luftballons.

Ich war allergisch auf Kokosnuss, aber es war Daddys Lieblingskuchen und daher bei all unseren Geburtstagsfeiern der Höhepunkt. Mama war jedes Mal sehr stolz auf ihr Werk; vorsichtig setzte sie die Kerzen auf die Kokosnusstorte, auch wenn gar kein Grund für diese Sorgfalt bestand, und immer bekam Daddy das erste Stück. »Das ist, weil ich dich so sehr liebe«, sagte Mama dann zu Daddy und hielt die Torte mit den brennenden Kerzen hoch. Für Mama war das Leben mit Daddy Anlass genug, jeden Tag in der Woche bei flackerndem Kerzenschein feierlich zu begehen.

Doch Mama hatte vergessen, Kerzen zu kaufen. Sie schob

alle Schuld auf Todd Sunday – einen von den Supermarktangestellten, der den Kunden beim Einpacken half –, doch Todd war eigentlich bekannt dafür, seinen Job sehr gewissenhaft zu machen; jedenfalls konnte ich mir kaum vorstellen, dass ihm ein solcher Fehler unterlaufen war. Der Supermarkt war nur ein paar Minuten von uns entfernt, und Mama versprach, sofort wieder zurück zu sein.

Eine Minute, vier Minuten, zehn Minuten vergingen. Die Kinder – meine neuen Freunde! – wurden allmählich unruhig, und meine Nervosität kehrte zurück. Die Piñata war schon lange keine Attraktion mehr; Julie hatte die von Mama selbst gebackenen Brownies aus ihrer Wundertüte alle aufgegessen; Lenny nannte Matty einen Volltrottel, und der fing prompt an zu heulen. Die Kerzen kamen mir plötzlich vollkommen übertrieben und überflüssig vor. Ich wollte nur, dass Mama endlich wieder nach Hause zurückkehrte.

Dass Daddy mir keine große Hilfe sein würde, war klar, dennoch trieb mich die Verzweiflung zu ihm. Obwohl Mama davon nichts wissen wollte, hatte Daddy sich in den letzten Jahren verändert. Er interessierte sich viel mehr für Baseball als früher; ja, er ging sogar so weit, Mamas berühmten Hackbraten vor dem Fernseher zu essen und zu meckern, wenn sie ihm zu viele Fragen stellte (vor allem während der extra Innings). Obwohl Haushaltspflichten sogar mal eine Art Hobby von ihm gewesen waren, vernachlässigte Daddy sie seit einiger Zeit sträflich. Er gratulierte mir auch nicht mehr zu meinen Zeugnissen und kam nicht mehr mit zu Schulveranstaltungen. Wenn Mama ihm deswegen Vorhaltungen machte, klang das freilich noch immer nach Lobgesang, doch es hatte ihn dazu getrieben, seine Freizeit zunehmend im *Zapfhahn* zu verbringen, seiner Lieblingskneipe in unserem Ort.

Während die anderen Kinder im Vorgarten spielten, ging ich auf die Suche nach ihm ins Wohnzimmer. Daddy interessierte sich für Sport – vielleicht konnte er ja ein spontanes Baseballmatch im Hinterhof organisieren oder vielleicht sogar ein Footballspiel. Vielleicht konnte er ja Batting-Statistiken mit den Jungs erörtern oder eine kleine Vorlesung über die Gefahren bei der Elchjagd halten. Der Sessel zeigte noch die Ausbeulung von Daddys Jeans. Auf dem Couchtisch standen ein paar leere Bierdosen, und daneben lag LOCK- UND SEEVÖGEL, Daddys Jagdbuch, aufgeschlagen auf der Seite über nordamerikanische Wildenten. »Drei zu null«, dröhnte es aus dem Fernseher. Doch es gab kein Publikum mehr.

Ich fand Daddy schließlich auf der mittleren Schaukel meines Klettergerüsts sitzen. Er hatte es mir zu meinem vierten Geburtstag geschenkt. Mama hatte mir oft genug erzählt, wie er es mit seinen eigenen Händen gebaut hätte – nicht wie Jeannie Dunns Daddy, der jemanden aus *Harrys Metallwarenhandlung* engagiert hätte, und nicht wie Clarence Michaels Daddy, der in *Carolines Spielwarenparadies* ein Fertigmodell bestellt hätte. »Nein«, pflegte Mama zu sagen, »Daddy hat jede einzelne Schraube und jeden Nagel geküsst, bevor er sie montiert hat.«

»Daddy?« Ich stolperte in den Garten. »Kannst du mir bitte helfen? Mama ist zum Supermarkt gefahren, weil sie die Kerzen vergessen hat – sie hat gemeint, Todd Sunday wäre an allem schuld, aber er vergisst ja nie was beim Einpacken – und jetzt ...« Ich schnappte nach Luft. »Also, ich dachte, vielleicht kannst du mir helfen, indem du zum Beispiel was über Elchjagd erzählst ...«

Daddy blickte mich an. Sein Mund sah aus wie ein umgedrehtes *U*, seine Augenbrauen wie richtig herum stehende *V*s. Er hatte einen Plüschalligator in der Hand.

»Das ist für dich!«, sagte Daddy. Er reichte mir das Tier. Irgendwie wirkte er verlegen, was in einem seltsamen Kontrast zu seinem schroffen Ton und seinem massigen Körper stand. »Aber ... als ich dann deine Freunde gesehen habe, dachte ich, du wärst vielleicht doch schon zu alt für Stofftiere. Ich habe es in einem Laden in der Stadt gekauft, also wenn du willst ...«

Ich legte die Arme um den Plüschalligator. Er hatte grünes Fell und nach unten spitz zulaufende Zähne, die dicht gedrängt in zwei langen Reihen standen. Die meisten Kinder aus meiner Klasse hatten tatsächlich keine Stofftiere mehr, aber das war schon okay so. Ich hatte nur wenige Freunde.

Daddy nickte. Mit dem Finger zeichnete er die Karos auf seinem Hemd nach. »Du erinnerst mich an deine Großmutter. Du hast sie nicht mehr erlebt …«

Ich schüttelte den Kopf.

»Sie war wirklich hübsch – und sehr klug. Sie hätte sogar aufs College gehen können, wenn sie Pa nicht getroffen hätte.«

»Du hättest auch aufs College gehen können, Daddy«, sagte ich. Der Alligator sah mich mit großen Augen an.

»Das Einzige, mit dem ich mich wirklich auskenne, sind Baseballstatistiken.« Er gluckste. Mama hätte bei der Bemerkung sicher laut gekichert, um ihm das Gefühl zu geben, den besten Witz aller Zeiten gemacht zu haben. Ich nickte nur.

»Ich muss gehen. Bevor Mom mit den Kerzen zurückkommt.«

»Wohin gehst du? Bleibst du nicht bis zum Ende der Party?«, frage ich. Ich war noch nie allein zu Hause gewesen. Höchstens ein paar Mal mit einem Babysitter, aber das war kein richtiges Alleinsein.

»Mom wird in ein paar Minuten wieder da sein.« Daddy hielt inne, als müsste er kurz über das Wort *Minuten* nachdenken. »Denk dran, Zorka, dein Leben gehört dir! Und niemandem sonst!«

»Ich verstehe nicht, was …«, fing ich an, doch Daddy hörte mir nicht zu. Er hatte nicht mich gemeint, er hatte über sich selbst gesprochen.

Er ging zur anderen Hofseite, dorthin, wo das Plantschbecken stand und die Reifen von Mamas altem Chevy. Ich konnte hören, wie der Pick-up stotternd zum Leben erwachte

– das Triebwerk ist kaputt, pflegte Daddy zu sagen –, dann wie der Rückwärtsgang eingelegt wurde. Das AM-Radio wurde immer leiser, während der Pick-up aus der Einfahrt bog.

Als Mama nach Hause kam, war der Pick-up noch immer verschwunden. Sie dachte sich nichts weiter dabei, sondern wähnte Daddy im *Zapfhahn* und wartete geduldig auf seine Heimkehr. »Können wir die Geburtstagstorte essen?«, fragten meine neuen Freunde wieder und wieder. »Wenn Mr. Carpenter zurück ist. Wenn Mr. Carpenter zurück ist«, gab sie jedes Mal zur Antwort. Selbst nachdem die ersten Eltern gekommen waren und ich schließlich höflich um Erlaubnis gebeten hatte, mich auf mein Zimmer zurückziehen zu dürfen, saß sie noch genauso allein in ihrer Küche neben der Kokosnusstorte mit den elf jungfräulichen Kerzen.

Am nächsten Morgen saß sie noch immer da und wartete. Ihre Augen waren schwer von Müdigkeit und Sorge. Die Torte mit den elf Kerzen leistete ihr Gesellschaft. Die Kokosflocken fingen an, ihre Form zu verlieren, und auf dem Zuckerguss hatten sich kleine Kristalle gebildet. Mama bot mir auch jetzt kein Stück an, und als ich nach der Schule nach Hause kam, fand ich sie im Dunkeln wieder neben der Kokosnusstorte sitzen. Sie hatte kaum mehr Ähnlichkeit mit einer Torte, doch die Kerzen steckten noch immer darin und warteten darauf, angezündet zu werden.

»Wie war's in der Schule, mein Schatz?«, fragte Mama, als handelte es sich um einen ganz gewöhnlichen Tag und ihr seltsames Benehmen wäre völlig normal.

»Schön. Ich habe drei Sternchen für mein Bio-Referat über Farnkraut als Nutzpflanze bekommen.« Ich presste den Alligator an meine Brust.

»Sehr gut«, erwiderte sie und nestelte an einem der Kerzendochte herum. »Ich hoffe, Daddy kommt bald nach Hause. Die Torte wird sonst schlecht.«

Ich nickte verständnisvoll und bat, in mein Zimmer gehen zu

dürfen. Der Alligator und ich wechselten einen Blick. Daddy würde nicht mehr nach Hause kommen.

In meinem Zimmer schloss ich die knarrende Tür hinter mir und zog meine Schuluniform aus. Vorsichtig öffnete ich meinen Tornister, als enthielte er einen geheimen Schatz oder verbotene Dinge.

DAS LEXIKON DER TIERE hatte selbst für mich etwas Erschreckendes. Alles an diesem dicken blauen Wälzer war irgendwie einschüchternd: die altmodische Typografie, in der der Titel gesetzt war, der rote runde Aufkleber mit der Aufschrift »Für Fortgeschrittene und Profis«, das matte Papier, die bewusst einfach gehaltenen Illustrationen (offenbar brauchten oder mochten fortgeschrittene Leser keine farbigen Abbildungen). Trotz all dieser abschreckenden Eigenschaften – oder vielleicht gerade deswegen – hatte ich mir das Buch am Morgen aus der Schulbücherei geliehen.

Lauter Eselsohren führten zu Giraffen, Tigern, Tagesgeckos, Erdferkeln, Streifenhörnchen, siamesischen Kampffischen, Blaukehlhüttensängern, Ameisen. Zu ganz kleinen und den allergrößten Spezies. Den gemeinsten, launenhaftesten oder gelehrigsten. Zu Tieren, denen ich nur ungern allein im Dunkeln begegnet wäre, und zu anderen, denen ich bereits begegnet war. Ich hatte plötzlich das Gefühl, mich tief in einem afrikanischen Dschungel zu befinden, mitten in einem Mückenschwarm am Ufer des Nils. Ich drehte den Alligator ein wenig zur Seite, damit er besser sehen konnte, und zeigte auf das Bild eines seiner Verwandten, eines wahrlich Furcht erregenden Krokodils.

Die Augen meines Alligators weiteten sich.

Seine Reaktion genau beobachtend, zitierte ich: »Das Krokodil gehört zur Familie des Alligators. Einige besonders gefährliche Arten sind bekannt dafür, dass sie auch Menschen angreifen …«

Eine neue Welt eröffnete sich mir.

1. KAPITEL

Ich heiße Zorka. Ich habe diesen Namen von meiner Familie geerbt – genauer gesagt: von meiner Großmutter väterlicherseits –, und viele Jahre war er das, was ich am meisten an mir mochte. Während meine Großmutter sich für ihren Namen schämte und sich stattdessen Mary nannte, hatte ich immer das Gefühl, dass Zorka ein Name war, der gedruckt gehörte: »In einem beeindruckenden Eine-Frau-Coup gelang es Zarin Zorka, die unterdrückte Landbevölkerung von der Knechtschaft zu befreien.« – »Multimillionär und Öl-Tykoon Roswin Blackwell verstorben: Erbin Zorka untröstlich.« – »Zeus vermählte sich mit Göttin Zorka auf dem Standesamt.«

Die Kunst des Retuschierens wurde zwar erst lange nach meiner Großmutter erfunden, trotzdem sieht sie auf Fotos wunderschön aus. Ich hätte gerne mehr Ähnlichkeit mit ihr gehabt, etwa ihr lockiges helles Haar geerbt oder ihre lachsfarbenen Lippen, doch leider sehe ich ganz anders aus. Wegen meines edlen Stammbaums (Mama war Schönheitskönigin in unserer Stadt, Daddy ein Typ wie Robert Redford) bekam ich immerhin die richtigen Ingredienzien mit auf den Weg – blonde Haare, blaue Augen, lange Gliedmaßen –, doch irgendetwas musste während des Entstehungsprozesses fehlgelaufen sein, jedenfalls war das Ergebnis alles andere als spektakulär. Ich hatte mich mit dieser Tatsache abgefunden. Mir war einfach die Zeit zu schade, mich wegen etwas so Unwesentlichem wie Schönheit emotional zu verausgaben.

Jede einzelne Stunde meines Tages war meinen Tieren gewidmet. Während meine Klassenkameraden tanzen gingen, Rock'n' Roll hörten, ihre ersten Küsse austauschten, sog ich wie ein Schwamm die entsprechenden Fachausdrücke auf und verleibte mir Diagramme und Schaubilder ein. Wenn ich allein auf dem Schulhof stand, wiederholte ich in Gedanken ganze Passagen aus dem Veterinärhandbuch, wie: *Die DNA-Struktur des Hundes unterscheidet sich von der des Grauwolfs um 0,2 Prozent. Bei Zufütterung mit Mysis-Garnelen steigen die Chancen einer erfolgreichen Seepferdchenzucht. Die Paarung von Pfauen findet während der Regenzeit statt. Der Madagaskargecko hält sich vorzugsweise unter der Zimmerdecke auf.*

Weil ich zwei Klassen übersprungen hatte, war ich die Jüngste in meiner Klasse am Gymnasium von Ix. Folglich war ich auch die Kleinste, und oft kriegte ich die Zähne nicht auseinander, wenn die Gespräche sich um irgendwelche Banalitäten statt um wissenschaftliche Themen drehten. Hin und wieder fand sich ein Kind – zufällig eins von der Sorte, die am Wochenende mit Bunsenbrennern spielen oder die Molekularstruktur von obskuren Elementen wie Praseodymium auswendig lernen –, das mit mir redete oder einen Arbeitskreis mit mir als Sprecherin aufstellen wollte. Doch im Allgemeinen war ich eine absolute Außenseiterin. Bei Ballspielen war ich immer die Letzte, die ins Team gerufen wurde. Der Sportlehrer und nicht irgendein Klassenkamerad hielt meine Beine, wenn ich Klappmesser machen sollte. Auch das Mittagessen brachte nur Einsamkeit mit sich: Ich saß allein mit meinem Alligator am Ende des Tisches und aß ein Erdnussbutter- und ein Marmeladenbrot, während ich mich in die Lektüre von wissenschaftlichen Texten vertiefte.

Das Gymnasium von Ix war zwar eine öffentliche Schule, aber dennoch sehr beliebt bei den privilegierten, reichen Familien aus der nahe gelegenen Großstadt, die dort in schicken Wolkenkratzern lebten und ihre Kinder von fremden Leuten in Autos mit chromblitzenden Karosserien zum Unterricht chauffieren ließen. Außerdem gab es an der *Ix Public* noch ein paar andere Fälle wie mich – Kinder, die in Unity aufwuchsen und noch nie in ihrem Leben in der Stadt gewesen waren, geschweige denn auf einer Dachterrasse gespielt oder in teuren Restaurants gegessen hatten. Manchmal beschlich mich der Verdacht, meine Schule würde ein gigantisches soziales Experiment darstellen.

Obwohl die anderen Kinder alle älter waren als ich, konnte keines von ihnen es mit meinen schulischen Leistungen aufnehmen. Weil ich so schüchtern war, meldete ich mich kaum im Unterricht, trotzdem galt ich schnell als »unsere Klassenbeste«. Die Lehrer ignorierten meine Mitschüler, die sich eifrig meldeten, um ihre Fragen zu beantworten, und blickten aufmunternd zu mir, die ich die Hand am Pult kleben hatte, weil sie wussten, dass ich auf jeden Fall die richtige Antwort kannte. Oft war ich versucht, absichtlich etwas Falsches zu sagen, um mich in die Reihe meiner potenziellen Freunde eingliedern zu können. »Zorka, was ist H_2O?« – »Natriumnitrat«, antwortete ich dann in meinen Tagträumen. Doch letztlich wäre das so ähnlich gewesen, wie wenn ich mich mit dem Auto von der Brücke hätte stürzen wollen: Solange die Bremsen funktionieren und der Fuß nicht ans Gaspedal gefesselt ist, schafft niemand einen solchen Absturz.

Als der Schulbus quietschend zum Stehen kam, hatte ich mich gerade ins LEXIKON DER TIERE vertieft. Wir waren so sehr an den Anblick des Schildes »Verkauf provisionsfrei durch Eigentümer« auf dem umzäunten Villengelände gewöhnt, dass uns sein Fehlen bisher gar nicht aufgefallen war. Das Anwesen schien in den fünfziger Jahren errichtet und mit seinen steinernen Löwen und verzierten Torbögen direkt von Las Vegas nach Ix transportiert worden zu sein. Es hatte jahrelang leer gestanden, und unter uns Kindern kursierten jede Menge Geschichten von Geistern, von seiner düsteren Vergangenheit und nebulösen Zukunft (den unheilschwangeren Ausdruck »Funktionsumbau für Kinderheim« hatte fast jeder von uns schon mal gehört).

Nun stand plötzlich ein winziges Mädchen mit Seitenscheitel, Brillengläsern so dick wie Glasbausteine und einem riesigen Buch unter dem Arm an einer nagelneuen Bushaltestelle direkt vor der Villa. Sie schien nordostasiatischer Herkunft zu sein und war von Kopf bis Fuß in Khaki gekleidet. Ihre Eltern standen hinter ihr. Bei ihrem Anblick musste ich an die Heidenfiguren aus meiner Kinderbibel denken, die in die Anbetung ihrer goldenen Götzen versenkt waren.

Mutter und Vater verneigten sich in einer tiefen Verbeugung vor ihrer Tochter, die die traditionelle Geste zum Anlass nahm, die Stufen zur Bustür hinaufzusteigen. Das leuchtend rote Blinken der Stop-Anzeige ließ den gar nicht eingeschüchtert wirkenden Teenager wie im Rampenlicht erstrahlen. Vollkommen unbekümmert, dem Meer der sie erstaunt anstarrenden Gesichter zum Trotz, ließ sie sich auf den freien Sitz neben mir fallen.

Ein Lineal lugte hinter dem Ohr des Mädchens hervor. Es zeigte Zentimeter an – keine Inches.

»Pardon?« Sie spuckte das Wort aus, als befänden wir uns auf einer Dinnerparty der Hautevolee.

»Pardon«, murmelte ich als Antwort, indem ich ihre Frage einfach wieder aufgriff.

Doch meine Reaktion war ohnehin unerheblich – das Mädchen saß bereits. »Ich …« – sie hielt kurz inne – »… heiße Kris Tina Woo.« Kris Tina Woo reichte mir nicht etwa die Hand, nein, sie nickte lediglich, wohl die Kurzform einer Verbeugung.

»Hallo, Christina«, gab ich zurück. Es war das erste Mal, das jemand im Schulbus auf mich zugekommen war, und ich fremdelte ein wenig vor diesem – nun ja – befremdlichen Wesen.

»Nein!« Sie schüttelte so heftig den Kopf, dass beinah das

Lineal aus seinem Nest zwischen ihrem zierlichen Ohr und dem schwarz glänzenden Haar gerutscht wäre. »Das war falsch. Sprich es mir nach: Kris Tina Woo.«

»Christina Woo«, war meine verblüffte Reaktion.

»Nein! Erster Vorname: Kris. Zweiter Vorname: Tina. Nachname: Woo.«

»Oh«, sagte ich.

»Ich komme aus Seoul, Korea, und werde auf die Ix Public gehen.« Kris Tina unterbrach sich, um ein Buch mit merkwürdigen Symbolen auf dem Rücken aus ihrer Tasche zu holen. Vorne auf dem Cover war ein Haus ganz aus Glas abgebildet.

Mein Blick wurde von einem Weberknecht abgelenkt, der mit meiner neuen Nachbarin in den Bus gekommen war. Er schien die Fahrt richtig zu genießen. Ich nahm ihn auf und strich ihm über den winzigen Bauch. Der Weberknecht gluckste vor Freude, doch Kris Tina hörte nichts; er strampelte mit den Beinen in der Luft, doch niemand sah es.

»Hast du auch einen Namen?«, fragte Kris Tina mit unverhohlenem Neunte-Klasse-Sarkasmus.

»Zorka«, gab ich errötend zurück.

»Das ist aber ein komischer Name! Bist du Amerikanerin?«

Das war eine Frage, mit der ich bisher noch nie in Berührung gekommen war. »Ja«, antwortete ich, »ich glaube, schon.«

»Verstehe. Mutter, Vater und ich haben gemerkt, wie ihr uns angestarrt habt.« Sie meinte das Kollektiv, nicht nur mich. »Habt ihr euch die Woo-Villa angesehen?«

»Ich glaube, wir haben…« Ich stockte, weil ich nicht wusste, was ich sagen sollte. »Na ja, ich glaube, wir haben auf das Haus mit den steinernen Löwen geschaut. Es hat die ganze Zeit zum Verkauf gestanden.«

»Das *ist* die Woo-Villa! Alle modernistischen Häuser haben Namen.«

»Modernistisch?«

Kris Tina Woo aus der Woo-Villa nickte. Es war ein herablassendes, fast schon nachsichtiges Nicken, das die Offensichtlichkeit der Dinge unterstreichen sollte.

»Ja, die Woo-Villa ist ein modernistisches Haus. Sie hat sogar ein Flachdach.«

Kris Tina musste bemerkt haben, dass ich zwar keine Ahnung, aber dennoch großes Interesse an ihrem sichtlich viel genutzten Buch hatte. Seite 176 zeigte einen Wolkenkratzer, der in der Mitte durchgeschnitten war – ungefähr auf Höhe des 21. Stocks. Kris Tina nahm ihr Lineal zur Hilfe und begann, die Maße zu notieren.

Sie schaute nicht auf, als sie mit ihren Erläuterungen fortfuhr: »Ich nehme an, du hast keine Ahnung, was die Moderne ist.«

Ich zuckte mit den Schultern.

»Also, die Moderne ist eine architektonische Bewegung.« Sie dehnte das Wort. »Sie geht von der Vereinigung von Natur und den Stätten des menschlichen Lebens und Arbeitens aus.«

Ich muss wohl noch immer verwirrt ausgesehen haben – und war es auch –, denn Kris Tina erklärte: »Modernistische Architekten setzen diese Idee um, indem sie große Fenster entwerfen, um den Kontrast zwischen Außen- und Innenlicht abzuschwächen. Außerdem haben die Fenster keine richtigen Rahmen, damit sie sich so wenig wie möglich von der Außenwand abheben. Und die von ihnen verwendeten Materialien« – hier musterte sie mich leicht angeekelt – »sind besonders preisgünstig, damit sich selbst sozial schwächer Gestellte ihre Häuser leisten können.«

Ich hatte nicht die geringste Vorstellung, wovon hier die Rede war, daher reckte ich meinen Hals, um einen besseren Blick auf das Bild in ihrem Buch zu erhaschen.

»Das ist in Peking, ein Ort, an dem du mit Sicherheit noch nie gewesen bist.« Kris Tina schaute nicht von der Zeichnung auf, sondern deutete mit einer Lupe, die sie aus ihrem Rucksack geholt hatte, auf die Millimeterlinie ihres Lineals. »Peking ist in China, und das ist das berühmteste Gebäude der Stadt.«

»Ist da nicht diese große Mauer?«, fragte ich. Kris Tina gewährte mir einen besseren Einblick in ihr Buch. Der Wolkenkratzer war ganz aus Glas und wirkte seltsam unfertig.

Mit demselben Ausdruck ergebener Bewunderung, den ihre Eltern vorhin an der Bushaltestelle ihr selbst gegenüber gezeigt hatten, starrte Kris Tina nun auf den Wolkenkratzer. »Eines Tages möchte ich auch mal einer sein.«

Ich versuchte, Kris Tinas hingekritzelte Randbemerkungen auf der Seite zu entziffern, die sie mit kleinen Ausrufezeichen für sich selbst versehen hatte: »Denk dran: Lupe *nicht* vergessen!«.

»Du willst ein Wolkenkratzer sein?«, fragte ich naiv.

Der Weberknecht wurde allmählich nervös und drohte, aus dem Busfenster zu entfliehen. Ich barg ihn in meiner gewölbten Hand.

»Nein, du Dummkopf!« Kris Tina musterte mich abfällig. Dann lächelte sie wie ein Mädchen, dessen Ego stärker ist als alle Benimmregeln dieser Welt. »Architektin möchte ich sein.«

2. KAPITEL

Die Zukunft sollte anders werden als alles Bisherige.

Kurz nachdem Daddy uns verlasen hatte, war Mama dazu übergegangen, regelmäßig die 7-Uhr-45-Messe von St. Bernhard zu besuchen. Zuerst war ich froh über diesen vermeintlichen Fortschritt, dachte ich doch, dass Mama in der Kirche sicher mehr mit sich anzufangen wüsste als zu Hause am Küchentisch. Vielleicht würde sie dort ein paar andere Frauen treffen, die ebenfalls neben vergammelten Kokosnusstorten saßen und auf die Rückkehr ihrer Ehemänner warteten.

Doch im Lauf der Monate wurde mir klar, dass die Kirche nicht der geeignete Ort war, den man aufsuchte, um wieder normal zu werden. So wie Mamas Herz schien auch ihr Verstand gebrochen zu sein. Einen Rosenkranz in der Hand, betete sie ständig zu irgendwelchen obskuren Heiligen (der heiligen Helena zum Beispiel). Fälschlicherweise ging sie davon aus, dass weniger bekannte Heilige weniger Anfragen als der Allmächtige persönlich bekämen und daher mehr Zeit für ihre Schützlinge hätten. Statt abends ins Bett zu gehen, lief sie stundenlang in unserem völlig verwilderten Rosengarten auf und ab; statt wie üblich mit fliederfarbenem Lidschatten geschminkt, waren ihre Augen jetzt ganz rot vom vielen Weinen. Weil der Supermarkt sie völlig überforderte, brachte Todd Sunday – ebenfalls Pfarrmitglied von St. Bernhard – die Lebensmittel direkt zu uns nach Hause. Oft sprach Mama mit ihm über Daddy und erzählte ihm immer wieder die Geschichte von ihrer ersten Begegnung. Manchmal zog sie sogar das hellblaue Kleid an, das sie an jenem Tag getragen hatte, um ihrem Bericht mehr Realitätsnähe zu verleihen.

Mama war der Ansicht, es wäre von höchster Bedeutung, Jesus wissen zu lassen, dass auch ich Daddy unbedingt wieder zu Hause haben wollte; sie war überzeugt davon, die Gebete von zwei Menschen würden mehr bewirken als die von einem alleine. Folglich musste ich jeden Tag die erste Unterrichtsstunde schwänzen und meinen Sonntagsstaat anlegen, um gemeinsam mit ihr in die spärlich besuchte Morgenandacht zu gehen. Dort murmelte sie dann irgendetwas Unverständliches über Daddy und Jesus und das Beten als solches, senkte den Kopf in tiefer Andacht und hob beim Hinknien leicht den Rock, um das harte geheiligte Holz der Kirchenbank direkt auf der Haut zu spüren. Wenn sie meine zwiespältigen Empfindungen angesichts dieses Rituals bemerkte, warf sie mir einen Blick zu, der mich jedes Mal wieder an die Augenlöcher von Halloween-Kürbissen denken ließ.

Es war ein stürmischer Tag. Überrascht von dem leisen, aber hartnäckigen Klopfen an unserer Haustür, rief ich zaghaft: »Wer ist da?« Die Antwort – »Gottes Gesandte!« – berührte mich einerseits seltsam, andererseits fühlte ich mich gestört. Ich hatte jetzt keine Zeit für Gottes Gesandte, ich befand mich mitten in einer Analyse der typischen Merkmale von Essigfliegen. Ich hatte acht Vertreter dieser Spezies aus dem Wald hinter unserem Haus mitgebracht, welche es sich auf unserem Wohnzimmerboden bequem gemacht hatten und am Teppich herumnagten. Ich warf einen Blick durch den Spion. Ein riesiges silbernes Kreuz mit einem sehr lebendig wirkenden Jesus starrte mich an.

»Mama ist nicht da!«, rief ich Schwester Jean und Pfarrer Bob durch die morsche Tür hindurch zu. Mama hatte schon lange aufgehört, sich um den Haushalt zu kümmern: Weil die Fliegengittertür sich irgendwann aus ihren Scharnieren gelöst hatte, hatte ich sie schließlich ganz aus den Angeln genommen und einfach auf der obersten Stufe abgestellt. Nun befand sich gar nichts mehr zwischen Mama, mir und dem Rest der Welt.

Doch Schwester Jean und Pfarrer Bob ließen sich von Mamas Abwesenheit nicht beirren und drängten darauf, eintreten zu dürfen. Abgesehen von den acht Essigfliegen krabbelten noch ein Tausendfüßler, ein Marienkäfer und eine kleine Wühlmaus auf dem Boden herum. Die Gesandten Gottes wechselten einen viel sagenden Blick, als ich sie höflich aufforderte, auf dem kreaturenfreien Sofa Platz zu nehmen. Ich meinte sogar gesehen zu haben, wie Schwester Jean sich hastig bekreuzigte. Das einzige Getränk im ganzen Haus bestand aus Leitungswasser, das ich in zwei große Gläser mit säuberlich aufgemalten Tupfen füllte. Ein paar Eiswürfel verliehen dem Wasser etwas mehr Glanz, ließen es weniger nach Wasserhahn aussehen. Die Kreaturen störten sich nicht am Flimmern des Fernsehapparats, sie waren daran gewöhnt. Nur Marienkäfer zog es vor, ein Nickerchen zu machen.

Schwester Jean und Pfarrer Bob gaben zu, gewusst zu haben, dass Mama nicht zu Hause war – sie befand sich nämlich bei einem Bibelkreis mit Schwerpunkt Apostelgeschichte –, und sie ließen auch durchblicken, dass sie sie für sehr krank hielten. Letzteres kam ganz beiläufig in einem Nebensatz, als wäre Mamas Kranksein von geringerer Bedeutung als ihre Unterweisung in Apostelgeschichte. Ich schaute zu den Kreaturen. Marienkäfer atmete schwer im Schlaf; die Augen der Essigfliegen hatten das gleiche Rot wie sein Panzer.

Der wahre Grund für ihren Besuch, fuhren die beiden Gesandten Gottes fort, sei ihr Bestreben, sich bei mir nach weiteren Familienangehörigen von Mama zu erkundigen. Mama gehöre in ein Krankenhaus, vielleicht sogar in eins im Ausland. Ihr Zustand sei sehr ernst. Sie leide unter einer Geisteskrankheit, erklärten sie mir, doch sie selber wisse nichts davon. So ähnlich, wie wenn man in den Spiegel schaue und den eigenen Rücken nicht sehe. Bei diesem sehr dürftigen Vergleich runzelte ich die Stirn.

Ich schenkte Schwester Jean und Pfarrer Bob ein aufgesetztes Lächeln, hinter dem sich meine Unsicherheit verbarg. Nein, mir seien keine Familienangehörigen bekannt, die uns helfen könnten. Die Dringlichkeit des Falles sei mir durchaus bewusst, fügte ich noch hinzu, und ich würde mich daher gerne nach etwaigen entfernten Verwandten umhören, die vielleicht bereit wären, sich um Mama zu kümmern. Innerlich kochte ich jedoch vor Wut. Ich war noch ein Kind, ein halbes zumindest, und ich fühlte mich nicht in der Lage, diese ganze Verantwortung zu übernehmen. Mama würde nie im Leben in ein Krankenhaus gehen, und Schwester Jean und Pfarrer Bob hätten das eigentlich wissen müssen. Sie würde nicht gehen, weil sie noch immer glaubte, dass Daddy zurückkehrte.

Schließlich erkundigten Schwester Jean und Pfarrer Bob sich nach meinem Befinden – im Nachklapp auf die Frage nach Mamas Krankheit, die ja auch erst nach der Bemerkung zur Apostelgeschichte erfolgt war. Es gehe mir gut, log ich, durch die Schule und meine Freunde wäre ich voll ausgelastet. »Manchmal habe ich das Gefühl, von allen Seiten würde gleichzeitig an mir gezerrt«, sagte ich. »Erwachsenwerden ist ganz schön anstrengend.« Mir war klar, dass man selbst bei Notlügen gegenüber Angehörigen der Kirche eine größere Sünde begeht als gegenüber Laien, daher leistete ich in Gedanken heimlich Abbitte bei Schwester Jeans riesigem Silberkreuz.

Ich brachte meinen Besuch nicht zur Tür. Sie war schließlich offen, auch wenn sie zu einer Welt führte, die mir verschlossen war. Stattdessen ließ ich mich zu meinen Kreaturen auf den Teppich nieder und streckte mich der Länge nach aus, so weit meine Glieder reichten. Endlich hatte ich zu wachsen angefangen! Ich fühlte, ich würde noch sehr groß werden. Vielleicht würde ich eines Tages sogar das ganze Wohnzimmer mit meiner Körperlänge durchmessen können.

Ich erlaubte meinen Kreaturen, zum Spielen nach draußen

zu gehen. Sie trippelten, hüpften, flogen weg von unserem Haus – je nachdem, wie sie sich fortbewegten. Ich schaute ihnen nach, bis sie aus meinem Blickfeld verschwunden waren.

3. KAPITEL

Mr. Aloni, unser Soziologielehrer, war eigentlich ein eher nüchterner Typ, der das, was er als »weiche Hausaufgaben« bezeichnete, nach Möglichkeit vermied. Mr. Alonis Definition von weichen Hausaufgaben war ziemlich allumfassend: alles, was mit Kreisdiagrammen, Interviews mit lokalen Persönlichkeiten, Zeitungsausschnitten etc. zu tun hatte. Für Schüler, die mit so etwas ankämen, hatte er nur Verachtung übrig (manchmal ging er sogar so weit, ihnen leichte Linealschläge aufs Handgelenk zu verpassen), und er machte auch keinen Hehl aus seiner Geringschätzung für Lehrerkollegen, die solche »zeitvergeudenden Anstrengungen« (ein Zitat aus einer Schulkonferenz) unternahmen.

Dieses Mal war sein Vorschlag für unseren alljährlichen Feldforschungsausflug jedoch recht sonderbar. Normalerweise konnten die Schüler das Ereignis kaum erwarten, bedeutete es doch, einerseits einen Tag unterrichtsfrei zu haben und andererseits die Möglichkeit, während der Schulstunden gemeinsam mit Freunden etwas unternehmen zu können.

Die Projektidee war im Prinzip ganz banal: Wir sollten einen Klassenkameraden an einen Ort führen, der in unserem Leben eine besondere Rolle spielte.

Früher hatten die Schüler die Gräber ihrer Großeltern besucht oder die Parks von Ix, waren an stillen Orten gewesen wie Kirchen oder an hektischen wie der benachbarten Großstadt oder an müllverseuchten wie dem Baggersee von Unity.

Kris Tina Woo hatte ohne zu zögern mich zu ihrer Projektpartnerin auserkoren, wobei mir auf Anhieb schwante, dass ihre Ortswahl mit dem großen blauen Buch zu tun haben würde, das sie überall mit sich herumschleppte.

Mr. Woo holte mich pünktlich um 8 Uhr mit dem Wagen ab. Ich glitt auf den Rücksitz neben Kris Tina. Sie hatte ihr Buch auf dem Schoß liegen und wirkte sehr aufgeregt.

»Hallo, Zorka! Mir ist gestern erst nach unserem Gespräch eingefallen, dass ich dir das hier« – sie hielt das blaue Buch in die Höhe – »vielleicht besser mal vorher gezeigt hätte, damit du dich auf unseren Ausflug vorbereiten kannst.«

Mir fiel partout nichts ein, was ich weniger gern gelesen hätte als Kris Tinas Architekturbuch. Dennoch nickte ich zustimmend.

»Vielleicht kann ich mir ja noch eins besorgen?«, fragte ich.

»Das wäre in der Tat gut, aber leider ist es nicht mehr lieferbar«, antwortete Kris Tina.

»Das ist aber schade!«

»Ja, das ist es wirklich. Eine Schande geradezu!«

»Hast du was dagegen, wenn ich mal einen Blick in dein Exemplar werfe?«

Vorsichtig reichte Kris Tina mir das Buch.

Der Wolkenkratzer auf dem Cover – die Hälfte, die noch stand – war wirklich beeindruckend. Die Sonne schien mitten durch den gläsernen Körper hindurch zu leuchten. Der Titel des Buches – DORSEY: UNVOLLENDETE BAUTEN – war in kühnen Lettern quer über das Cover gesetzt. Ich gab das Buch Kris Tina zurück, die vor Erleichterung einen tiefen Seufzer ausstieß.

»Ich weiß, ich bin ein bisschen eigen, was dieses Buch betrifft.« Kris Tina schaute aus dem Fenster. Irgendwie wirkte sie plötzlich traurig. »Aber, weißt du, wie ich gesagt habe, es ist nicht mehr lieferbar und …«

Die Landschaft zog an dem fahrenden Auto vorbei. Es kam mir fast so vor, als würden nicht wir uns nach vorne bewegen, sondern die Landschaft sich rückwärts. »Ich frage mich, ob er früher vielleicht auch mal so war wie ich jetzt.«

Plötzlich schien das Leben sehr schnell voranzugehen.

Kris Tina fuhr fort: »Weißt du, Architekt Dorsey hatte noch fast sein ganzes Leben vor sich, aber dann muss irgendetwas Einschneidendes mit ihm passiert sein, und alles ist zusammengebrochen.«

Ich nickte. Plötzlich war auch ich von Trauer erfüllt. Die Zivilisation hatten wir schon lange hinter uns gelassen; wir fuhren an Kühen vorbei, an roten Feldblumen, Zuggleisen, Getreidesilos. Auf dem Land waren lauter Dinge zu entdecken, die vor langer Zeit entstanden waren, Dinge, die heute kaum mehr eine Bestimmung zu haben schienen.

Ich musste im Auto eingeschlafen sein, denn etwa drei Stunden später wurde ich durch Kris Tinas kleine Hand geweckt, die an meiner Schulter rüttelte.

»Wir sind da!«

Mitten in der einsamen Landschaft stand das schönste Gebäude, das ich je gesehen hatte. Selbst als absoluter Architekturneuling konnte ich erkennen, dass dies das Werk eines Künstlers war. Um Kris Tina Woo zu zitieren: eines Genies. Der gläserne Bau war vielleicht vierzig Stockwerke hoch, hatte die Form einer Sanduhr und kein Dach. Er hörte mitten in der obersten Etage auf – wie wenn eine riesige Säge oder Schere die Gebäudespitze abgetrennt und damit Architekt Dorseys Träume jäh zerstört hätte.

Unkraut und Dornengestrüpp umgaben das Haus, Ranken und Blätter zogen sich die Fassade hoch.

»Das hier ist der Dorsey-Bau Nummer Eins.« Kris Tina zog ihr Lineal hinterm Ohr hervor und hielt es im rechten Winkel zum Horizont. Aus ihrer Segeltuchtasche nahm sie ein Fernglas. Obwohl sie den Dorsey-Bau Nummer Eins offensichtlich schon einmal besichtigt hatte, machte sie auf mich den Eindruck, als sähe sie das Gebäude zum ersten Mal.

»Ein fantastisches Gebäude«, sagte ich.

Kris Tina nickte, als hätte sie selbst den Wolkenkratzer entworfen. »Danke.«

Ich gönnte ihr einen Moment der Ruhe im Angesicht des Kunstwerks. Eine Träne schimmerte in ihrem Augenwinkel. Kris Tina nahm ein khakifarbenes Taschentuch aus ihrem Beutel.

»Architekt Dorsey hat ganze neun Gebäude entworfen, bevor er … nun, bevor er aufhörte, Architekt zu sein. Das hier war das erste.« Kris Tina hielt inne, um ihre Fassung wiederzuerlangen. Dann packte sie meine Hand und zog mich näher an das Monument heran. Das dichte Gestrüpp war kaum zu durchdringen, doch Kris Tina hatte in weiser Voraussicht eine Gartenschere mitgenommen.

»Wie kommt's, dass hier so viel Unkraut wächst?«, fragte ich. »Kümmert sich keiner um das Haus?«

Kris Tina begann die Dornenranken wegzuschneiden. »Zufällig rührst du da gerade an eins der größten Geheimnisse von Dorseys Werk.« Ihre Finger zerquetschten beinah meine Hand, als wir die freigeschlagene Lichtung betraten.

Von der Lichtung aus hatte ich eine gute Sicht auf die unteren Geschosse des Hauses und das gelbe Plastikband mit der Aufschrift »Einsturzgefahr!«, das es von der Menschheit abtrennte.

»Achte mal auf den Boden.« Kris Tina hatte sich nach unten gebeugt und ließ eine Hand voll Schlamm durch ihre Finger gleiten. Ich tat es ihr nach. Es war kein fester Boden, sondern eher eine Art Sumpf. »Wie du hoffentlich während der Fahrt mitbekommen hast, befinden wir uns hier mitten in der Wüste. Es ist eine Tatsache, dass es schon seit Monaten nicht mehr geregnet hat.« Kris Tina machte eine Kunstpause, wie ein Zirkuszauberer, bevor er das weiße Kaninchen aus dem Zylinder holt. »Doch der Boden um dieses Gebäude herum ist immer schlammig, und das Unkraut wächst und gedeiht in voller Pracht. Ein paar Museen haben bereits versucht, sich des Geländes anzunehmen und den Wildwuchs einzudämmen, aber das scheint schier unmöglich.«

»Aber«, begann ich, »wie kann das sein? Können sie die Niederschlagsmenge nicht per Videoüberwachung messen?«

»Haben sie versucht, aber es ist fast so, als…« Kris Tina kaute auf dem Ende ihres Lineals herum. »Der Regen weiß offenbar, wann die Monitore eingeschaltet sind, und hört dann auf zu fallen. Ich weiß, das klingt albern, aber… Ach, lass uns lieber über die architektonische Bedeutung des Gebäudes sprechen.«

Zwei Stunden vergingen, in denen das Gestrüpp nicht weiterwuchs und Kris Tina Woo mir mithilfe ihres blauen Buches ausführlich die Bedeutung des Dorsey-Baus Nummer Eins darlegte. Das Gebäude war seinerzeit von einem milliardenschweren Getränkehersteller in Auftrag gegeben worden, der mit seiner Entscheidung, einen gerade mal neunzehnjährigen Architekten mit einem so imposanten Bau zu betrauen, die Welt damals sehr in Erstaunen versetzt hatte. Der Mann hatte seinen kühnen Beschluss aufgrund eines etwa fünfzig Zentimeter hohen Bronzegefäßes getroffen, das der junge Dorsey im Rahmen eines Fortgeschrittenenkurses in Gebrauchsdesign entworfen hatte. Der Dorsey-Bau Nummer Eins war eine Replik auf die Flasche, die den Softdrink des Getränkeherstellers enthielt, und zwar exakt in den gleichen Proportionen. Der Bau war nicht nur für sein revolutionäres Design gewürdigt worden, sondern auch für Dorseys gekonnten Umgang mit natürlichem Licht (ob Mond-, Stern- oder Sonnenlicht: Von innen wirkte das Licht immer gleich, so dass die Produktivität der Arbeiter rapide angestiegen war).

»Nach der Realisierung dieses Entwurfs erhielt Architekt Dorsey Aufträge für acht weitere Bauten. Wolkenkratzer in Peking, Island, Oslo, Belize, Kapstadt, Riad. Ein Kriegerdenkmal im Iran. Und eine Villa in einem nicht näher genannten Ort. Keiner wurde jedoch jemals vollendet.« Kris Tina hielt inne und schaute hoch. »Er hat immer Glas verwendet, und doch wird nur bei diesem Gebäude hier deutlich, dass er mit dem Material letztlich nicht im Reinen war.« Kris Tina zeigte auf ein einzelnes Prisma im zehnten Stock. Für mein ungeübtes Auge sah es wunderschön aus, aber irgendetwas musste falsch daran sein. »Er war ja noch sehr jung«, fuhr sie fort.

»Was ist passiert?«, fragte ich. Ich meinte nicht den Sprung im Glas. Kris Tina verstand.

»Es wurde viel Tamtam um ihn gemacht…« Ihre Stimme hatte einen nostalgischen Ton angenommen, als wäre sie damals dabei gewesen. »Man dachte sogar, er würde den Pritzker-Preis gewinnen, doch plötzlich, ja, ganz plötzlich hörte er einfach auf! Er behauptete, der Entwurf habe einen gravierenden Fehler, aber niemand hat ihn je entdeckt, auch nicht in den Plänen. Er begann mit seinem nächsten Bau in Peking, doch…« Kris Tina öffnete ihr blaues Buch auf der Peking-Seite. Mit ihrem Lineal zeigte sie auf den halbfertigen chinesischen Wolkenkratzer. »Architekt Dorsey war nie mehr in der Lage, auch nur ein Gebäude fertig zu stellen. Irgendwann verließ er die Architektenzunft. Die Welt war fassungslos.«

Ein Gefühl, das ich nicht einordnen konnte, überfiel mich. Als hätte ich plötzlich eine Verbindung zu diesem Mann gespürt, dem ich doch niemals begegnet war.

Kris Tina schaute auf die Spitze des Gebäudes, sein gezacktes Ende.

»Mit neunzehn Jahren hat er das entworfen…« Sie machte eine unbestimmte Handbewegung, die das schmale hohe Gebäude vor uns und Peking, Island, Oslo, Belize, Kapstadt, Riad, Iran und die Villa mit dem unbekannten Standort umfasste. »Und dann…« Ihre Stimme erstarb. Wie sein Schaffen.

Mir wurde klar, dass Mr. Alonis Soziologieprojekt keineswegs als »weiche Hausaufgabe« zu bezeichnen war. Oberflächlich betrachtet war diese Art von Arbeit vielleicht weniger intellektuell fordernd als das Sezieren von Fröschen im Biologieunterricht oder die Lektüre von Shakespeare-Dramen in Englisch II. Doch in Wirklichkeit war Mr. Alonis Hausaufgabe, so merkwürdig es auch erscheinen mochte, die schwierigste von allen und der Lerneffekt, den wir hieraus bezogen, geradezu phänomenal. Denn letztlich waren wir – sämtlichen Unterschieden zum Trotz – doch alle gleich; jeder von uns hatte Angst davor, so zu enden wie *dieser* oder *jener*. Kris Tina Woo hatte Angst davor, wie Architekt Dorsey zu werden, der Mann, der irgendwo auf halbem Weg zur Wolkenkratzerspitze alles verloren hatte.

»Die Leute haben sich natürlich ihre Gedanken über den Grund für sein Aufhören gemacht. Einige meinten, eine Familientragödie sei schuld, andere haben gesagt, er hätte Angst vor seinem eigenen Genie bekommen. Wieder andere haben vermutet, es wäre schlicht eine Art Verzögerungstaktik. Aber Genaueres ist nie herausgefunden worden.«

»Was glaubst du?«, fragte ich sie.

»Ich weiß es nicht«, antwortete Kris Tina. »Aber irgendwann, irgendwann werde ich es schon noch in Erfahrung bringen.«

Ein Gewitter zog am Horizont auf, und mir ging der Gedanke durch den Kopf, ob eine Naturgewalt den Bau vielleicht eines Tages zerstören würde. Nur neun von Architekt Dorseys zerschlagenen Träumen hatten Gestalt angenommen, und plötzlich wünschte ich mir, sie wären klein genug, um in einem Museum untergebracht werden zu können.

Auf dem Weg zurück nach Unity blätterte ich durch DORSEY: UNVOLLENDETE BAUTEN. Doch ich entdeckte nicht mehr viel Neues über den rätselhaften Architekten. Der Text konzentrierte sich auf seine Entwürfe und gab kaum biografische Informationen her. Er endete mit Architekt Dorseys letztem unvollendeten Werk, das man besichtigen konnte: dem Dorsey-Bau Nummer Acht. Er befand sich in Belize, und offenbar hatten die Aufenthalte des Architekten in jenem fernen Land während des nordamerikanischen Winters stattgefunden, denn er schien warmes, sonniges Wetter zu bevorzugen. Der Text erwähnte zwar die geheimnisvolle Villa, die er entworfen hatte, doch es gab kein Bild von dem Haus. Stattdessen erklärte der Autor weitschweifig, dass es für einen unbekannten Auftraggeber konzipiert und sein Standort noch nicht ausfindig gemacht worden sei. Es sei sogar das Gerücht aufgekommen, das Haus existiere gar nicht. Architekt Dorsey, der keine Interviews gebe, spreche in der Öffentlichkeit niemals über seine Entwürfe oder über sein Leben.

4. KAPITEL

Schon in den ersten Schuljahren wehte stets ein duftiger Windhauch hinter Zoë Christie her. Ihr Haar war mit dem neuesten teuren Gel zurückgekämmt, damit es nicht in ihre blau-violetten Augen hing und sie in ihrer Fähigkeit beeinträchtigte, die »richtigen Leute« von den »falschen« zu unterscheiden. Bei der Brise, die ihr durch die gebändigten Locken fuhr, musste es sich um einen starken Gegenwind handeln, denn Zoë bewegte sich sehr langsam vorwärts, als wollte sie ihren Bestimmungsort nur unter Zwang erreichen. Ihre Nase stand in einem 62-Grad-Winkel nach oben. Zusätzlich zu seiner offensichtlichen Auswirkung auf ihr prachtvolles blondes Haar und ihren Gang musste der Wind, der über Zoë hinwegwehte, auch ihren Stoffwechsel beeinflussen, denn trotz ihrer ungezügelten Leidenschaft für erlesenen französischen Käse und Kaviar wirkte sich das viele Essen bei Zoës Körper nicht etwa in der Breite, sondern allein in der Höhe aus.

Das Schicksal – oder vielmehr: das Streben nach einer perfekten Ordnung – war die treibende Kraft, die Zoë und mich zusammenführte. Unsere Klassenlehrerin Miss Kastle war ein absoluter Ordnungsfreak. Als wären die Bodenfliesen Lineale, wurden die Stühle in Reih und Glied aufgestellt, die Kreide wurde nach den Regenbogenfarben sortiert, und Geburtstage wurden fein säuberlich in extra dafür angeschafften Kalendern verzeichnet. Auch bei ihren Schülern – oder vielmehr:

bei deren Vornamen – wandte Miss Kastle ihr strenges Ordnungsprinzip an. So wurde mein Leben unerbittlich an das von Zoë Christie gekoppelt, dem einzigen anderen Z in der gesamten zehnten Klasse.

Jede von Zoës Gesten roch nach Berühmtheit. Selbst wenn sie gewollt hätte (was sie offensichtlich nicht tat), hätte sie ihren edlen Stammbaum nicht verleugnen können, denn dieser ließ sich um Generationen zurückverfolgen.

»He«, flüsterte Zoë. Wir standen in der Mensaschlange, als sie mir einen heftigen Stoß in die Rippen versetzte, den ich ganz und gar nicht als aufdringlich empfand. Niemand hatte mir jemals einen Stoß in die Rippen gegeben.

»Ja?«, gab ich zurück. Meine Stimme hatte einen leicht nervösen Beiklang.

»›Zorka‹ ist echt ein cooler Name! Wie kommst du dazu?«

»Durch meine Eltern«, lautete meine nicht sehr geistreiche Erwiderung. Sofort bereute ich meine Worte. Am liebsten hätte ich sie nachträglich noch heruntergeschluckt.

»Nein – ich meine, ist das der Name einer Schauspielerin oder so was? Mein Daddy hat mich letztes Jahr mit nach New York genommen; ich glaube, ich habe ihn irgendwo auf einem Plakat gelesen.«

Du hast zwei Möglichkeiten, schoss es mir durch den Kopf. Entweder du lügst und erringst Zoës Respekt, oder du sagst die Wahrheit und verlierst ihn.

»Es war der Name meiner Großmutter«, sagte ich wahrheitsgemäß. »Sie war sehr schön und hätte zum Theater gehen können, wenn sie gewollt hätte. Doch sie entschied sich für die Ehe.«

»Oh«, entgegnete Zoë und wischte sich eine blonde Haarsträhne aus den Augen. »Ich wünschte, ich wäre auch nach jemandem benannt worden. Dann weiß man wenigstens, wofür man lebt, denke ich. Meine Eltern wollten eins ihrer Pferde Zoë nennen, aber daraus ist nichts geworden, daher haben sie eben ihre Tochter so genannt.«

»Das ist auch ein schöner Name«, sagte ich. Meine Stimme klang jetzt weniger aufgeregt, allerdings noch immer wie bei jemandem, der nicht sehr viel Selbstvertrauen besitzt. »Irgendwie wirkt er literarisch. Er erinnert mich an Zooey aus FRANNY UND ZOOEY.«

»Was ist das für eine Geschichte?«, fragte Zoë, als die Pausenglocke unser Gespräch abbrach.

Von da an setzten wir unsere heimlichen Unterhaltungen von Mensaschlange zu Mensaschlange, von Unterrichtsstunde zu Unterrichtsstunde fort. Obwohl Zoë und ich schnell enge Freundinnen wurden, bestand sie darauf, dass niemand davon erfuhr. Ich nahm ihr diese Heimlichtuerei nicht übel, fühlte ich mich doch nicht einmal ansatzweise in der Position, mir ein Urteil über sie erlauben zu können. Immerhin ging meine Freundschaft zu Zoë bald über die engen Mauern des Klassenzimmers hinaus, und ich wurde eingeladen, sie auf ihrem Landsitz zu besuchen. In einer schwarzen Limousine holte der Chauffeur der Christies uns von der Schule ab. Offenbar besaß er die Genehmigung, in vorderster Front zu parken, noch vor den Schulbussen. Er öffnete den Schlag, und in einer eleganten Bewegung glitt Zoë auf die schwarzen Ledersitze im Fond. Ich folgte ihrem Beispiel, und von unsichtbarer Hand wurde die Tür hinter mir geschlossen.

»Mein Daddy ist Geschäftsmann«, begann Zoë, als sie – in vorauseilendem Gehorsam ihrer Mutter gegenüber – frischen Lippenstift auflegte. »Er fährt jeden Morgen den weiten Weg in die Stadt, damit ich mehr Zeit mit Winnie verbringen kann.«

»Winnie?«, fragte ich. »Ich dachte, du hättest keine Geschwister.«

»Winnie ist mein Pferd«, sagte Zoë. »Ich reite sie fast jeden Tag.«

»Du hast ein Pferd?«, fragte ich ungläubig. Zoë war schön und beliebt und trug die allerneueste Mode; doch erst die Vorstellung, dass sie ein Pferd besaß, mit dem sie sprechen und ihre Zeit verbringen konnte, ließ in mir den Neid erwachen. Hätte ich ein Pferd gehabt, hätte ich keine Freunde mehr gebraucht.

»Ja. Ich habe Winnie, weil ich auf einem Gehöft lebe«, sagte Zoë zum Rückspiegel. In einer komplizierten Folge von Blicken bedeutete sie dem Fahrer, das Tempo zu drosseln, damit sie ihren schwarzen Eyeliner akkurat anbringen konnte. »Aber kein Gehöft im üblichen Sinne – eher ein architektonisches Kunstwerk, so ähnlich wie ein Wasserfall.«

Ich nickte zustimmend, auch wenn ich nicht den leisesten Schimmer hatte, wozu ich meine Zustimmung gab.

»Werde ich Winnie kennen lernen?«, fragte ich begierig.

»Wenn ihr Stundenplan es erlaubt, ja. Sie ist sehr beschäftigt, weißt du«, erklärte Zoë. Sie warf ein Lächeln in den Rückspiegel, und eine frisch gestylte Zoë Christie lächelte zurück. »Sie nimmt regelmäßig an Pferdeschauen teil. Mommy und Daddy werden furchtbar wütend, wenn sie keinen Preis mit nach Hause bringt; sie sagen, ihre Freunde könnten das komisch finden.«

»Ist sie heute auf einer Schau?«, wollte ich wissen.

»Wir fragen ihren Pfleger, sobald wir da sind«, versprach Zoë.

Das Gehöft der Christies war wunderschön, doch ich verstand nicht, was daran wie ein Wasserfall sein sollte. Das Haus war in den Berghang hineingebaut; allerdings schienen die Bauarbeiter vergessen zu haben, die Felsbrocken aus dem Wohnzimmer zu räumen, denn sie lagen noch immer dort herum. Bei unserer Ankunft befand sich Zoës Mutter im Wohnzimmer, ins Gespräch mit einem schwarz glänzenden Ledersessel vertieft.

»Du würdest sicher toll aussehen, wenn du neben dem Sofa stündest, meinst du nicht?«, fragte sie den Sessel. Zoë schien an solche Szenen gewöhnt zu sein.

Der Sessel gab keine Antwort, dafür aber Zoë. »Mommy, du hast den Sessel doch schon mal neben das Sofa gestellt.

Hast du schon vergessen, dass du das gar nicht gut fandest?« Zoë gab ihrer Mutter einen flüchtigen Kuss auf den diamantenbehängten Nacken; es war der Kuss eines Teenagers, der seine Mutter eigentlich nicht leiden können sollte, aber es trotzdem tat.

Mrs. Christie löste die Augen von dem Möbelstück und ließ sie erst zu ihrer Tochter und dann zu mir wandern. Sie befeuchtete ihren Zeigefinger mit Spucke und klebte eine Haarsträhne, die sich aus Zoës Frisur gelöst hatte, wieder an.

»Zoë, Herzchen, wer ist denn das?«, fragte sie in einem Ton tiefster Herablassung. Jeder Couchtisch wäre mit mehr Respekt von ihr behandelt worden.

»Sie heißt Zorka. Sie ist sehr klug und hilft mir immer bei den Hausaufgaben«, antwortete Zoë wie aus der Pistole geschossen. Sie schien die Frage erwartet zu haben, so prompt, wie die Antwort erfolgt war. »Wo ist Winnie?«, wechselte sie schnell das Thema.

Kurz darauf wurden wir zu den Stallungen geführt, und ich lernte Winnie kennen. Sie stand in ihrer Box, als wir eintraten, wieherte laut und warf den Kopf hin und her. Zoë schien nicht gerade angetan von ihrem Verhalten.

»Winnie ist noch sehr jung; sie hat noch nicht gelernt, sich richtig zu benehmen«, sagte Zoë. Sie machte dem Stalljungen ein Zeichen, das Gatter zu öffnen, und trat zurück.

Kaum hatte der Stalljunge sich dem Gatter genähert, ließ Winnie auch schon einen ihrer Hinterhufe gegen die Boxenwand donnern. Heu spritzte auf. Ich warf Winnie einen Blick zu, woraufhin sie etwas ruhiger wurde. Ihre Augen schauten beinah sanft.

»Kann ich sie rauslassen?«, fragte ich den Stalljungen. »Ich glaube, ich habe einen guten Draht zu Pferden.«

Noch bevor er ein Wort sagen konnte, stand ich auch schon direkt vor Winnie und streckte ihr meinen Handrücken entgegen. Nach kurzem Zaudern fing sie an, ihn zu lecken. Meine Hand war nass von Spucke. Ich musste lachen.

»Das kitzelt«, sagte ich zu Winnie. Als Antwort leckte sie erneut meine Hand und kam noch ein Stück näher an mich heran. Ich schob den Riegel an der Seite der Tür zurück. Nervös machte Zoë einen weiteren Schritt nach hinten. Winnie stand still und schaute hinaus auf den Parcours.

Der Stallbursche und Zoë beobachteten unser Treiben voller Ehrfurcht. Stolz aufgerichtet stand Winnie da, die Brust gestreckt, die Beine vollkommen ruhig. Langsam führte ich sie aus ihrer Box hinaus. »Ich möchte dir was zeigen«, sagte ich.

Das Stiefmütterchenbeet war dicht bewachsen und von genau dem gleichen dunklen Blau-Violett wie Zoë Christies Augen. Ich hatte den tief leuchtenden Farbfleck schon entdeckt, als wir auf das Grundstück gefahren waren, doch von nahem sah das Beet noch eindrucksvoller aus. Jede einzelne Blüte war eine Komposition aus Blau-Violett, Gelb und Grün. Jedes vom Menschen erschaffene Ding verblasste dagegen, sogar Zoë Christies hochherrschaftliches Designerhaus.

Ich hielt ein Stiefmütterchen unter Winnies Nase, damit sie zumindest eine Ahnung von dem fernen Leben in wilder Freiheit bekam. Sie sog den Duft der Blume ein. Ihre Mähne stellte sich auf, und sie wieherte sanft.

»Ich muss dir ein Geheimnis erzählen«, flüsterte ich ihr zu. Sie lehnte sich noch enger an mich, so dass ich die Härchen auf ihren Ohren an meinen Lippen spürte.

Dass Zoë zu mir nach Hause zum Abendessen kam, war allein dem Zufall zu verdanken. Zoës Vater war in seiner Freizeit Jäger, und ich hatte ihr gegenüber erwähnt, dass er sich vielleicht für LOCK- UND SEEVÖGEL interessieren könnte, das Jagdbuch, das mein Daddy in- und auswendig gekannt hatte, als er noch bei uns wohnte. Zoë hatte das Geschenk gerne angenommen und vorgeschlagen, kurz vorbeizukommen, um es abzuholen.

Mama war an diesem Abend ziemlich gereizt. Langatmig ließ sie sich über Großmutter Zorka aus und mäkelte an der

Tomatensuppe herum, die ich gekocht hatte. Aber als Zoë an unserer Haustür klingelte, forderte Mama sie auf, gemeinsam mit uns zu Abend zu essen. Zu meinem großen Erstaunen nahm Zoë die Einladung an.

»Und, Mrs. Carpenter, in welchem Wohltätigkeitsverein sind Sie Mitglied?«, fragte Zoë. Ihre Frage durchschnitt die Stille wie ein Messer.

»In keinem. Ich denke, ich bin selbst ein Fall für einen Wohltätigkeitsverein«, lautete Mamas zweideutige Antwort. Ich starrte sie an wie eine Mutter ihr Kind, das sich schlecht in der Kirche benimmt. Ohne auf meinen unausgesprochenen Vorwurf zu achten, fuhr Mama fort: »Das ist wirklich nett von dir, dass du uns besuchst! Zorka hat ja sonst keine Freunde, das arme Ding!«

Ich fühlte, wie die Schamröte sich in mein Gesicht brannte, wie Glut in einem Holzfeuer. Doch Zoë, durch ihre eigene Mutter an ähnliche Situationen gewohnt, blieb höflich und gelassen.

»Es war wirklich toll von ihr, dass sie mir anbot, die LOCK- UND SEEVÖGEL für meinen Daddy zu holen! Er geht für sein Leben gern auf Entenjagd und wird das Buch sicher hoch interessant finden.«

Mama starrte mich an. »Das ist das Lieblingsbuch deines Vaters! Er wird einen Tobsuchtsanfall bekommen, wenn er es bei seiner Rückkehr nicht vorfindet«, sagte sie.

Zoë schluckte einen winzigen Löffel Suppe hinunter und setzte ihr Wasserglas an die Lippen, um sich selbst einen Grund zu geben, Stillschweigen zu bewahren.

»Mama, Daddy kommt nicht mehr nach Hause!«, sagte ich. »Das Buch liegt seit Jahren unangetastet auf dem Couchtisch herum.«

Meine Bemerkung brachte sie regelrecht in Rage. »Natürlich kommt er zurück! Jede Minute kann er wieder hier sein!«

»Das ist doch Unsinn! Daddy ist weg – er ist für immer fortgegangen«, sagte ich.

»Du bist diejenige, die hier Unsinn erzählt!«, herrschte Mama mich an. Dann wandte sie sich an Zoë. »Darling, es ist mir wirklich unangenehm, wie Zorka sich benimmt. Sie scheint nicht zu begreifen, was sie da sagt.«

»Ist schon okay«, erwiderte Zoë höflich. »Ich brauche das Buch eigentlich sowieso nicht. Daddy kann sich jederzeit eins kaufen. Er hat schon eine riesige Bibliothek mit Jagdbüchern.«

»Nein, du nimmst das Buch mit!« Meine Reaktion unterschied sich gewaltig von der Zoës, als ihre Mutter mit den Möbeln gesprochen hatte. Ich versuchte gar nicht erst, den allzu offensichtlichen Irrsinn zu verschleiern. Vielleicht wollte Zoë es trotzdem nicht wahrhaben.

Sie warf einen Blick auf ihre goldene Armbanduhr. »Ich muss jetzt wirklich gehen. Mommy und Daddy werden wütend sein, wenn ich nicht rechtzeitig zu Hause bin, um Winnie zu striegeln. Ein Pferd zu haben erfordert sehr viel Verantwortungsbewusstsein. Manchmal vergesse ich, dass ich nicht nur an mich selbst denken darf.«

Dreißig Sekunden später war Zoë verschwunden. Ich versuchte, sie zu Hause telefonisch zu erreichen, doch ihre Gouvernante sagte, sie sei draußen bei Winnie im Stall. Am nächsten Morgen kam ich extra etwas früher zur Schule, um sie an unseren nebeneinander liegenden Spinden abzupassen.

Im ersten Moment begriff ich es nicht. Natürlich erkannte ich die symbolische Bedeutung der achtundzwanzig Stoff-, Holz- und Plastikenten, die auf meinem Pult saßen, aber ich sah die Grausamkeit dahinter nicht. Still setzte ich mich auf meinen Platz, während meine achtundzwanzig Klassenkameraden mich unverwandt anstarrten; die Netteren unter ihnen schwiegen, die weniger Netten grinsten höhnisch oder gluckstsen vor Vergnügen. Schließlich brachte ich den Mut auf, zu Zoë zu schauen.

Sie war mit ihren Erdkundeaufgaben beschäftigt und nestelte an ihrem goldenen Ring herum. Er hatte ihrer Großmutter gehört, hatte sie mir einmal erzählt und hinzugefügt, mit dem Ring am Finger komme sie sich eleganter und auch irgendwie großartiger vor.

5. KAPITEL

Zoë blätterte durch ihre Bücher und betrachtete sich gleichzeitig in dem antiken Spiegel, den der Innenarchitekt ihrer Familie in ihren Schulspind gehängt hatte. Eine Haarsträhne hatte sich aus ihrer Frisur gelöst und hing ihr in die Augen; sie besprühte sie mit ein wenig Haarspray und wollte sie hinter der diamantenbesetzten Spange befestigen. Doch all ihre Bemühungen scheiterten. Verzweiflung überkam sie. Zoë schaute zu mir, als wäre ich die eigentliche Lösung für ihr Problem, auf die sie aber nicht zurückgreifen konnte, ohne sich möglicherweise zu blamieren.

»Ich hasse Spiegel aus dem frühen achtzehnten Jahrhundert!« Zoës Unzufriedenheit ließ ihre Stimme ein paar Tonlagen höher werden. Doch sie klang noch immer vergleichsweise ruhig; man musste sich schon anstrengen, um ihren Ärger herauszuhören. »Mommy hat einen neuen Innenarchitekten gefunden. Sobald er bei uns anfängt, soll er dieses Ding hier ersetzen. Noch bevor er sich an die Liegen für unseren Pool macht.«

Fragend blickte ich auf.

»Dieses komische Glas verzerrt mein ganzes Gesicht! Ich glaube fast, die Frauen in Frankreich haben sich nie im Spiegel angeschaut. Auf jeden Fall«, fuhr sie fort, »bin ich fest davon überzeugt, dass Mr. Dorsey einen adäquaten modernen Ersatz für mich finden wird.«

Zum ersten Mal in meiner Highschool-Existenz hörte ich

Zoë mit Respekt von einem anderen Menschen reden. Ihre Stimme hatte dabei etwas Melodisches, als würde sie seinen Namen am liebsten singen.

»Habe ich richtig gehört und du hast ›Architekt Dorsey‹ gesagt?« Kris Tina Woos Worte, aus denen sowohl Aufregung und Eifer als auch Angst herauszuhören waren, drangen aus einer Entfernung von ungefähr zwanzig Spinden zu uns.

»Ich bin wirklich am Ende.« Zoë, die noch immer mit ihrer Haarspange kämpfte, ignorierte ihre Frage. »Vielleicht muss ich einfach nur nach Hause, auf unser Landgut. Ich werde bestimmt krank.«

Mit dieser Bemerkung warf sie die Tür ihres antiquitätenbestückten Spinds zu und machte sich auf den Weg zur Krankenstation.

Vier Tage später wurde Zoës Spiegel ausgetauscht. Sie sah wunderbar aus an diesem Morgen, fast als hätte sie sich extra viel Mühe mit ihrem Styling gegeben, um in ihrem neuen Designerspiegel noch schöner als sonst zu erscheinen. Zoë starrte auf das Glas, als hätte sie plötzlich entdeckt, dass der Gegenstand aus reinem Gold war.

»Mr. Dorsey hat hervorragende Arbeit mit meinem Spind geleistet. Findet ihr nicht?« Ihre Worte hatten denselben Beiklang, wie wenn Franzosen *n'est-ce pas?* sagen.

Ich warf einen Blick in den Spind. Jedes von Zoës Büchern war in braunes Packpapier eingeschlagen und mit winzigen schwarzen Buchstaben beschriftet, die das jeweilige Unterrichtsfach angaben (Algebra war einfach nur *Mathematik*, Biologie *Naturwissenschaften* und Französisch *Français*). All die überflüssigen Deko-Gegenstände und der glänzende Chintz – offensichtlich Teil der Kreation des vorherigen Innenarchitekten – waren verschwunden. Der Spind war wieder ein einfacher brauner Holzspind, so wie unsere auch.

Den einzigen Schmuck stellte eine Orchidee dar. Sie befand sich über den Büchern und war weiß.

Zoë fuhr fort: »Er hat mir sogar diese Orchidee geschenkt.

Er behauptet, sie sei Teil der Installation, aber ich bin sicher, er hat sie extra für mich gekauft, weil Orchideen so erotisch sind.«

Das knielange limettengrüne Seidenkleid, der schimmernde Lidschatten, der üppige Diamantschmuck: All das schien allmählich Sinn zu machen.

»Du meinst *exotisch*?«, fragte ich.

»Du siehst immer nur die negativen Seiten, Zorka!« Zoë nestelte an der Orchidee. »Mr. Dorsey verbringt jetzt noch mehr Zeit als vorher auf der Baustelle. Mommy hat ihm gesagt, er soll den Umbau Stück für Stück vornehmen. Obwohl das nicht gerade seine bevorzugte Art zu arbeiten ist, hat er zugestimmt.« Zoë lächelte. Das Funkeln in ihren Augen schien aus der glänzenden Spiegeloberfläche herauszuspringen.

»Verstehe.«

»Mr. Dorsey hat gesagt, das Braun des Spindes sei ein sehr hübsches Pantone.«

»Das leuchtet mir absolut ein«, nickte ich, obwohl mir überhaupt nichts einleuchtete.

»Warum sollte man etwas so Gelungenes mit Chintz verhüllen?« Zoës Frage war rein rhetorisch – wahrscheinlich ein Zitat von Mr. Dorsey –, und ich schaute zu meinem eigenen Spind. Unbemerkt von Zoë hatten mich ein Tausendfüßler und eine Stechmücke in die Schule begleitet. Sie spielten fröhlich in meinem Pantone-braunen Spind mit ein paar Blättern, die ich ihnen hingelegt hatte. Ich schenkte meinen kleinen Kreaturen ein Lächeln, und sie lächelten zurück.

»Zorka«, begann Zoë. Ich hatte noch nie jemanden gesehen, der so schön war wie sie. Sie hätte sogar Model werden können. »Jetzt, wo Mr. Dorsey mehr Zeit auf unserem Gut mit mir verbringt, müssen wir deine Besuche leider etwas einschränken.«

Obwohl Mrs. Christie mit ihren Möbeln sprach und Zoë so egozentrisch war, hielt ich mich sehr gern bei ihnen auf. Vor allem wegen Winnie natürlich, die mich erst neulich zu einem See auf dem Grundstück geführt hatte, in dem Tausende Fische schwammen.

»Du kannst ja an den Tagen vor einer Klausur kommen, dann können wir zusammen lernen.« Zoë machte eine Pause und legte noch mehr violetten Lidschatten auf. »Oder du kannst auch am Wochenende kommen, wenn Mr. Dorsey nicht da ist. Er baut gerade ein Haus in Santa Fe, ist also ziemlich viel unterwegs.«

Zoë warf einen letzten Blick in ihren Spind, bevor sie die Tür mit einer Behutsamkeit schloss, die normalerweise nur Müttern von Neugeborenen eigen ist.

»Schneller, Zorka!«

Mr. Dorsey befand sich auf Geschäftsreise in Santa Fe, und so durfte ich aufs Landgut kommen. In letzter Zeit hatte Zoë sich mir wieder etwas angenähert – vor allem, wenn Mr. Dorsey unterwegs war –, und ich fragte mich, ob jemand, der einmal ein ganz klein wenig Liebe erfahren hatte, ihr umso mehr nachtrauerte, wenn sie nicht mehr da war. Mit Sicherheit war das bei Mama der Fall.

Ich gehorchte Zoës Kommando und steigerte das Tempo. Winnie schüttelte erschöpft den Kopf, während Zoë sich in ihrem Sattel erhob, als würde sie an einer geheimen Reitvorstellung teilnehmen, von der ich keine Kenntnis hatte. Ich hasste es, Winnie zu etwas zwingen zu müssen, trotzdem versetzte ich der Voltigierleine einen kräftigen Ruck.

»Entschuldige, Winnie«, murmelte ich leise, als ich sie und Zoë vorwärts zog.

Winnie nickte, als hätte sie verstanden, dass ich nichts dafür konnte.

»Mr. Dorsey kommt in drei Tagen zurück«, sagte Zoë. Sie war in letzter Zeit mit ihren Gedanken ständig woanders gewesen, fast, als wäre nur noch die Hülle von Zoë Christie in Ix und der Rest – ihre wesentlichen Bestandteile – mit Mr. Dorsey nach Santa Fe gefahren.

»Das ist schön«, sagte ich, ohne recht zu wissen, was für eine Antwort sie erwartet hatte.

»Ja, es war sehr hart für mich, dass er so lange weg war. Manchmal mache ich mir richtig Sorgen um ihn, dass er sich überarbeitet.«

Ich nickte. In der Schule sprach Zoë über Mr. Dorsey, als wäre er ihr fester Freund. Die anderen Kinder konnten mit ihren Erzählungen nichts anfangen, aber das war egal; begierig nahmen sie jedes Wort von ihr auf, als handelte es sich um Naschwerk aus einer besonders erlesenen Konfiserie. Das Thema Mr. Dorsey schien Zoës scharfe Kanten abzuschleifen und sie weicher, ja, sympathischer werden zu lassen. Daher fragte ich:

»Wie sieht er eigentlich aus?«

»Mr. Dorsey ist…« Sie hielt inne, um in ihrem begrenzten Wortschatz nach dem passenden Adjektiv zu suchen. »Also, um genau zu sein, er ist der schönste Mann, den ich je gesehen habe. Seine Haare sind blond, aber man sieht, dass sie bald grau werden. Früher müssen sie wohl mal lockig gewesen sein, aber jetzt nicht mehr. O ja, und er schneidet sie sich selbst. Einmal in der Woche.« Zoë schien so beeindruckt von dieser Tatsache, dass sie ihre Übungen unterbrach, um weiter darüber nachdenken zu können. »Seine Augen sind blau. Er hat mir anvertraut, dass er ihr Pantone banal findet, aber ich bin nicht seiner Meinung. Letztes Jahr hat Mommy mich mit nach Honolulu genommen, und das Wasser da hat genau die gleiche Farbe wie Mr. Dorseys Augen.«

Ich nickte. Ich war noch nie in Honolulu gewesen und konnte diesen Vergleich daher nicht recht nachvollziehen. Ein Frosch war vom Fischtümpel herbeigehüpft und hockte mitten auf unserer Spur im Parcours. Leider hatte auch Zoë ihn bemerkt.

»Wir müssen dem Kammerjäger Bescheid sagen. Das Grundstück wird regelrecht in Beschlag genommen von all diesen ekligen Tieren und Pflanzen.« Sie machte eine Pause, um sich wieder auf den einzigen Gegenstand zu konzentrieren, der sie interessierte. »Das Wasser in Hawaii ist vollkommen blau – nicht so trübe wie unser Meer hier.«

Der Frosch hüpfte weg, und wir machten weiter mit unserer Runde.

Zoë fuhr fort: »Mr. Dorsey ist außerdem sehr groß, was gut ist, weil ich ja auch ziemlich hoch gewachsen bin.« Das stimmte, Zoë hatte ähnlich lange Glieder wie Winnie. Sie war das größte Mädchen in der ganzen Klasse, selbst ohne ihre Stöckelschuhe, mit denen sie diese Tatsache offenbar noch unterstreichen wollte. »Oh, und er hat einen perfekten Körper. Er ist sehr dünn, aber hat unheimlich kräftige Muskeln in den Armen.«

Ich nickte. Zoë hatte Mr. Dorseys Körper gesehen. Das konnte nur eines heißen: Mr. Dorsey war tatsächlich ihr Freund.

Zwei Wochen später war Mr. Dorsey aus Santa Fe zurückgekehrt, aber irgendetwas schien total schief gelaufen zu sein. Obwohl sie in ihren sorgfältig gebügelten und gestärkten Kleidern noch immer aussah wie frisch aus dem Ei gepellt, war bei der stets so erhaben tuenden Zoë Christie eindeutig etwas aus dem Lot geraten. Jemand anders hätte den Unterschied vielleicht nicht bemerkt, doch ich erkannte es an ihrem Spiegelbild in dem riesigen neuen Schminkspiegel. Nicht, dass es irgendwelche äußeren Spuren gegeben hätte – nein, in ihrem Inneren war etwas zerbrochen. Zoë verbrachte Stunden damit, in ihren modernistischen Spind zu starren, allerdings sah sie nun nur noch negative Seiten an ihm. Sie vergaß, ihre Orchidee mit frischem Wasser zu versorgen, doch als diese zu vertrocknen begann, überkam sie ein Weinkrampf nach dem anderen – genug Flüssigkeit, um einen ganzen Urwald damit zu wässern. Hinzu kam, dass sie, die sie doch normalerweise so sehr auf äußere Dinge achtete, eines Tages in die falsche schwarze Limousine kletterte und ihren Irrtum erst bemerkte, als sie am anderen Ende der Stadt auf einem ganz und gar nicht gestylten Landgut aus dem Wagen stieg und keine Winnie in dessen Stallungen vorfand.

Zoë litt eindeutig unter Liebeskummer, was sie nur noch reservierter machte. Obwohl ich sehr gerne Winnie und die anderen Kreaturen ihres Anwesens wiedergesehen hätte, lud sie mich kaum noch zu sich ein, und ich fragte sie auch nicht danach.

»O mein Gott! O mein Gott! O mein Gott!«

Zoë stürmte aus dem Klassenzimmer in den großen Flur. Ihre spitzen schwarzen Stilettos klapperten auf dem Linoleum. Sie trug ein schwarzes gerafftes Kleid, das besser nach Paris als in Französisch II gepasst hätte. Zwei dicke schwarze Lidstriche vervollständigten den Look.

Zoë warf sich gegen ihren Spind und nestelte an dem Zahlenschloss.

»Sogar sein Geburtstag lässt mich im Stich!«

In Zoës Stimme schwang echte Verzweiflung mit, während sie hektisch an den drei Rädchen drehte.

»Was?«, fragte ich.

»Mr. Dorseys Geburtstag, die Kombination von meinem Zahlenschloss!«

Offenbar ein und dasselbe.

»Ist alles okay mit dir?«, fragte ich.

»Nein. Nichts ist okay mit mir!«

Plötzlich schien Zoë Christie sich an etwas zu erinnern: Sie war *Zoë Christie*. Und schon hatte sie ihre Zoë-Christie-Maske wieder aufgesetzt. Heiter, gelassen, reserviert, mit makellosem Lidstrich und knallrotem Lippenstift.

Sie stieß einen übertriebenen Seufzer aus und fuhr mit ihren kurz geschnittenen, lackierten Fingernägeln über das Zahlenschloss.

»Fünf. Sechs…«

Ihre Stimme erstarb, bevor sie die letzte Zahl genannt hatte – wahrscheinlich das Geburtsjahr –, und wie durch ein Wunder öffnete sich die Spindtür. Die Orchidee wurde von ein paar kleinen Zweigen gehalten, braunen Stöckchen, die der erotischen Blume eine Stütze sein sollten.

Von großem Unbehagen erfüllt, kam ich in Zoë Christies Designerhaus an. Zoë hatte verlangt, dass ich DORSEY: UNVOLLENDETE BAUTEN mitbringe, so dass sie seine Vergangenheit erforschen könnte – eine Vergangenheit, die ihrer festen Ansicht nach ihre Zukunft blockierte. Doch wie erwartet, weigerte sich Kris Tina Woo, das Buch auch nur eine Minute aus den Augen zu lassen; sie war sogar so weit gegangen, es mit einer schweren Kette an den Tisch zu binden, damit ich gar nicht erst auf die Idee kommen würde, es gegen ihr Verbot mitzunehmen.

Zoës Temperament war unberechenbar – das wusste ich –, und lauter »worst case«-Szenarien gingen mir durch den Kopf. Man kann den wahren Charakter einer Frau daran erkennen, wie sie ihr Personal behandelt, pflegte Mrs. Christie ihren Möbeln zu erzählen, und dieser Logik entsprechend war Zoë Christie jemand mit einem recht schäbigen Charakter. Wenn ich ehrlich mit mir selbst war, dann war auch ich Teil von Zoës Personal: Es wurden Erwartungen in mich gesetzt, die ich nicht erfüllen konnte. Obwohl ihre unglaublich beherrschte Fassade zu ihren besseren Eigenschaften gehörte, ließ Zoë in der Schule häufig ihren Teenagerlaunen freien Lauf. Sie war besessen von ihrem Spind, doch zu ihrer Orchidee hatte sie ein sehr unbeständiges Verhältnis. Sie konnte sich fürchterlich über ihre Farbschattierungen, über ihren Wuchs aufregen. »Ist eine Orchidee überhaupt etwas Modernistisches?«, fragte Zoë Christie ihren Designerspiegel dann, um die Blume wenige Minuten später mit einem so liebevollen Blick zu bedenken, als gehörte sie zu ihrem Brautstrauß.

Auf dem Landgut begleitete mich Zoës Gouvernante zu den Ställen. Winnie wieherte lauthals und schien sich aufrichtig über mein Kommen zu freuen. In einer übertriebenen Geste warf sie den Kopf zurück (eine ganze Weile war ich fest davon überzeugt, das hätte sie sich von Zoë abgeguckt) und bedeutete mir, näher zu treten. Ich nahm einen Holzstriegel und schaute mich um. Ich war allein.

»Hallo, Winnie. Schön, dich zu sehen!«, sagte ich. »Ich habe dich schrecklich vermisst.«

Sie lächelte und hielt mir ihr Bein hin.

»Soll ich dich ein bisschen kratzen?«

Sie nickte, und ich begann sie zu striegeln.

»Hat Zoë dich heute Morgen geritten?«, fragte ich. Winnie trug den teuren Ledersattel, den Zoës Vater von einer Geschäftsreise aus Paris mitgebracht hatte. Die große orangefarbene Kiste, in der er den Sattel transportiert hatte, stand noch immer vor Zoës Bett und diente dem Mädchen als Ablagefläche, auf der es die dreckige Wäsche für die Zugehfrau deponierte.

Winnie nickte und bedeutete mir, ihre üppige braune Mähne zu striegeln. Sie wand sich unbehaglich unter dem Gewicht des Sattels.

»Wo ist Le Cheval?«, fragte ich. Le Cheval war Winnies bester Freund.

Winnie wieherte, errötete, schlug ihre langen Wimpern nieder und zeigte mit dem Huf in Richtung Nachbargrundstück. Das Altman-Gut war zwar kein Designergehöft (ich hätte nicht zu sagen vermocht, worin der Unterschied bestand, doch Zoë hatte mich bestimmt ein dutzend Mal darüber aufgeklärt), aber es war riesig und wunderschön. Le Chevals Stall hatte ungefähr die Größe von meinem Haus.

Plötzlich hörte ich Schritte auf dem Schotter, das Knirschen von Stiefeln auf dem Heu. Zwei Paar Füße kamen näher. Zoës leise Stimme hörte ich zuerst.

»Winnie ist mir von all meinen Besitztümern das liebste. Abgesehen von meinem neuen Schreibtisch natürlich …« Hier machte Zoë eine Pause, um einen Effekt zu erzeugen, dessen Sinn ich nicht begriff. Ihre Begleitung gab keine Antwort. »Winnie ist ein Vollblüter. Sie wird später auf den Pferdeschauen bestimmt mal viele Preise bekommen, aber jetzt ist sie noch zu jung dafür.«

Es folgte noch immer keine Antwort von Zoës Begleitung, aber die zwei Paar Füße kamen unweigerlich näher und damit die Gelegenheit für Zoë, ihren zukünftigen Vollblutsieger vorzuführen. Ich wusste, Zoë würde meine Anwesenheit peinlich sein und sie würde fürchterlich wütend werden, falls ihre Begleitung mich zu sehen bekäme, daher sprang ich schnell in einen großen Heuhaufen, der im Stall herumlag. »Das ist Winnie.« Zoë kicherte leise. Es war das erste Mal, dass ich so etwas wie Demut oder Unsicherheit in ihrer Stimme hörte. »Winnie, das ist Mr. Dorsey.«

Ihre Worte hatten einen leicht spöttischen Beiklang, als würde Winnie sowieso nicht ermessen können, wer ihr da gerade vorgestellt wurde.

»Hallo, Winnie!«

Die Stimme war ein Bariton und wunderschön. Ja, und selbst ein wenig unsicher. Ich hielt den Atem an, als der Mann fortfuhr: »Sie ist unendlich viel schöner als jedes Möbelstück dieser Welt.«

»Ja, ähm, ja, das ist sie. Aber wenn Sie sie ausgesucht hätten, wäre sie bestimmt nicht immer so frech zu mir.« Nun lag Bewunderung in Zoës Stimme, und ich hätte wetten mögen, dass sie Winnie zugleich mit einem boshaften Seitenblick bedachte – wie so oft, wenn das Pferd einen besonders hohen Sprung nicht schaffte oder in die falsche Gangart wechselte. »Ich bin zwar selbst eine ziemlich gute Reiterin, aber ich habe vor, Winnie zu einem Profijockey zu geben, damit sie später bei Derbys mitmachen kann.«

Winnie sollte weggeschickt werden?

»Das ist aber schade!«, sagte Mr. Dorsey, als hätte er meine Gedanken lesen können.

»Ich will natürlich nur Winnies Bestes.« Zoë hielt inne. Ich spürte ihre Unsicherheit und konnte nur hoffen, dass es Mr. Dorsey genauso ging. Zoë fuhr fort: »Vielleicht sollten wir zum Haus zurückgehen … Reithosen können noch so schick sein: Sie sind und bleiben nun einmal unbequem.«

Der letzte Satz war in einem koketten Ton gehalten. Mr. Dorsey blieb jedoch unbeeindruckt.

»Eine gute Idee, wirklich. Ich muss unbedingt mit Ihrer Mutter über die kleine Truhe sprechen, die ich in das dritte Schlafzimmer stellen möchte.«

»Natürlich! Eine kleine Truhe ist genau das, was diesem Raum noch fehlt.«

In Zoës Stimme schwang Enttäuschung mit, und zum ersten Mal tat sie mir Leid. Als Mr. Dorsey und sie außer Hörweite waren, kroch ich aus dem Heuhaufen und schaute mich um. Die Ställe, Winnie, die weiten grünen Rasenflächen mit dem perfekt getrimmten Gras, die beeindruckende Silhouette des Anwesens: Diese ganze Pracht strahlte mit einem Mal sehr viel Einsamkeit aus. Mr. Dorseys Zuneigung war das Einzige, was die Christies ihrer Tochter nicht kaufen konnten, und leider war es das Einzige, was sie wirklich haben wollte.

Mr. Dorsey hatte das Landgut verlassen, und Zoës Gouvernante informierte mich, dass ich mich ebenfalls auf den Heimweg machen sollte.

Wegen Terminproblemen mit dem Chauffeur sollte Mrs. Christie selbst mich nach Unity bringen, aber sie war andauernd zu spät dran, und dieses Mal sollte keine Ausnahme bilden. Fast eine Stunde lang ließ sie mich in der Auffahrt warten. Allmählich senkte sich die Dämmerung über das Grundstück.

Vor lauter Langeweile ging ich hinüber zum Fischteich. Obwohl die Christies seine Existenz oft zu vergessen schienen, zählte der Teich zu meinen Lieblingsplätzen auf dem Gelände. Trotz wiederholter Säuberungsaktionen war der künstlich angelegte Tümpel schlammgrün und voller Schlick. Eine dicke Schicht Entengrütze bedeckte die Wasseroberfläche. Mir gefiel das, bestätigte es doch, dass die Natur letztlich immer gewinnt, selbst gegen Heerscharen von Personal und hoch effektive Reinigungsmittel. Ich beugte mich über die dunkle Brühe. Ein Flusskrebs sprang aufgescheucht von einer jungen Elritze davon, die vergnügt ihr neues Umfeld erkundete. Zwei Schwertfische simulierten einen hitzigen Fechtkampf. Der Verdacht keimte in mir auf, die Christies könnten ihren Küchenchef zum Teich schicken, um von dort die Zutaten für ihr Abendessen holen zu lassen, und ich schaute zu Garnele und Thunfisch und Hummer und wünschte mir, sie alle in einem riesigen Fischernetz mit zu mir nach Hause nehmen zu können. Sie hatten es nicht verdient, aufgegessen zu werden, nicht einmal von den vornehmen Christies.

Ohne dass ich sie hatte kommen hören, stand plötzlich Mrs. Christie hinter mir und schaute zu, wie ich eine kleine Krabbe tätschelte.

»Sieht das hier vielleicht nach Auffahrt aus?« Das war eine von Mrs. Christies eher geistreichen Bemerkungen.

»Nein, Mrs. Christie, entschuldigen Sie bitte.« Die kleine Krabbe nahm Reißaus vor uns, wahrscheinlich hatte sie Angst, im Kochtopf zu landen. »Ich mag nur den Fischteich so gerne und wollte mich noch von seinen Bewohnern verabschieden.« Ich hatte das vage Gefühl, dies könnte mein letzter Besuch in dem Designerhaus sein.

»Du bist vielleicht ein seltsames Mädchen!«

Ich nickte bloß.

»Deine arme Mutter«, fuhr Mrs. Christie fort.

Ich wusste nicht, worauf Mrs. Christie anspielte – entweder: Deine Mutter hat's wirklich schwer mit dir, oder: Ich habe gehört, deine Mutter ist verrückt geworden –, daher nickte ich lediglich ein weiteres Mal. Die Sonne ging unter, und ich fragte mich, ob die Christies all das für selbstverständlich erachteten. Vielleicht waren Besitzer von Designergehöften es ja irgendwann leid, den ständigen Anblick von Abendrot ertragen zu müssen; vielleicht hatten sie sich ja sogar an der goldenen Sonne selbst satt gesehen, die am Ende eines jeden Tages hinter den Stallungen versank.

Mein Rucksack stand direkt neben mir, aber Mrs. Christie schien es mit unserem Aufbruch nicht eilig zu haben. Stattdessen blieb sie neben dem Tümpel stehen, als hätte sie Wurzeln geschlagen.

»Manchmal mache ich mir wirklich Sorgen um Zoë«, sagte sie schließlich. Meine Augen folgten ihrem Blick zum Reitparcours. Zoë hielt Winnie an einer langen Lederleine. Sie hatte ihre unbequemen Reithosen noch immer nicht ausgezogen; außerdem trug sie eine samtene schwarze Reitkappe und kniehohe Stiefel. Der Parcours war ein ganzes Stück von uns entfernt, und zum ersten Mal sah Zoë inmitten ihrer mächtigen Besitztümer richtig klein aus. »Manchmal frage ich mich, ob all das hier« – Mrs. Christie zog einen weiten Bogen mit ihrem diamantenbereiften Arm, der das gesamte Gelände mit einschloss – »sie davon abhält, auch die traurigen Dinge im Leben anzunehmen.«

Ich wusste nicht, was ich sagen sollte. Aber plötzlich wünschte ich mir verzweifelt eine Mutter zurück.

Schweigend schauten wir beide zu Zoë hinüber. Runde um Runde zogen sie und Winnie immer den gleichen Kreis, fast wie bei einem Disziplinierungstraining.

»Er war einfach nicht der Richtige für sie.« Mrs. Christie sah mit einem Mal tieftraurig aus, als wäre Zoës gebrochenes Herz auf wundersame Weise in ihre Brust verpflanzt worden. »Er ist vierundvierzig und sie siebzehn. Natürlich ist sie hinreißend, aber er hat sie nicht mal richtig angeguckt. Es war eine sehr einseitige Liebe. Und so etwas kann keine Liebe sein.«

Sonne, Licht, Dunkelheit, Mond, Sterne, Wolken: Alles kämpfte um seinen Platz am Himmel, aber dort war nicht genug Raum, und mir war klar, dass früher oder später die Dunkelheit gewinnen würde.

»Sie war schon immer sehr reif für ihr Alter. Aber … Na ja, ich wünschte nur, sie hätte es mit dem Erwachsenwerden nicht so verdammt eilig.« Mrs. Christie blickte erst zu mir, dann zu ihrer Tochter. Zoë führte noch immer Winnie im Kreis herum, sie schien die Dunkelheit gar nicht wahrzunehmen. »Er ist schon ein komischer Kauz…«

Ich brauchte einen Moment, um zu begreifen, dass sie von Mr. Dorsey sprach. Die Kreaturen im Teich waren dicht bis unter die Wasseroberfläche gekommen. Sie wollten wohl den Himmel betrachten, oder vielleicht waren auch sie einfach nur traurig. Das Wasser wurde von ihrem Atem aufgewirbelt, aber Mrs. Christie schien von all dem nichts zu bemerken.

»Manchmal verschwindet er ganz plötzlich. Niemand weiß, wo er hingeht. Es scheint fast, als würde er…« Mrs. Christie schaute in den Himmel, und ein Hauch von Wiedererkennen, eine leise Ahnung, dass sie Zeugin eines wundervollen Schauspiels war, flackerte über ihre Züge, war jedoch genauso schnell auch wieder verschwunden. »Es scheint fast, als würde er sich in Luft auflösen… ja, als würde er sich in einen Geist verwandeln.«

Mrs. Christie ließ mir Zeit zu antworten, doch ich wusste noch immer nicht, was ich sagen sollte. Ich schaute hoch zu den Sternen – zu einem ganz besonders hellen – und sehnte mich nach einer Mutter.

»Zorka…« Mrs. Christie hielt inne, beinah so, als hätte sie Angst, ihren eigenen Gedanken laut auszusprechen. »Verlieb dich nie in einen Geist!«

Die Dunkelheit hatte ihre Schatten über das Licht gelegt, die Sterne die Sonne vertrieben, und Mrs. Christie nestelte an einem ihrer Diamantreifen. Ich wusste nicht viel von der Liebe, aber bei Mrs. Christies Anblick wurde mir klar, dass sie genau wie Zoë und Mama zu jenen gequälten Seelen gehörte, die der Liebe verfallen waren. Ich würde diesen Fehler nicht machen! Ich war ohnehin schon traurig genug.

Mrs. Christie ließ ihren Blick zu meinem Rucksack wandern, das Zeichen für unseren Aufbruch. Ein letztes Mal schaute ich zum Fischteich hinüber. Ein Thunfisch schwamm dicht unter der Wasseroberfläche – ich war mir sicher, er wollte nicht, dass ich ging, weil er Angst hatte, es könnte mein letzter Besuch gewesen sein. Ich warf ihm eine Kusshand zu, nahm meine Tasche und sah hinüber zum Reitparcours.

Winnie war an eine alte Eiche gebunden. Das Grundstück war vollständig umzäunt, doch Zoë schien es vergessen zu haben. Es liegt wohl in der Natur des Menschen, dass er nach einem Verlust alles um sich herum noch mehr an sich binden will, damit ihm diese Erfahrung in Zukunft erspart bleibt. Jene Lektion hatte ich selbst vor langer Zeit schon gelernt – jahrelang hatte ich Mama dabei zugesehen, wie sie Papa mit ihrer Liebe immer fester an sich ketten wollte –, doch Zoë Christie lernte sie erst jetzt, dank Mr. Dorsey. Ein paar Mal lief sie noch den Parcours entlang. Sie pflückte eine wild wachsende Blume, richtete die Höhe bei einem Hindernis, schlug nach einem vorbeischwirrenden Insekt.

Schließlich blickte sie auf, setzte sich auf den matschigen Boden und brach in Tränen aus.

6. KAPITEL

Ohne Vorwarnung rückten die Abschlussprüfungen näher. Gewichtige Worte wie *Zukunft* und *College* schwirrten durch die Schulräume. Das Thema College war in der Carpenter-Familie nie angesprochen worden, aber ich wollte unbedingt aus Unity raus. Ich wollte auf eine Schule gehen, wo die Leute mich mögen würden, wo ich Freunde finden könnte.

Ich hatte nie mit jemandem über meine geheime Sehnsucht gesprochen, doch Mrs. Pascal – meine Naturkundelehrerin – schien mich zu verstehen. Eines Tages stand sie unangekündigt bei uns vor der Haustür. Ich schämte mich für unsere Bruchbude, für Mamas lavendelfarbenen Morgenrock mit den Brandflecken, für die Fliegengittertür, die noch immer auf den Verandastufen herumstand. Als ich Mrs. Pascal auf der Türschwelle stehen sah, schoss mir der Gedanke an Zoës Designerlandgut durch den Kopf, und ich wünschte mir, auch in einem Haus zu wohnen, das wie ein Wasserfall aussah. Aber Mrs. Pascal schien von all dem keine Notiz zu nehmen. Sie trat in den Flur und sagte, wie schön sie das Bild an der Wand finde. Es war ein Foto von Daddy und mir; Mama hatte es vor vielen Jahren aufgenommen, als meine Haare noch so hell waren, dass sie fast weiß schienen. Ein Schmetterling hatte sich auf meiner Schulter niedergelassen, und ich lachte übers ganze Gesicht. Daddy allerdings schaute an der Kamera vorbei auf etwas, das man nicht sehen konnte. Sein Gesicht war ausdruckslos.

»Das ist eins meiner Lieblingsfotos von Zorka.«

Mrs. Pascal und ich drehten uns zu Mama um. Ich entschuldigte mich und ging in die Küche, um Mrs. Pascal etwas Eiswasser in ein altes Weinglas einzuschenken. Es war an den Rändern leicht angeschlagen, und ich hoffte, sie würde es nicht bemerken. Sie dankte mir, ohne auf die Macken zu achten.

»Ich freue mich sehr, Sie kennen zu lernen«, begann Mrs. Pascal. Sie schaute Mama direkt in die Augen. Es waren mit der Zeit verrückte Augen geworden, aber Mrs. Pascal schien auch das nicht zu bemerken, obwohl ihr normalerweise gar nichts entging.

»Ja, schön, Sie kennen zu lernen«, erwiderte Mama. »Arbeiten Sie in Zorkas Schule?«

Mrs. Pascal nickte. Ich saß in Daddys altem Lehnstuhl und streichelte einem Wildkaninchen über den Rücken, das Unterschlupf in unserem Haus gesucht hatte. Normalerweise bewegen die extrem scheuen Wildkaninchen sich kaum von ihren Erdhöhlen fort, und erst recht nicht betreten sie menschliche Behausungen.

»Tut mir Leid, dass ich Sie so überfalle«, begann Mrs. Pascal. »Aber Zorka ist ein so bescheidenes Mädchen, dass sie von sich aus bestimmt nie um ein Gespräch gebeten hätte, das sich allein um sie dreht.«

Mama lächelte, als wäre das Kompliment an sie gerichtet gewesen.

Mrs. Pascal fuhr fort: »Ich bin gekommen, um mit Ihnen über Zorkas Zukunft zu reden. Wie Sie sicher wissen, möchte Zorka Tierärztin werden. Wir gehen davon aus, dass sie eine der besten Abschlussprüfungen der ganzen Klasse machen wird. So etwas ist natürlich eine besondere Auszeichnung und weist auf eine große Zukunft hin. Ich habe mir daher erlaubt, mich um ein Stipendium zu bemühen, damit Zorka zur Universität gehen kann.«

Bei dieser absolut unerwarteten Neuigkeit stellte sich sogleich das eine Ohr des Wildkaninchens auf.

»Verstehe«, nickte Mama. Sie bohrte in einem der Brandlöcher in ihrem Bademantel herum. »Es wäre eine große Ehre für mich, wenn Zorka aufs College gehen könnte.«

Ich lächelte. Mrs. Pascal, die erleichtert nickte, auch.

»Hier sind die Bewerbungsunterlagen für das Stipendium«, sagte Mrs. Pascal und entnahm ihrer Ledertasche ein paar Formulare. Sie waren säuberlich geordnet und mit farbigen Klebezetteln versehen, auf denen stand: »Bitte hier unterzeichnen«. Mrs. Pascal zückte einen Füllfederhalter. »Wenn Sie Ihre Unterschrift bitte hier hinsetzen würden...« Das Kaninchen hüpfte von meinem Schoß auf eine der beiden Armlehnen.

Langsam hob Mama das oberste Blatt hoch. Das Papier raschelte laut. Aufgescheucht von der plötzlichen Unruhe, erstarrte das Kaninchen. Mrs. Pascal beugte sich vor, den Füllfederhalter in der ausgestreckten Hand.

Eine lange Weile passierte nichts. »Ich werde unseren Anwalt bitten, die Unterlagen zu prüfen«, sagte Mama schließlich.

»Ich versichere Ihnen, es handelt sich um eine reine Formalität. Diese Art von Bewerbungsbögen sind allgemein üblich«, warf Mrs. Pascal ein.

Ich hielt meine Augen dicht an das aufgestellte Ohr des Kaninchens. Kaninchen, die in wärmeren Gegenden im Landesinneren leben, haben längere Ohren als solche, die von der kühleren, feuchten Nordküste kommen, was wohl damit zusammenhängt, dass Hitze die Schallgeschwindigkeit verringert, so dass Kaninchen unter heißen klimatischen Verhältnissen akustische Signale anders aufnehmen müssen.

Meine Zukunft lag in den Händen eines juristischen Beraters, der lediglich in Mamas Kopf existierte.

7. KAPITEL

Zu Highschool-Zeiten von den anderen Kindern noch als typischer Loser betrachtet – mit Aknegesicht, Glasbausteinen anstelle von Brillengläsern und intimer Kenntnis des periodischen Systems der Elemente –, entwickelte Dr. Cossman sich mit spätestens Mitte vierzig regelrecht zu einem Winner-Typen. *Dr. Cossmans Kaktusarium* war seinerzeit ohne viel Tamtam eröffnet worden; sein Begründer, der berühmte Dr. Cossman selbst, hatte sich offen zu seiner Leidenschaft für die stachelige Spezies bekannt, und es fehlte nicht viel, und seine akribischen Forschungen, Studien und Untersuchungen dieser besonderen Pflanzengattung hätten ihn in den Bankrott getrieben. Doch zweiundzwanzig Jahre nach Beginn seiner Tätigkeit sollte Dr. Cossman über einen genetischen Defekt beim *Ariocarpus* stolpern, der es dieser Kaktusart ermöglichte, eine brennend rote Substanz zu erzeugen, sofern sie eine inzestuöse Beziehung mit dem *Pelecyphora strobiliformis* einging. Diese Form der Genmutation, von ihrem bescheidenen Entdecker *Cosserixus* getauft, war bald für ihre Anti-Aging-Effekte bekannt und wurde – den Warnungen der Staatlichen Behörde für Lebensmittel und Pharmazeutika zum Trotz – heiß begehrtes Schmugglergut bei zahlreichen dermatologischen Laboren im Land. Dr. Cossman, der sich seine Entdeckung hatte patentieren lassen, wurde zum Multimillionär und sein Kakteenpark in der ganzen Welt berühmt. *Dr. Cossmans Kaktusarium* hatte es geschafft – mit einer gehörigen Verspätung von über zwei Jahrzehnten.

Ich selbst war an diesem Tag – ungeschickt genug – viel zu früh dran. Der Schmetterling, der schon während der Hinfahrt die ganze Zeit in meinem Magen herumgeflattert war, schien in dem Moment, als ich den Park betrat, eine ganze Heerschar von Abkömmlingen ausgebrütet zu haben. Sofort wurde mir klar, dass mein Hemdblusenkleid genau das falsche Kleidungsstück für diesen Anlass war. Ich konnte nur hoffen, dass Dr. Cossman mir meinen kläglich gescheiterten Versuch, mich der Situation angemessen anzuziehen, nachsehen würde, wenn er die Entscheidung über seine künftige Mitarbeiterin fällte. Ich wünschte mir nichts sehnlicher, als Kakteenpflegerin zu werden, denn ich war fest davon überzeugt, dass mein biologischer Scharfsinn und mein Talent, mit Lebewesen umzugehen – bis dahin ausschließlich in der Fauna erprobt –, auch auf die Flora übertragbar war. Und von allen Pflanzenarten waren Kakteen meine erklärten Lieblinge, weil sie wie ich viel Sonnenlicht und wenig Wasser brauchten und lange Stacheln hatten, um sich unerwünschter Annäherungsversuche zu erwehren.

Ich hatte genau sechzehn Minuten gewartet, als Dr. Cossman mich endlich in das ehemalige Pförtnerhäuschen rufen ließ, das er als sein Büro bezeichnete. Cossman hatte graue Haare, und auf seinem weißen Ärztekittel war mit dunkelbraunem Garn »Doktor Alfred Cossman« gestickt. Das Winkelmesser, der dunkelrote Kugelschreiber und der Taschenrechner, die in seiner Kitteltasche steckten, wiesen ihn eher als Doktor der Ingenieurwissenschaften oder Medizin aus und weniger als Botaniker. Irgendetwas sagte mir, dass dieser falsche Eindruck beabsichtigt war.

Der weltberühmte Doktor handelte am Telefon gerade eine offenbar äußerst komplizierte Transaktion im Zusammenhang mit einem Seeigelkaktus und einer illegalen Droge aus, als ich den Raum betrat. Ein Weltkrieg war schneller beizulegen, so viel stand fest.

»Warum … – ach so, ja, guten Tag!«, sagte Dr. Cossman.

Sein übersteigertes Selbstbewusstsein war mit Händen zu greifen. Wir saßen auf gleicher Augenhöhe, aber mir kam es so vor, als stünde er auf einem Dirigentenpodium, während ich in der hinterletzten Ecke im Orchestergraben hockte.

»Guten Tag, Dr. Cossman«, begann ich. Sein Handschlag ließ mich an einen Lachs denken, der sich aus den Maschen eines Netzes zu winden versucht. Sogar das Büro roch mit einem Mal nach ranzigem Fisch. Ich ignorierte den Gestank und fuhr schnell fort: »Ich freue mich sehr, Sie kennen lernen zu dürfen. Ich bin eine großer Bewunderin Ihrer Arbeit.«

»Nun, danke schön. Das versteht sich wohl von selbst«, antwortete Dr. Cossman, bevor er sich wieder meinem Abschlusszeugnis von der Highschool widmete, das er in der Hand hielt. Mit den wachen, prüfenden Augen eines Schachspielers starrte er mich an.

Mein Blick wanderte zu einem Foto des berühmten Doktors, der darauf irgendeine anscheinend illustre Persönlichkeit begrüßte. Cossman fing meinen Blick auf, zog eine Grimasse und konzentrierte sich wieder auf das beinah tadellose Zeugnis.

»Hmmm. Die Noten sind okay, wenn auch nicht überragend. Aber… was ist denn das hier? Eine Eins minus in Englisch II? Wir brauchen hier unbedingt Leute, die mit den Kakteen kommunizieren können! Ich hoffe, Sie begreifen, was ich meine. Diese Eins minus ist nicht gerade erfreulich«, fuhr Cossman fort.

Für mein unbedarftes Gemüt stand das korrekte Halten einer Gießkanne mit dem Interpretieren literarischer Texte in keinem direkten Zusammenhang.

»Ja, Sir, ich kann verstehen, dass die Eins minus Ihnen Sorgen macht. Wissen Sie, meine These über ANNA KARENINA als Metapher für das vorrevolutionäre Russland war vielleicht wirklich nicht ganz überzeugend. Interessieren sich Ihre Kakteen denn besonders für russische Vorkriegsliteratur? Wenn das der Fall ist, bin ich vielleicht wirklich nicht die richtige Kandidatin für die ausgeschriebene Stelle. Meine Kenntnis von Tolstoi betrifft leider nur sein Frühwerk«, sagte ich nüchtern.

Diese Art von falscher Bescheidenheit untergrub, wenn auch nur ansatzweise, Dr. Cossmans Schlachtplan.

»Nun, ich weiß Ihre Aufrichtigkeit, was Ihre Schwächen betrifft, zu schätzen«, erwiderte Cossman. »So etwas zeugt von Charakter. Die russische Literatur ist für eine Reihe meiner Schützlinge zwar in der Tat von Bedeutung, aber ich denke, wir können angesichts Ihres kleinen Tolstoi-Defizits mal ein Auge zudrücken.«

Ich war überzeugt davon, dass dieser Mann nicht einmal *Tolstoi* buchstabieren konnte, aber ich spielte das Spiel mit.

»Dafür kenne ich mich sehr gut aus mit südamerikanischer Literatur sowie mit amerikanischer und europäischer Literatur des zwanzigsten Jahrhunderts«, entgegnete ich. Ich legte eine Kunstpause ein, um danach meine Taktik zu ändern. »Vorhin, beim Reinkommen, habe ich einen *Scapharostrus* entdeckt. Wirklich ein wunderschönes Exemplar von einem lebendigen Steinkaktus… Ich habe diese Spezies noch nie in solchen Ausmaßen gesehen. Sie müssen ihr bei der Aufzucht wirklich ganz besondere Sorgfalt gewidmet haben!«

Mit Klugheit und Schmeichelei kommt man weit, vor allem wenn man beides miteinander kombiniert.

»Ja, er ist wunderschön, nicht wahr? Alle meine Kakteen sind wunderschön, keine Frage! Ich freue mich schon, Ihnen meine Sammlung zeigen zu können.«

»Und wann werden Sie das tun, Sir?«, fragte ich, obgleich ich die Antwort schon kannte.

»An Ihrem ersten Arbeitstag natürlich! Hiermit ernenne ich Sie zu meiner Mitarbeiterin.«

»Das ist ja toll!«, entgegnete ich betont euphorisch. Ich hoffte, damit dem Gespräch ein Ende zu setzen.

Das Telefon erhörte meinen Wunsch. Nach dem dritten Klingeln nahm Cossman den Hörer auf, was ich als mein Stichwort zum Abgang verstand.

8. KAPITEL

Mama war sehr krank.

Anfangs hatte ich noch angenommen, es würde ihr bald wieder besser gehen. Ich hatte geglaubt, Schwester Jean und Pfarrer Bob wären imstande, das richtige Krankenhaus für sie zu finden, und eines Tages würde sie, mit einem neuen Daddy unterm Arm, nach Hause zurückkehren, und mein Leben würde wieder normal werden.

Sieben Jahre, nachdem Daddy uns verlassen hatte, saß ich an meinem Geburtstag allein am Küchentisch. Mama war bei ihrem Bibelkreis. Kleine Statuen von Judas, dem Schutzpatron der hoffnungslosen Fälle, waren über unser ganzes Haus verteilt. Ich nahm eins von den Schokoladentörtchen, sang mir mit gefasster Stimme selbst »Happy Birthday« vor – »Happy Birthday, liebe Zorka« – und zündete die Kerzen an. Sie brannten hell, aber mir wollte einfach kein Wunsch einfallen, als ich sie ausblies. Ich wusste, dass es Mama niemals wieder gut gehen würde. Die Zukunft erschien mir unendlich traurig, mehr als je zuvor.

Ich fand Mama an der äußersten Kante ihres Bettes liegend. Sie hatte ihr Hochzeitskleid angezogen.

Es passte ihr hinten und vorne nicht mehr. Nicht weil sie an Taille und Hüften zugelegt hätte – wie es Frauen zu tun pflegen, die älter werden, Kinder zur Welt gebracht haben und irgendwann zur Fülligkeit der fortgeschrittenen Jahre neigen –, sondern weil sie sich fast zu Tode gehungert hatte. Die Knochen stachen unter der vergilbten altmodischen Spitze hervor. Es war das erste Mal seit langer Zeit, dass ich Mama geschminkt sah, doch ihr blauer Lidschatten und der rote Lippenstift ließen jetzt an einen traurigen Clown denken oder an Fingerfarbenspiele im Kindergarten. Mamas dichtes blondes Haar, das sie früher gerne als Bienenkorb- oder Bananenfrisur getragen hatte, war filzig und grau geworden. Schwere Perlenohrringe zogen ihre Ohrläppchen in die Länge, und um ihre Augen lagen dunkle Schatten. An den Füßen trug sie ausgebleichte Satinpumps.

Ein gesprungener Handspiegel lag neben ihr auf dem Bett.

So gerne Ärzte auch Begriffe wie *Koma* oder *bewusstlos* verwenden: Mama sah aus, als würde sie einfach nur tief und fest schlafen. Sie war zu einem Skelett abgemagert, und noch während ich die Nummer des Notarztes wählte, konnte ich mich des Gedankens nicht erwehren, dass sie an ein Tier erinnerte, dessen Futterquelle versiegt war.

Ich sprach mit ihr, während das Tatütata der Martinshörner immer näher kam und schließlich um die Ecke von Honey Creek Parkway bog, und auch im Krankenhaus redete ich noch auf sie ein. Ich hoffte, sie durch den ständigen Klang meiner Stimme wieder aufwecken, sie am Leben halten zu können; ich wollte den Tod davon überzeugen, dass es etwas für sie gab, für das es sich zu leben lohnte.

Als Mama im Krankenhaus aus ihrer Bewusstlosigkeit erwachte, glaubte ich, zumindest einen kurzzeitigen Sieg über den Tod errungen zu haben. Ein durchsichtiger Gefrierbeutel versorgte sie mit Nahrung, die wie Wasser aussah; Plastikrohre atmeten für sie, und eine hoch komplizierte Maschine informierte mich anhand diverser Beep-Töne und grüner Zickzacklinien darüber, dass Mama noch immer am Leben war. Ärzte kontrollierten die Listen auf ihren Clipboards, Krankenschwestern huschten umher, Mama lag auf ihrem Bett, und ich plapperte vor mich hin: »Mama, im Kaufhaus haben sie reduziert, fünfzig Prozent auf alle Artikel. Ich habe ein schwarzes Kleid entdeckt, das würde bestimmt ganz toll an dir aussehen! Es hatte einen von diesen … na, diesen Ausschnitten, weißt du, die hinten ganz tief runterhängen …«

»Kapuzenausschnitt, Schatz. Kapuzenausschnitt!«

»Ja, genau, einen Kapuzenausschnitt!«, sagte ich und gab ihr einen Kuss auf die Stirn. »Wie fühlst du dich? Tut mir Leid, dass ich den Krankenwagen angerufen habe, aber ich wusste nicht, was ich tun sollte. Ich bringe dich so schnell wie möglich wieder nach Hause.«

»Dein Daddy liebte Kapuzenausschnitte. Bei unserer ersten Verabredung habe ich einen Pullover mit Kapuzenausschnitt getragen. Daddy hat gesagt, in dem Moment, als ich die Tür aufmachte, hätte er sich in mich verliebt.«

»Geht das so schnell mit der Liebe?«, fragte ich. Normalerweise vermied ich es, Daddy auch nur zu erwähnen. Aber ich wollte unbedingt Mamas Stimme hören. Außerdem war Liebe etwas, von dem ich überhaupt keine Ahnung hatte.

»Nicht immer, aber es ist durchaus möglich. Ich glaube, bei wahrer Liebe ist das oft so«, erwiderte Mama wehmütig.

»Was bringt einen denn dazu, einen anderen Menschen zu lieben?«, fragte ich.

»Das weiß niemand, Schatz«, antwortete Mama. »Vielleicht ist es sein Geruch – nicht der Geruch seines Parfums oder seines Atems oder seines Aftershaves, sondern ein Geruch, von dem man nicht mal ahnt, dass es ihn gibt –, oder vielleicht die Art, wie er oder sie die Hüften bewegt oder einen Grashalm betrachtet. Aber egal, was es ist, du wirst es niemals herausfinden. Dein Herz wird es wissen, aber dein Kopf nicht! Du kannst Jahre damit zubringen, darüber nachzugrübeln, aber du wirst es niemals herausfinden.«

»Was ist, wenn sich niemand je in mich verliebt?«

»Oh, Zorka, viele Männer werden sich in dich verlieben! Fragt sich eher, in wen du dich verlieben wirst.«

»Was denkst du, wie wird er sein?«

»Gute Frage! Wenn du unbedingt meine Meinung wissen willst, würde ich sagen: sehr klug – so wie du – und mit einer lebhaften Fantasie ausgestattet. Und ich hoffe, dass er nett zu dir ist, denn das ist das Wichtigste überhaupt.«

»Aber was ist, wenn er mich nicht zurückliebt? Kann man sich auch entlieben?«

»Das ist etwas, das ich leider bis heute nicht herausgefunden habe«, erwiderte Mama aufrichtig.

Sie schloss die Augen. Die Maschine mit den grünen Zickzacklinien stieß in einem fort gellende Töne aus, und dieses Kreischen war so schrill, dass es in meinen Ohren wehtat und bis ins Schwesternzimmer zu hören sein musste, denn kurz darauf stürzten sie sich wie die Geier auf Mama. In dem nüchternen weißen Raum herrschte ein einziges Tohuwabohu, und zum ersten Mal hatte ich das Gefühl, das Leben wie durch eine Fensterscheibe zu betrachten. Ich wusste nicht genau, um wessen Leben es sich eigentlich handelte – ich, ein armes Mädchen, das von seinem Vater verlassen worden war, dessen Mutter gerade starb, das niemand jemals verstanden hatte.

Selbst als Tote wartete Mama noch immer geduldig auf Daddy. Sie wurde in Ix begraben, zwischen Großmutter Zorka und einem schmalen rechteckigen Stück Gras, unter dem Daddys sterbliche Überreste einmal ruhen sollten. Ich hatte allerdings den vagen Verdacht, dass Daddy irgendwo weit weg war und höchstwahrscheinlich in einer Gruft mit seinen Schwiegereltern und seinen neuen Kindern begraben werden würde, vielleicht sogar in einem Doppelgrab, Hand in Hand mit seiner neuen Frau. Menschen können Monate, Jahre, ja, ganze Jahrzehnte ihren Hoffnungen nachhängen. Ich glaube, Mama war davon ausgegangen, dass ihre Hoffnung sogar den Tod besiegen könnte.

Bei Mamas Trauerfeier waren dreizehn Leute anwesend. Abgesehen von Pfarrer Bob und mir zählten zu den Trauergästen Zoë und Mrs. Christie (was wohl ihrer guten Erziehung geschuldet war), Todd Sunday (aus dem Supermarkt), Schwester Jean, Mr. Ritter (vom Begräbnisinstitut) und sechs Sargträger. Wahrscheinlich sollte ich die Sargträger nicht mitzählen, denn sie taten nur ihren Job und wurden von Mr. Ritter pro Beerdigung bezahlt, aber ich tue es dennoch. Mama wäre beeindruckt von der Versammlung gewesen, zumal es eine Stunde Autofahrt bis Ix war und auf ihren Tod eine extreme Kältewelle gefolgt war.

Von der Beerdigung selbst weiß ich kaum noch etwas. Pfarrer Bobs freundliche Worte sind mir vage in Erinnerung geblieben, außerdem Mamas neues, hölzernes Zuhause, das in eine offene Grube hinabgelassen wurde, und das entfernte Läuten von Kirchglocken. Ich hielt einen kleinen Lavendelstrauß in der Hand, und ich weiß noch genau, wie penetrant die Blüten rochen. An Todd Sundays Trauerrede erinnere ich mich auch noch, es war eine kurze Ansprache, die von Mamas gutem Kontakt zu den Supermarktangestellten handelte. Und ich weiß noch, dass ich mich fragte, ob Mamas Körper so bleiben würde, wie er war, und wie ihre Seele wohl aussehen mochte. Als Pfarrer Bob sie zum letzten Mal segnete – auch daran erinnere ich mich –, hegte ich die vage Hoffnung, dass all diese Gebete Mama endlich von ihrem Leid erlösen würden. Ich fragte mich, ob sie im Himmel war, ob sie auf mich heruntersah, ob sie zu Gott hin schaute oder zu Daddy. Vielleicht stellte der liebe Gott ja so etwas wie einen Filter dar, damit sie Daddy nicht direkt mit seiner neuen Frau sehen müsste. Der Himmel erschien mir kein geeigneter Ort für gebrochene Herzen zu sein.

Seltsamerweise ist mir von der ganzen Beerdigung am besten Zoë in Erinnerung geblieben. Sie sah bezaubernd aus, in ihrem Pelzmantel mit passender Mütze und ihren zierlichen schwarzen Pumps. Sie war mir sehr nervös vorgekommen, und erst dachte ich, ihr wäre die Situation einfach nur unangenehm, aber dann fand ich heraus, dass es an ihren Pfennigabsätzen lag, die ins matschige Gras abzusinken drohten. Eine blonde Haarsträhne hatte sich unter der Pelzmütze hervorgestohlen, und ihre Augen glänzten, aber nicht von Tränen. Einmal während der Trauerfeier lächelte sie mir zu – in Wirklichkeit war es wohl eher eine Grimasse –, und ich lächelte zähnebleckend zurück. Sie sah zu Boden und stieß ihre Mutter mit dem Ellbogen an. Ihre Mutter schaute erst zu ihr und dann zu mir.

Ich hatte meinen Lavendelstrauß in der Hand, als Zoë mit ihrem schlenkernden Gang neben mir auftauchte. Sie bewegte sich wie eine Tänzerin und hatte sich einen leichten Akzent angewöhnt, als wollte sie mehr Betonung in ihr Flüstern legen. Neuerdings klang sie ständig, als wäre sie außer Atem. Vielleicht war sie es ja auch. Vielleicht verlangte dieses ganze Perfekt-sein-Wollen einfach gewisse Anstrengungen.

»Ich wusste gar nicht, dass deine Mutter mit Zweitnamen Jane hieß«, sagte sie. Sie konnte nicht verhehlen, dass ihr all das vollkommen gleichgültig war, doch ich verzieh ihr. Meine angeborene Fähigkeit, anderen Leuten ihre mangelnde Achtung mir gegenüber zu verzeihen, hatte ich von Mama geerbt.

»Ja, Catherine Jane«, sagte ich. Ich sah krampfhaft auf den Lavendel in meinen Händen. »Ist dein Mantel aus echtem Pelz?«

»Ja. Daddy hat sich eine Nerzfarm gekauft. Als eine Art Nebenjob, weißt du? Seine eigentliche Arbeit ist ziemlich aufreibend, da braucht er solche Hobbys, um sich abzureagieren.«

Zoë zeigte auf ihren Fellkragen. Ein echtes Gesicht starrte mir entgegen, mit Fangzähnen und kleinen Knopfaugen. Es hatte etwas Spitzbubenhaftes an sich, wie ein freches kleines Wiesel eben. Ein wunderschönes Exemplar. Ich konnte mir nicht vorstellen, dass irgendjemand, abgesehen von meiner einstigen Busenfreundin, mit einem toten Tier um den Hals herumlaufen würde. Doch wieder einmal verzieh ich ihr. »Daddy hat extra seinen Kopf drangelassen, damit ich immer daran erinnert werde, was für ein gemeines Tier so ein Nerz ist, und ich keine Schuldgefühle habe, wenn ich ihn trage.«

»Wie funktioniert so eine Nerzfarm?«

»Keine Ahnung, wie sie da genau arbeiten. Aber ich glaube, Daddy hält die Nerze in kleinen Käfigen und tötet sie noch als Babys. Mit sechs Monaten oder so. Die besten Weibchen und Männchen behält er als Zuchttiere für später.«

»Und macht ihn das nicht unendlich traurig? Ständig solche unschuldigen Kreaturen töten zu müssen?«

»Nein, er zieht sie ja auf, um sie zu töten. Wenn sie nicht für ihn gezüchtet würden, kämen sie gar nicht erst auf die Welt.« Zoë öffnete ihre Jacke und strich tätschelnd über das Innenfutter, als hätte sie es noch immer mit einem lebendigen, atmenden Nerz zu tun. »Möchtest du sie mal anprobieren? Schau mal, selbst das Futter ist mit Seidenband vernäht.« Wie sollte es sonst auch sein – winzige, gleichmäßige braune Schlingstiche hielten Tier und Stoff zusammen.

»Nein, danke«, antwortete ich.

Ein Schweigen hing in der Luft, lange genug, um zur Erinnerung zu werden.

»Mein Freund und ich haben uns gerade getrennt. Ich kann mir also gut vorstellen, was deine Mama damals durchgemacht hat«, sagte sie. Zoë hatte einen Freund? »All das tut mir wirklich Leid.«

»Mit *all das* meinst du meine Mutter oder unsere Freundschaft?«, fragte ich ungewohnt direkt zurück.

»Ich meinte eigentlich deine Mutter, aber wahrscheinlich meinte ich in Wirklichkeit beides.« Zoë begann zerstreut an meinem Lavendel zu zupfen. Einen Moment lang standen wir so nebeneinander, und ein leichter Schwindel überkam mich.

Langsam fielen die Lavendelblüten zu Boden, wie Papierflugzeuge an einem windigen Tag.

Als ich aufschaute, war Zoë gegangen. Sie hatte sich auf den Weg gemacht zu dem schicken Sportwagen ihrer Mutter, zum neuesten Nebenerwerb ihres Vaters, zu ihren Bekannten.

Zoë war hübsch und hatte Verehrer und Freunde und Mäntel, die mit Seidenfaden zusammengenäht waren. Ich blickte hinunter auf Mamas Sarg. Noch bedeckte ihn keine Erde, und am liebsten hätte ich ihn mit mir nach Hause genommen. So wäre ich zumindest nicht allein gewesen.

Ich konnte das leise Motorbrummen von Zoës englischem Wagen hören und seine Auspuffgase beinah riechen, als er davonraste. Beim Anblick der nackten Blütenstängel in meiner Hand vermochte ich den Gedanken nicht zu unterdrücken, dass die Welt vielleicht eine einzige große Nerzfarm war und wir alle nur gezeugt wurden, um wieder zu sterben.

9. KAPITEL

Der Wald vibrierte geradezu vor Leben. Ein Rotluchs stürmte so hastig durch das dichte Unterholz, dass einem Fuchs, der ihm im Weg stand, als Ausweichmöglichkeit nur die sterblichen Überreste eines Waschbären blieben. Eichhörnchen veranstalteten Ballspiele mit Walnüssen. Eine Gabelantilope machte genüsslich ihre Streckübungen, als ihr Blick zufällig auf ein paar Spitzmäuse fiel, die im Gestrüpp herumbalgten. So oder so interessierte sie das Treiben der anderen Tiere nicht; sie war satt nach einem reichhaltigen Mahl und schubberte sich die Hörner an einem Baum. Sind Hörner schmerzempfindlich? Können sie Hitze oder Kälte oder anderes spüren?, fragte ich mich. Ich beschloss, dem nachzugehen, sobald ich wieder zu Hause wäre. Ein Rehbock stellte sich schützend neben seine Geiß, die wiederum ihr Kitz beschützte, während eine Wilsondrossel besonders zum Reden aufgelegt schien und sich mit zwei anderen Vögeln in melodischen Tonfolgen unterhielt. Ein paar Grillen zirpten zurück; sie ärgerten sich über die Wolken, die die Sterne verdeckten. Ein Kojote machte sich an ein verletztes Mitglied seiner Spezies heran, und mein Staunen ob all dieser Wunder wuchs von Minute zu Stunde. Wieso verstanden Tiere, was Menschen nicht verstehen konnten?

Gegen Mitternacht kam ich nach Hause zurück, todmüde und mit rot geränderten Augen. Ich zog mein Nachthemd über und überlegte kurz: Sollte ich schon schlafen gehen oder doch noch Recherchen darüber anstellen, ob es in Hörnern Nerven gab?

Ich entschied mich für Ersteres, denn schließlich bestand für Tierforschung keine Notwendigkeit mehr. Das war ein Zeitvertreib für angehende Veterinäre, also nichts für Zorka Carpenter.

Ich trat auf die Stehlampe zu, um sie auszuknipsen, doch zwei Sekunden, bevor meine Hand den Schalter berührt hatte, erlosch das Licht. Die Birne zischelte leise, dann wurde sie schwarz.

»Nur der Gabelbock besitzt Hörner, die in der Hauptsache bei Balzritualen zum Einsatz kommen.« Die Stimme war tief, hatte aber dennoch etwas seltsam Unwirkliches. Obwohl der Satz von seiner inhaltlichen Aussage her als durchaus wissenschaftlich fundiert zu bezeichnen war, ließ der Ton auf mangelnde Genauigkeit schließen.

Mit den Augen durchforstete ich den Raum: Ich war allein in meinem Zimmer.

Minuten vergingen, aber das merkwürdige Gefühl blieb. Ich kletterte aus dem Bett, überflog die Buchrücken aus meiner Tierbibliothek und entschied mich schließlich für einen dicken Band mit dem Titel GABELANTILOPEN UND IHRE HORNSTRUKTUR. Wie zu erwarten, war die Auskunft zum Thema Gabelantilopenhörner nicht gerade erschöpfend: »Nur der Gabelbock besitzt Hörner, die in der Hauptsache bei Balzritualen zum Einsatz kommen.«

Vielleicht hatte ich diesen Satz schon mal irgendwo gelesen, sagte ich mir – vielmehr: redete ich mir ein. Ich hatte für den Rest meines Lebens genug Informationen über Gabelantilopen aufgenommen; im letzten Februar war ich geradezu besessen gewesen von dieser Spezies, hatte sämtliche benachbarten Wälder mit dem Fernglas durchkämmt und mich sogar mit dem ein oder anderen Vertreter seiner Art angefreundet.

Ich ging zurück ins Bett und legte meinen Kopf aufs Kissen.

»Du hättest meine Aussage nicht überprüfen müssen! Ein paar meiner engsten Freunde haben Hörner.«

Die Stimme schien nun von ganz nah zu kommen.

»Wer bist du?«, fragte ich flehentlich. War ich etwa dabei, genauso verrückt wie Mama zu werden?

Das Kichern war tief und leicht gehässig. »Ich bin mit dir zusammen aus dem Wald gekommen. Ich hatte das Gefühl, du könntest ein wenig Aufmunterung gut vertragen. Übrigens herrscht in diesem Schlafzimmer wirklich das totale Chaos! Morgen werde ich hier mal ein bisschen Ordnung schaffen.«

Ich schaute in die Richtung, aus der die Stimme kam. Eine Termite – so groß wie ein Stecknadelkopf etwa – schaute mich aus ihren kleinen Glupschaugen an. Sie schien zu lächeln.

»Bist du das?«, wollte ich wissen.

»Für jemanden, der angeblich so viel von Tieren versteht, bist du manchmal ganz schön schwer von Begriff.« Ein Hauch von Sarkasmus schwang in ihrer Erwiderung mit.

Wenige Sekunden später war die Termite auf und davon. Ich schaute auf meine nackte Schulter, mein Nachthemd, in meinen Kissenbezug, auf mein Laken.

Sie blieb verschwunden.

10. KAPITEL

Es war bei *Hal's Hardware,* wo ich Kris Tina Woo wiedertraf.

Die Fakultät für Architektur der Princeton University hatte aus ihr die junge Architektin gemacht, die sie immer hatte werden wollen; ihr leicht antoupiertes Haar schien wie mit einem Lineal geschnitten und ihre Kleider, in lauter verschiedenen Weißtönen, saßen wie angegossen. Sie trug noch immer ihr blaues Architekturbuch mit sich herum – natürlich –, aber nun schaute es aus einer großen Umhängetasche aus Segeltuch hervor, zusammen mit lauter zusammengerollten Blaupausen. Kris Tinas ganze Haltung drückte drängende Ungeduld aus, aber eine von der guten Sorte, die Ungeduld eines Menschen, der einen wichtigen Termin vor sich hat.

Trotz ihres Princeton-Stylings erkannte ich Kris Tina auf den ersten Blick. Sie stand vor mir in der Warteschlange und war dabei, ein Grafikskalpell, zwei extrafeine Bleistifte und einen Winkelmesser zu kaufen. Ich wollte mir ein neues Goldfischglas besorgen – Flunder hatte ihres kaputtgemacht. Kris Tina hatte noch immer ein Lineal hinter dem Ohr klemmen, und sie strahlte die Aura von jemandem aus, der Dinge entwirft, die von langer Dauer sein werden.

»Oh, hallo, Zorka!«, rief Kris Tina und starrte auf mein Goldfischglas. »Soll das ein Goldfischglas sein, was du da kaufst?«

»Ja, genau. Und, was macht Princeton?«, fragte ich. Ich

hoffte, man würde mir meine Neidgefühle nicht allzu sehr anhören können, aber wahrscheinlich war dem genau so.

»Oh, schön, dass du dich daran erinnerst! Es ist sensationell, wirklich! Darf ich mal kurz dein Goldfischglas sehen?«, fragte sie sichtlich interessiert.

»Ja, klar, natürlich«, erwiderte ich. »Aber es ist bloß ein Goldfischglas, weiter nichts.«

»Das ist es ja – genau, was ich befürchtet habe.« Kris Tina nahm das Glas in beide Hände und betrachtete es von allen Seiten. »Tut mir Leid, aber ich muss dir sagen, dieses Modell ist ergonomisch gesehen eine Katastrophe«, lautete ihr Urteil.

»Es ist nur für meine Flunder gedacht«, antwortete ich.

»Du lässt deine Flunder in so etwas leben?«, fragte sie erstaunt.

»Ja, notgedrungen. Ich habe leider nicht die Möglichkeit, ihr einen Fischteich zu bieten.«

»Verstehe.« Kris Tina nahm das Lineal hinterm Ohr hervor, legte es auf ihr Scheckbuch und füllte einen Scheck auf *Hal* aus. Ruhig schaute ich ihr zu. Ihre gleichmäßigen, eckigen Buchstaben sahen aus wie gedruckt. Kris Tina war so durchdrungen von ihrer Berufung, dass selbst eine Zahl bei ihr wie ein Kunstwerk war.

»Ich glaube, ich habe sowohl eine kurz- als auch eine langfristige Lösung für dein Problem«, sagte Kris Tina endlich. Sie hatte ein Problem aufgetan, von dem ich nicht wusste, dass ich es hatte. »Welche möchtest du zuerst hören?«

»Die kurzfristige, bitte«, erwiderte ich. Die langfristige schien mir zu weit weg.

»Wie du willst. Hast du schon mal was vom *Haus Retro* gehört?« Sie ließ mir gar nicht erst die Zeit, zu antworten. »Ich gehe davon aus, dass dies nicht der Fall ist.« Sie überreichte mir eine Visitenkarte mit einer handgeschriebenen Adresse, wobei mir die Handschrift nach Kris Tinas aussah. »Der Laden läuft nur über Mund-zu-Mund-Propaganda. Sag Mr. Hamilton, dass ich dich geschickt habe. Seine Goldfischgläser sind von Architekten und Ingenieuren entworfen, die über die Zusammenhänge zwischen Sauerstoffzufuhr, Algen und dem idealen Lebensraum für Fische bestens informiert sind. Abgesehen davon: Vom Design her passen diese Art Gläser optimal zu Couchtischen, Esstischen und sogar zu Küchentischen, falls gewünscht.«

»Oh!« Zu mehr Worten war ich innerhalb der zwei Sekunden Reaktionszeit, die mir blieben, nicht imstande. Am liebsten hätte ich einen Kassettenrekorder gehabt, um Kris Tinas Antwort noch einmal zurückzuspulen und in Zeitlupe anzuhören.

»Was die langfristige Lösung betrifft…« Ein seltsames Funkeln war in ihre Augen getreten. »Hast du ein Auto?«

Das Gerücht von der Existenz eines Woo-Modellhauses Nr. 1 hatte bereits vor gut einem Jahr die Runde gemacht, aber ich hatte mich nie darum gekümmert, seinen Wahrheitsgehalt zu überprüfen. Ein paar Mal hatte ich kurz in Erwägung gezogen, mir das Haus einmal anschauen zu gehen, doch irgendetwas hatte mich immer davon abgehalten. Ich weiß nicht, was genau es war, aber wahrscheinlich hatte es mit der Dreieinigkeit von Neid, Apathie und einer gewissen Form der Selbstgenügsamkeit zu tun. Sicher, die Stadt war stolz auf Kris Tina und ihre sagenhafte Leistung; das Haus stellte eine Bastion für die ortsansässigen Fotografen dar, und es hieß, es hätte sogar die Titelseite der Princeton-Werbebroschüre geziert (»Die Princeton-Fakultät für Architektur: Gerade um die Ecke schauen«).

So oder so: Das Gerücht wurde bestätigt. Wenn es Kris Tinas Ziel gewesen war, etwas Komplexem eine einfache Gestalt zu geben, dann hatte sie dies auf bewundernswerte Weise geschafft. Das Woo-Modellhaus Nr. 1 bestand aus einem massigen gläsernen Kubus, einer Art Gewächshaus, das in seiner Struktur Umwelt und Wohnen miteinander vereinen sollte. Das einzige Element, das nicht aus Glas bestand und zur Unterstützung des ganzen Ensembles diente, war ein Gerüst aus

Aluminiumstangen, das die dicken Glasplatten miteinander verband. Trotz der zahlreichen Vektoren hatte die Konstruktion etwas Stromlinienförmiges an sich. Kris Tina, die einige Vertreter der osteuropäischen Moderne zu ihren Vorbildern zählte, hatte sich besonders für gefällige und fließende Gebäudesilhouetten eingesetzt, als sie zurück nach Princeton kam. In der Tat, mit New Jersey hatte das wirklich nicht mehr viel zu tun.

Sie hatte erwogen, einen Hausmeister zu engagieren, aber eigentlich wollte sie jemanden, der sich mit Leib und Seele auf das Musterhaus einließ und sie an seinen Erfahrungen teilhaben ließ. Auf diese Weise könnte sie ihre Bauphilosophie besser durchsetzen, erklärte sie, und vielleicht sogar ihre Reputation bei potenten Auftraggebern steigern (als eine der wenigen weiblichen Vertreterinnen des Modernismus sei sie freilich bereits stark umworben, beeilte sie sich hinzuzufügen).

Kris Tina hielt das Lineal in den Himmel, so wie sie es vor langer Zeit im Angesicht des Dorsey-Baus Nummer Eins getan hatte, und murmelte etwas von Dezimetern und dem Einfluss der Sonne.

»Ist das ein fehlerhaftes Prisma da oben an der Decke?« Ich zeigte auf eine nicht vorhandene Macke in dem Glaskörper.

»*Dispersionsprisma* wäre die richtige Frage gewesen, aber die Antwort lautet Nein.« Kris Tina holte tief Luft. »Zorka, du hast sicher gehört, dass ich eine Weltreise unternehmen werde, bevor ich zum Wintersemester nach Princeton zurückkehre, oder!«

»Das wusste ich nicht!«

»Komisch. Die ganze Stadt spricht über nichts anderes mehr als über meine bevorstehende Reise.« Kris Tina holte ihr Fernglas hervor. »Ich werde nach Peking, Island, Belize, Kapstadt, Riad, Iran und …« Ihre Stimme brach ab.

Ich schaute zum Woo-Modellhaus-Nr. 1 und war fast geblendet vom Widerschein des Sonnenlichts, das sich an seinen glatten Flächen brach. Während ich mich weiterhin im Kaktusarium abplagte, würde Kris Tina Woo die Dorsey-Bauten Eins bis Neun persönlich und vor Ort erforschen.

»... na ja, wo ich tatsächlich irgendwann mal landen werde, weiß ich noch nicht genau. Aber auf jeden Fall will ich die Villa von Architekt Dorsey aufsuchen und ihren Auftraggeber zur Untermauerung meiner These interviewen.« Kris Tina machte eine Pause, dann fuhr sie fort. »Anders als weniger renommierte Universitäten befürwortet Princeton nämlich, dass die Studenten Praxiserfahrung machen, zum Beispiel, indem sie noch vor dem Examen ein Modellhaus bauen. Ich habe meins relativ früh fertig gestellt, weil ich mir die Dorsey-Bauten noch anschauen wollte«, erklärte mir die angehende Stararchitektin selbstbewusst und schaute auf ihr blaues Buch hinab. »Es gibt eine Menge, was man aus Büchern lernen kann.«

Kris Tina öffnete die Glastür.

Es liegt in der Natur eines Modells, dass es noch keine Perfektion erlangt hat – das musste sogar Kris Tina zugeben –, aber mir gefiel das. Seit mittlerweile drei Jahren las ich ständig irgendwelche Kreaturen auf, und auch die waren keineswegs immer ohne Fehl und Tadel. Termite etwa war ein Workaholic, und Marienkäfer besaß keinen einzigen Punkt. Wurm konnte sich nicht richtig vorwärtswinden, Tausendfüßler hatte nur neunhundertneunundneunzig Füße, und Glühwürmchen verfügte nur über zehn Watt. Schnecke pflegte mit dreißig Stundenkilometern durch die Gegend zu ziehen, und Katzenfisch hatte keine Barthaare. Nachtigall war ohne Stimme auf die Welt gekommen, Goldfisch war keinesfalls golden und Vogelspinne viel zu zutraulich. Perfekte Kreaturen gehörten in ein perfektes Leben, nicht in das von Zorka Carpenter. Ich verbrachte sehr viel Zeit damit, neue Mitglieder für meine Familie zu suchen. Die meisten meiner Kreaturen fand ich in den umliegenden Teichen und Feldern und Bäumen; manche waren Freunde meiner bisherigen Kreaturen, und wieder andere klopften auch schon mal gern mitten in der Nacht an meine Haustür.

Drei Tage nach meiner ersten Begegnung mit dem Woo-Modellhaus-Nr. 1 begleiteten mich 310 Kreaturen dorthin. Wie erwartet waren sie alle sofort in Liebe für die ungewöhnliche Behausung entbrannt. Meine Landkreaturen krochen, tanzten und spielten Ringelreihen auf dem glänzenden Betonfußboden. Meine Luftkreaturen schwirrten durch den hohen Raum, genossen ihre neue Freiheit und den unversperrten Blick nach draußen und spielten in den Bäumen, Pflanzen und Farnen, die in dem Gewächshaus wuchsen. Einen Augenblick lang fürchtete ich, Chamäleon in dieser üppigen Blätterwelt vielleicht nie mehr wiederfinden zu können. Meine Wasserkreaturen, deren bisherige Wohnstätten aus kleinen Fischgläsern (davon eins, wie sich herausstellen sollte, ergonomisch nicht korrekt) sowie Badewanne, Waschbecken und Klo bestanden hatten, schlugen in dem riesigen Fischteich reihenweise Rückwärtssaltos.

Es war zwei Stunden vor Schlafenszeit für meine Kreaturen. Kris Tina führte mich zu einem abgetrennten Bereich, der mein Schlafzimmer darstellen würde. Überall um mich herum war erwartungsgemäß Glas, und ich fühlte mich beinah, als stünde ich in einem wirklichen Wald. Ein kleines weißes Feldbett war die einzige Möblierung des Zimmers. Ich stellte mir vor, dort einzuschlafen, Nacht für Nacht.

»Trotz seiner geringen Größe ist dieser Raum für mich das architektonische Zentrum des Hauses.« Kris Tina klang lebhaft und selbstsicher. »Ich bin überzeugt, du wirst das auch noch feststellen.«

Kris Tina und ich schwiegen. Meine Kreaturen hatten beschlossen, sofort ihr Mittagsschläfchen zu halten. Das Woo-Modellhaus-Nr. 1 war das ideale Umfeld für sie; obwohl mein Schlafzimmer klein und karg war, würden die Kreaturen gerade einmal durch eine dünne Glaswand von ihrer natürlichen Umgebung getrennt sein. Ich schaute zu Kris Tina: Auch sie hatte ihr Zentrum gefunden. Sie kurbelte eins der Fenster ein Stück weit herunter und schob behutsam eine Seepflanze auf dem Teich zurecht. Dann rüstete sie sich zum Aufbruch und drückte mir die Schlüssel des Modellhauses in die Hand.

»Sie drehen sich leider nicht ganz leicht im Schloss«, sagte sie. »Mein Seminar in Türdesign findet erst im nächsten Jahr statt.«

Sie zögerte einen Moment.

»Zorka«, sagte sie dann. Ihre Stimme klang streng.

»Ja?«

»Dein Bericht sollte zweizeilig getippt sein und die Schrift eine *Franklin Gothic*. Und du kannst gerne meine Bemerkung über das Schlafzimmer als architektonisches Zentrum des Hauses zitieren«, fügte sie hinzu. »Du kannst sie eins zu eins übernehmen, ohne Fußnote oder Hinweis auf die Architektin.«

Kaum hatte Kris Tina Woo die Tür hinter sich zugemacht, begann es von der Decke herab zu tropfen.

11. KAPITEL

Eine Woche später bezog ich endgültig das Woo-Modellhaus-Nr. 1.

Anfangs hatte ich noch befürchtet, der Umzug könnte sich traumatisch auf mich auswirken. Nicht nur, dass es von der Logistik her einer mittleren Katastrophe gleichkommen würde – wie man sich bei einem 311-köpfigen Haushalt vorstellen kann –, sondern auch, weil Mamas Haus für mich die letzte Bindung an Daddy darstellte und an das, was früher einmal unsere Familie gewesen war. Als aber als ich schließlich meine Sachen packte, konnte ich Mamas seelische Unterstützung nahezu körperlich spüren, selbst vom Himmel aus – immerhin hatte sie oft genug gesagt, ich sei für Höheres bestimmt. Und das geht nicht von einem Kellerloch aus.

Im Hinblick auf seine Pflege und Instandhaltung erforderte das Modellhaus einige sehr spezielle Maßnahmen, die alle auf einen Besuch im *Haus Retro* hinausliefen. Seit meiner Begegnung mit Kris Tina bei *Hal's* hatte ich weder die Zeit noch die Energie gehabt, den langen Weg bis zu dem geheimnisvollen Geschäft zurückzulegen, aber allmählich lag der Staub millimeterdick auf dem Glas (»Einfacher Glasreiniger wird es nicht tun!«, hatte Kris Tina mich gewarnt), und mit den steigenden Außentemperaturen hatte sich überdies direkt unter der Decke eine dünne Nebelschicht gebildet. Außerdem brauchte ich nach wie vor ein ergonomisch korrektes Glas für meine Fische, denn trotz ihres neuen Teiches begleiteten sie mich noch immer gerne auf meinen regelmäßigen Streifzügen durch die Natur.

Es gab weder ein Schild noch irgendeinen anderen Hinweis darauf, dass es sich bei dem lang gestreckten gläsernen Gebäude auf dem Hügel zwischen Unity und der großen Stadt tatsächlich um ein Geschäft und damit um das *Haus Retro* handelte. Erneut verglich ich die Abbildung auf Kris Tinas handgezeichneter Karte – ein wahres Kunstwerk, das auf einer Auktion sicher einen hohen Preis erzielt hätte – mit dem Gebäude vor mir. Nur zwei Autos befanden sich auf dem Parkplatz, und beide standen sie so schräg, dass sie gleich mehrere Abstellplätze blockierten, als wären ihre Besitzer zu beschäftigt gewesen, um sich um solche Banalitäten wie gelbe Trennlinien zu kümmern. Kris Tina hätte bei einem solchen Fauxpas eine schlaflose Nacht verbracht.

Mr. Hamilton war ein durchtrainierter, drahtiger Typ, dessen helle Haut seinen Körper so straff umspannte wie Seide einen Kleiderbügel. Die Selbstsicherheit und Kompetenz, die er ausstrahlte, waren vermutlich auf sein eher begrenztes Betätigungsfeld zurückzuführen. Meine Kreaturen rumorten unruhig in meiner Tasche. Ich fragte mich, ob das *Haus Retro* nicht auch über einen Bestellservice verfügte.

»Kann ich Ihnen helfen?«, fragte Hamilton von oben herab. Er machte mir den Anschein, als würde er es genießen, seinen deutschen Akzent in seinen Sätzen durchklingen zu lassen. Wahrscheinlich dachte er, seine Muttersprache würde ihn in eine besondere Nähe mit den von ihm selbst und von Kris Tina so bewunderten Architekten rücken.

»Kris Tina Woo hat mich zu Ihnen geschickt.«

»Sie wird einmal eine bedeutende Modernistin werden.« Hamiltons Ton verriet, dass er bei diesem Thema das letzte Wort haben würde.

»Ich bin vor ein paar Wochen in das Woo-Modellhaus-Nr. 1 eingezogen«, begann ich. Namedropping war meine einzige

Chance, hier überhaupt etwas zu erreichen; daher beschloss ich, sie zu nutzen. »Ich benötige ein paar Reinigungsmittel. Oh, und ein ergonomisch korrektes Goldfischglas.«

»Widmen wir uns erst mal dem Goldfischglas«, erwiderte Hamilton. Er dirigierte mich in einen langen Regalgang hinein. »Dieses hier ist das Einzige, das ich meinen Kunden guten Gewissens empfehlen kann.«

Der weiße Kunststoffbehälter hatte ein winziges Bullauge und erinnerte eher an einen Rauchmelder als an ein Goldfischglas.

»Sieht mir nicht so aus, als könnte man von innen gut hinausschauen«, sagte ich und drehte das Glas in beiden Händen. Meine Handtasche vibrierte.

»Soll Ihr Fisch frei atmen können oder eine gute Aussicht haben?«, entgegnete er gehässig. Ich nahm an, dass ihm in Designfragen bisher niemand widersprochen hatte, der so unbedeutend war wie ich. »Abgesehen davon, dass dieses Glas auch aus ästhetischer Sicht sehr viel wertvoller ist als ein traditionelles.«

»Das ist sicher wahr«, gab ich zu. Ich hatte keine Lust, länger über Goldfischgläser zu diskutieren. »Nun, was würden Sie mir denn für Reinigungsmittel für mein Haus empfehlen? Ich denke, ich brauche etwas für Glas und für Aluminium …«

»Sssss … sssssss.«

Pause.

»Sssssss … ssssssss.«

»Klapperschlange, was ist denn los?«, fragte ich. Doch ich erhielt keine Antwort. Es war zwar noch nicht sehr spät, aber der Tag war lang gewesen, und Klapperschlanges Ungezogenheiten hatten eher dazu beigetragen, die Stunden und Minuten in die Länge zu ziehen als sie zu verkürzen. Sie hatte bereits einen Streit mit Goldfisch angezettelt (Salzwasser versus Süßwasser) und die Gruyère-Portion von Maus aufgefressen.

»Dieses Reinigungsmittel hier ist fürs Dach …« Mr. Hamilton warf mir einen merkwürdigen Blick zu.

»Ssss … ssss … ssss.«

»Klapperschlange, spiel bitte mit Vogelspinne!« Ich hielt eine Spraydose mit Defroster hoch. »Okay, und wie soll ich das hier genau anwenden?« Ich wollte das *Haus Retro* so schnell wie möglich verlassen. Dieser Laden fing an, mich nervös zu machen.

»Ssssssss.«

»Reiß dich gefälligst zusammen! Wo ist denn bloß …?«

Doch Klapperschlanges Spielkamerad war nirgendwo zu entdecken. Ich schaute in meiner Handtasche nach: ein einziges Durcheinander von Schlüsseln, Münzen und Insektenrasseln. Ich suchte den glänzenden Betonfußboden mit den Blicken ab. Nachdem ich mir gründlich die Auslage im Schaufenster angesehen hatte – Teppichbodenrollen samt Zubehör –, schaute ich endlich zu Mr. Hamilton auf, der nun gar nicht mehr so selbstbeherrscht wirkte.

»Vielleicht interessiert Sie auch unsere Fünfziger-Jahre-Abteilung …«. Hamiltons Kopf wackelte leicht.

Ich nickte hastig, blickte kurz zur Orientierung auf die hell blinkenden Gangschilder und machte mich, so schnell ich konnte, auf in Gang acht.

Zuerst sah ich Vogelspinne. Sie hatte sich mitten auf einem leuchtend blauen Satinhemd niedergelassen. Ein Hemd, das so teuer aussah, dass wahrscheinlich allein das Betrachten schon Geld kostete. Vogelspinne hatte es sich richtig gemütlich gemacht, als hätte sie dieses perfekt gebügelte blaue Hemd zu ihrem neuen Zuhause erkoren.

»Vogelspinne, komm sofort von dem Herrn da runter!«, zischte ich. Von tiefer Scham erfüllt kam ich direkt vor dem Hemd zum Stehen. »Sir, es tut mir furchtbar Leid! Sie wollte Ihnen nicht wehtun. Sie möchte einfach nur spielen«, brachte ich hervor und ließ zum ersten Mal meinen Blick von der Hemdbrust zum Gesicht des Mannes wandern.

Einmal pro Jahr war die gesamte Februarausgabe der Zeitschrift *Scientific Creatures* allein dem Menschen gewidmet –

in der Regel das Heft, das mich am wenigsten interessierte, da ich diese Spezies immer schon für überbewertet gefunden hatte. Oft warf ich die Februarausgabe einfach weg, ohne sie auch nur aufgeschlagen zu haben. Und einmal hatte ich sogar an den Abo-Service geschrieben und mein Geld für dieses eine Heft zurückverlangt.

Doch in einem Jahr hatte die *Scientific Creatures*- Redaktion zusammen mit einem Forscherteam eine groß angelegte Studie durchgeführt, um herauszufinden, was Menschen weltweit als schön empfinden. Das Ergebnis war schockierend. Ein ganz banales Durchschnittsgesicht – wenn man so will: vertraute Züge –, das war es, was die Menschheit offenbar verrückt machte! Absolut unspektakuläre Einzelelemente, die zusammengenommen solche Puzzles wie Ingrid Bergman, Katharine Hepburn oder John Wayne darstellten! Gewöhnliche Sterbliche wie ich waren folglich die Exoten: Aus langen Gliedmaßen, Stupsnase und strohblondem Haar wurde ein hässliches, abnormes Ganzes.

Diesen Mann hier vor mir, da war ich mir hundertprozentig sicher, würde *Scientific Creatures* als perfekt bewerten.

»Ich weiß, Vogelspinnen sind ganz wunderbare Geschöpfe«, sagte er, nachdem er sie ausgiebig betrachtet hatte. »Und Sie, Sie sind auch wunderschön!«

Er meinte Vogelspinne, nicht mich, davon war ich fest überzeugt. Unbeholfen versuchte ich, Vogelspinne von seiner Brust herunterzunehmen. Das Blut schoss mir in die Wangen, als ich sein Hemd berührte. Er lächelte schief.

12. KAPITEL

Meine Kreaturen wollten endlich in Ruhe schlafen, doch ich konnte einfach nicht aufhören zu putzen. Normalerweise hasste ich diese Arbeit, aber an dem Abend bekam ich den Hals nicht voll. Eidechse flehte mich an, endlich das Abbürsten der Decke sein zu lassen. Honigbiene brauchte unbedingt ihre zwölf Stunden Schönheitsschlaf, damit ihre Streifen nicht verblassten –, und Fledermaus konnte bei eingeschaltetem Licht ihrem nächtlichen Treiben nicht nachgehen. Doch ich konnte an nichts anderes denken als an Schimmelentferner, Fensterreiniger, Entkalker, Entfetter und ihn. Vielleicht hatte er doch mich mit seinem Kompliment gemeint? *Ich* war wunderschön – und nicht Vogelspinne? Der Goldfischteich war in einem erbärmlichen Zustand; wo kamen bloß all die Algen her? Wo er wohl wohnte? Bestimmt in einem schicken Ambiente, was hätte er sonst im *Haus Retro* zu suchen gehabt. Tausendfüßler würde sich in Zukunft seine Füße besser abstreifen müssen: Überall waren Fußspuren, immer tausend Stück auf einmal, über den ganzen Boden verteilt. Wo kam bloß all dieser Staub her? Termite soll ihn morgen wegwischen. Nein, ich werde ihn selber wegputzen. Und so ging die Nacht um.

Der nächste Morgen war ruhig. Tautropfen auf dem Glasdach dämpften das Sonnenlicht. Fest entschlossen, die Erinnerung an jene merkwürdige Begegnung mit den restlichen Trümmern meines Lebens wegzuwischen, machte ich mein Bett und ging in den Hauptraum.

Die frühen Morgenstunden, wenn meine Kreaturen noch schliefen, waren mir normalerweise die liebsten des Tages. Doch heute begann ich bereits um 7 Uhr 05, sie alle aufzuwecken.

»Termite«, säuselte ich in ihr kleines Ohr, »es ist Zeit zum Aufstehen!«

Ganz ihrer Gewohnheit entsprechend, sprang Termite sofort auf ihre winzigen Füße und wischte sich den Schlaf aus den Augen.

Ich wandte mich zu Marienkäfer um.

»Hallo, Süßer«, sagte ich und streichelte ihm über den Panzer, »komm, steh auf und strahle! Du kriegst auch ein kleines Frühstück von mir.«

Marienkäfer knickte eins seiner spillerigen schwarzen Beinchen ab und versuchte, sich am Rücken zu kratzen. Er musste sich richtig anstrengen, um an seinen punktlosen roten Panzer zu kommen.

Die Nächste an der Reihe war Vogelspinne. Mit ihren langen, pelzigen Tentakeln klammerte sie sich an mir fest, während ich zu Qualle, Ratte, Aal, Schildkröte, Papagei, Flunder, Katzenfisch und Faultier trat.

»Vogelspinne, los, mach dich runter von mir und weck Rotkehlchen!« Vogelspinne brach in eine Art lockendes Bellen aus. »Aber ohne Fledermaus und Eule aufzuwecken!« Doch mein Zwischenruf kam zu spät. Vogelspinne war bereits über meine Nachtkreaturen gekrabbelt. Meine Tagkreaturen kicherten, und meine Luftkreaturen machten sich daran, Fangen zu spielen.

Vier Minuten später waren alle meine Kreaturen wach, zehn Minuten später hatten sie alle gefrühstückt. Ich zog mich in mein Schlafzimmer zurück. Das Tau war verdunstet, und ich dachte schon wieder an ihn.

Die Schlaflosigkeit begann allmählich an mir zu zehren. Fünf Tage waren vergangen, und ich war noch immer hochgradig nervös.

Die Stunden, die ich im Kakteenpark zu arbeiten hatte, schienen sich nur so dahinzuschleppen. Ich ertappte mich dabei, wie ich auf die nicht vorhandenen Zahlen meiner Armbanduhr starrte und mir wünschte, sie würden ihre Positionen verändern … Die Sechs vor die Eins, die Sieben vor die Zwei. Dieser Wunsch wurde so stark in mir, dass ich mich sogar zu fragen begann, ob es etwas nützen könnte, wenn ich das Zifferblatt nach unten drehte oder die Uhr am anderen Arm trüge – immer in der Hoffnung, die Zeit würde diese Bewegungen mitmachen. Trotz der Negativaussage des Fieberthermometers fühlte sich meine Stirn ganz heiß an und meine Glieder schmerzten.

Getreu meinem neuen Sauberkeitsfimmel beschloss ich, mir Beschäftigung zu verschaffen, indem ich den Park aufräumen würde, eine schier unendliche Aufgabe. Ich fing an eine neue Ordnung bei den Kakteen einzuführen: Ich riss sie aus der Erde, aus ihren Töpfen, pflanzte sie an anderer Stelle ein, pflanzte sie wieder um, riss sie erneut aus der Erde. *M. bocasana* kommt vor *M. zeilmanniana,* kommt nach *M. elongata,* kommt vor *M. geminispina* kommt nach … Narzisse?

»Dr. Cossman«, brüllte ich quer durch das Kaktusarium, »hat es einen Grund, dass wir eine Narzisse hier haben?«

»Wenn Sie schon darauf bestehen, das Kaktusarium neu zu ordnen, dann sorgen Sie bitte dafür, dass die Narzisse neben den *M. rutilans* kommt. Ich führe gerade ein kleines Experiment durch, das ihre stumme Verständigung erfordert.« Cossmans Gelächter hatte etwas Irres an sich.

Der Diktator richtete seine Aufmerksamkeit wieder auf Sylvia, eine Frau aus seiner Gefolgschaft, die den Kakteenpark als Zufluchtsort nutzte, um in Ruhe kiffen zu können. Sylvias durchschnittliche Persönlichkeit passte zu ihrem unspektakulären Äußeren. Selbst ich, die ich kaum Erfahrung mit der menschlichen Spezies hatte, konnte erkennen, dass Mädchen von ihrer Sorte diejenigen mit den größten Problemen waren.

»Entschuldigen Sie, Dr. Cossman, aber ich denke, ein solches Experiment könnte gefährlich für *M. rutilans* sein. Es könnte ihn umbringen«, antwortete ich fest.

»Du wagst es, Dr. Cossman zu widersprechen?«, blaffte Sylvia mich an.

»Nein, es ist nur …«

»Für heute reicht's mir mit Ihnen«, sagte Cossman. »Und wenn Sie noch einmal in diesem Ton mit mir sprechen, werde ich Sie auf der Stelle feuern. *M. rutilans* ist eine Pflanze! Wir können jederzeit eine neue besorgen. Ich verstehe einfach nicht, was da manchmal in Ihrem verqueren kleinen Kopf vor sich geht.« Cossman warf mir einen boshaften Blick zu. Er und Sylvia verschwanden in Richtung Hausmeisterloge.

M. rutilans schaute mit einem Anflug von Bewunderung zu mir auf.

»Keine Sorge, M., ich werde nicht zulassen, dass dieser schreckliche Mann dich jemals berührt.« Vorsichtig strich ich über seine Stacheln. »Du bist …«

»Ähm, tut mir Leid, wenn ich stören sollte …«

Ich hatte keine Ahnung, wie lange er schon dort stand. Meine einzige Hoffnung war, dass er meinen Streit mit Cossman oder mein Zwiegespräch mit *M. rutilans* nicht mitbekommen hatte, doch ich war nicht sehr optimistisch. Ich wurde knallrot, fummelte in meinen ohnehin schon wirren Haaren herum, kaute auf meiner Halskette und verlagerte linkisch mein Gewicht von einer Hüfte zur anderen – mit anderen Worten: Innerhalb von fünfzehn Millisekunden, während derer er mich unverwandt anschaute, gab ich gleich vier meiner schlechtesten Angewohnheiten preis.

Mein Gesicht nahm ein noch tieferes Rot an, als ich zu sprechen begann: »Ähm, Sie stören gar nicht. Ich wollte nur …«, antwortete ich und kaute auf meinen falschen Perlen herum, als wären es Kaugummikugeln. »Kann ich Ihnen irgendwie helfen?«

»Ich weiß nicht, ob Sie sich erinnern, aber wir sind uns

schon mal im *Haus Retro* begegnet …«, sagte er. Er wich so auffallend meinem Blick aus, dass ich mich schon fragte, ob er nicht vielleicht die in voller Blüte stehenden *Liliacaeae* neben mir meinte und nicht mich.

»… äh, ja, ich glaube, das war am Samstag.« Irgendwie wirkte er bei all seiner Zappelei nicht sehr ausgeglichen. Hätte er nicht einen so verbindlichen Ton angeschlagen, so formvollendete Manieren an den Tag gelegt, hätte ich ihn für fürchterlich nervös gehalten. Aber dann wurde mir klar, dieses Zappelige war eine Form von besonderer Coolness. Also fing auch ich an zu zappeln.

»Ich erinnere mich.«

»Tatsächlich?«, meinte er. Und: »Ähm, ich heiße Richard.«

Jetzt war ich an der Reihe, auf die purpurfarbenen Knospen der *Liliacaeae* zu starren, als hätte sie gerade im Moment die Erfindung der Glühbirne gemacht.

»Ähm, schön, Sie wieder zu sehen …«, sagte er. »Ich hoffe, es stört Sie nicht, dass ich hier vorbeigekommen bin. Ich dachte, ähm … wir könnten vielleicht unser Gespräch über Vogelspinnen fortsetzen. Also ausführlicher, mehr in die Tiefe gehend. Es hat mir nämlich großen Spaß gemacht.«

»Ja, mir auch. Ich meine, ich hätte Lust dazu«, erklärte ich, als ich seinen Blick erwiderte. Es war ein Witz, dass die meisten Leute unter »Blau« das verstanden, was im Führerschein bei »Augenfarbe« stand.

»Sehr gut.«

»Ja, gern gut.«

Ein längeres Schweigen folgte, das in der Luft hängen zu bleiben drohte. Ich fing es gerade noch auf, bevor es nicht mehr rückgängig gemacht werden konnte.

»Soll ich anfangen?«, fragte ich.

»Ja, sicher«, entgegnete er unsicher.

»Als Vogelspinne zu mir kam, war sie drei Monate alt. Ich habe sie gefunden. Nein, ich will mich nicht mit fremden Federn schmücken: Eigentlich hat Ringelnatter sie gefunden, als wir einmal eine kleine Wanderung unternommen haben …«

»Ringelnatter?«

»Ja, aber das ist eine andere Geschichte …«

Und so fing alles an.

13. KAPITEL

Obwohl ich niemals auch nur ansatzweise einen Freund gehabt hatte, glaubte ich in meiner Naivität, mir die Denkweise des potenziellen »Freundes« aneignen zu können. Alles überblickend legte ich mir folgende Erklärung zurecht: Am ersten Tag ruft er nicht an, um nicht zu aufdringlich zu wirken; am zweiten nicht, weil Sonntag ist und damit der Tag des Herrn, an dem so etwas sich nicht gehört; am dritten … Nun, am dritten Tag begann mein Gedankenkonstrukt ins Wanken zu geraten. Ich ließ unsere Begegnung wie einen Film wieder und wieder vor meinem geistigen Auge vor- und zurücklaufen und beriet mich mit meinen Kreaturen. Auch sie waren verunsichert, doch ihrer Ansicht nach war mein Gedankenkonstrukt schon am Sonntag zusammengebrochen, denn dies sei längst nicht mehr der Tag, an dem man sich vollkommen der inneren Ruhe hingebe und keine Telefonate führe. Insgeheim verdächtigte ich meine Kreaturen, Erleichterung zu verspüren: Sie waren nie gut im Teilen gewesen. An dem Montag, nachdem er noch immer nicht angerufen hatte, zog ich mich frühzeitig zum Schlafengehen zurück, indem ich eine leichte Ohrenentzündung vorschützte.

Als ich im Bett lag, hatte ich tatsächlich eine Ohrenentzündung. In meinem rechten Ohr wummerte ein Refrain, der nur aus einem einzigen Wort bestand: Richard. Ich war vollkommen frustriert. Mir war einfach nicht klar, warum dieser Mann plötzlich eine solche Macht über mich besaß. Genauso wenig verstand ich den Grund meiner Besessenheit. Noch nie hatte ein anderer Mensch dermaßen meine Aufmerksamkeit in Anspruch genommen, und ich schwor mir, diesen Quell unberechenbarer Gefühle sofort wieder versiegen zu lassen. Ich wusste einfach nicht, was an Richard so besonders war, dass er mir schlaflose Nächte bereitete, meine Arbeit im Kakteenpark behinderte und meinen Alltag in ein einziges Chaos verwandelte. Sicher, Richard sah gut aus, aber seine Schönheit war nicht die augenfällige mancher Filmstars, die Scharen von Hausfrauen dazu bringen, ihre Schrubber weit von sich zu werfen und in die Frühvorstellung im Kino zu rasen. Richards Schönheit kam noch nicht einmal der des Quarterbacks von unserem Highschool-Footballteam gleich, eines Jungen, dessen uramerikanisches Gesicht, dessen muskelbepackter Körper und Böse-Jungen-Kokainsucht die Frauen reihenweise in den Wahnsinn trieben. Richards wie in Stein gemeißeltes Gesicht, seine klare Aussprache, die einzigartige Tönung seiner Fingernägel, die Art, wie er an seiner Oberlippe nagte, wenn er eine Frage stellte, die Tatsache, dass er überhaupt so viele Fragen stellte, das herrliche Geräusch seiner schwarzen Schuhe, wenn er über Gras lief: All diese Eigenschaften nahmen gewiss sehr für ihn ein, aber selbst in geballter Kombination sollten sie mich nicht regelrecht krank vor Sehnsucht machen. Mein emotionaler Abakus ließ mich im Stich, und ich fühlte mich fremd in meinem eigenen Körper. Obwohl ich zugeben musste, dass es mich mit Langeweile und Unzufriedenheit erfüllt hatte, wünschte ich mir nichts mehr als mein simples altes Leben zurück, das ich die ganzen vorhergegangenen neunzehn Jahre geführt hatte.

Das *Haus Retro* pfiff, und ich kam angelaufen wie ein dompptiertes Zirkustier. Hamilton rief am Mittwoch an, um mir zu sagen, dass der Preis für meinen bevorzugten Aluminiumreiniger um zehn Prozent herabgesetzt werden würde, weil es sich um ein Auslaufmodell handelte. Sowohl der Anruf als auch das Sonderangebot selbst waren absolut untypisch für Hamilton – eigentlich wollte er, abgesehen von der Putzkolonne, solches Gesindel wie mich nicht einmal an guten Tagen in seinem Laden haben. Doch ich stürzte mich auf diesen winzigen Lichtblick. Der Ausverkauf sollte am Donnerstag zwischen zwei und fünf Uhr nachmittags stattfinden und zwar nur für Stammkunden. Er hoffe, mich dann zu sehen, hatte er noch angefügt.

Sehr zum Kummer meiner Kreaturen ging ich allein zum *Haus Retro*. Vogelspinne war besonders gekränkt, da sie sich das Verdienst zumaß, Richard und mich zusammengeführt zu haben. Seit ihrer ersten Begegnung jammerte sie, das blaue Satinhemd wiedersehen zu wollen. Doch ich blieb hart, und angetan mit meiner schönsten Jeans und meinem kleidsamsten Pullover verschloss ich die Ohren vor ihrem Gezeter und machte mich auf den Weg. Mir war klar, die Aussicht, dass eintreten würde, was ich mir erhoffte, war eher gering, aber dennoch wollte ich mein Schicksal lieber selbst in die Hand nehmen.

»Danke, dass Sie gekommen sind!«

»Ich danke Ihnen, Mr. Hamilton! Es ist höchste Zeit, dass ich meinen Vorrat an Aluminiumreiniger mal wieder aufstocke«, erwiderte ich.

»Und anspruchsvolle Kunden wie Sie suchen natürlich immer nur das Beste!«

Warum hatte er plötzlich so viel Achtung vor mir und meiner Vorliebe für bestimmte Reinigungsmittel?

»Wie geht es Ihrem Glashaus?«, fuhr Hamilton fort.

»Danke, gut«, gab ich zurück. Der Unterschied zwischen einem Glashaus und einem Gewächshaus aus Glas war zwar immens, doch ich würde noch immer genug Zeit finden, meine Erklärung nachzureichen.

»Wenn Sie mich jetzt bitte entschuldigen – ich glaube, ich brauche etwas aus Regal acht«, sagte ich. »Ich komme gleich wieder zurück für den Aluminiumreiniger.«

War mein letzter Streifzug durch den Gang mit den Fünfziger-Jahre-Sachen eher kurz gewesen, so hätte dieser Besuch wahrscheinlich den Anforderungen eines Seminars zur Geschichte des Modernismus an einer Eliteuniversität genügt. Ich verbrachte fast eine Stunde mit dem Stöbern durch Putzutensilien, Möbel und jede Menge Nippsachen, die zum Fünfziger-Jahre-Styling passten. Ich warf einen Blick auf meine Armbanduhr: 16 Uhr 46. Dann hörte ich es: »Hallo, Richard! Schön, Sie zu sehen! Wie geht's mit dem Yorff-Projekt voran?«

Ich hatte die ganze letzte Stunde mit dem Studium der Fünfziger-Jahre-Ästhetik verbracht, weil ich darauf spekuliert hatte, dass auch Richard vom Aluminiumreinigersonderverkauf profitieren wollte. Nun war meine erste Reaktion, als ich hörte, wie jemand seinen Namen aussprach: Nichts wie weg!

»Bitte fangen Sie nicht auch noch damit an! Er fordert die ganze Zeit meine Kreativität heraus, aber kaum habe ich irgendeine Idee von mir gegeben, schlägt er sie auch schon wieder in den Wind, um irgendetwas, das er in einem Magazin gelesen hat, zur Diskussion zu stellen.«

Aber wohin? Wenn ich nicht die Regale hochklettern wollte, gab es nicht die geringste Chance, sich in Gang acht zu verstecken. Abgesehen davon, dass Hamilton garantiert nach mir suchen würde, wenn er zur Schließenszeit meine Flasche *Alulux*-Aluminiumreiniger auf der Liste mit den unbezahlten Einkäufen entdecken würde. Vielleicht sollte ich im Vierziger-Jahre-Gang Zuflucht suchen…

»Tut mir Leid, das zu hören! Zum Glück können echte Aficionados, wie Sie einer sind – Mogule, wenn Sie so wollen –, sich ihre Kunden ja aussuchen. Haben Sie schon mal daran gedacht, dieses Projekt einem Ihrer weniger erfolgreichen Konkurrenten zu überlassen?«, fragte Hamilton.

Aficionados? Mogule? Weniger erfolgreiche Konkurrenten? Yorff – war das nicht ein Filmstar? Kein Wunder, dass er nicht anrief. Nicht nur, dass dieser Mann in einer höheren Liga als ich spielte, sondern zudem noch in einer völlig anderen Sportart! Innerhalb von weniger als einer Sekunde hatte ich meine Entscheidung gefällt: Ich werde die ganze Sache beenden, und zwar schleunigst und hoch erhobenen Hauptes.

Einmal in Gang neun angelangt, atmete ich tief durch und begann über die Ereignisse der vergangenen zwei Minuten nachzudenken. Ich war wohl von allen guten Geistern verlassen! Mein Herz an jemanden zu verschenken, der garantiert mit einer ganzen Reihe von Herzen jonglierte – und zwar gleichzeitig! Bestimmt würde er sich nicht mal mehr an das geschundene, welke und verletzte Etwas, das ich mein Herz nannte, erinnern können! Wahrscheinlich hatte er es längst zusammen mit anderen Abfällen von seinem Assistenten auf den Komposthaufen hinter dem Yorff-Haus werfen lassen. Er hatte sich sicher schon wieder all den anderen Herzen zugewandt, jenen der hübschen, klugen und witzigen Mädchen …

»Hallo! Das ist aber eine Überraschung! Schön, Sie zu sehen!«

Rot anlaufen. Mit der Hand in die Haare fahren. Nach der Halskette greifen (die sich nicht einmal an ihrem angestammten Platz befand). Taumeln.

»Hallo! Was machen Sie denn hier im Vierziger-Jahre-Gang? … Äh, ich wollte sagen: Wie geht es Ihnen?«, erwiderte ich.

»Ach, ich sitze gerade an einem Wallis-Neff-Haus und suche nach einer Art Türstopper für das vierte Schlafzimmer …«

Walis-was?

»Ach Gott, ich langweile Sie bestimmt fürchterlich! Wie geht es Ihnen?«

»Gut. Ich meine, im Vergleich zu Ihrem ist mein Leben eher langweilig. Was machen Sie? Ich meine, womit verdienen Sie Ihr Geld?« Ich konnte gar nicht mehr aufhören, Fragen zu stellen, denn ich wollte alles über ihn wissen, alles.

»Ich weiß es nicht so genau. Es ist auch völlig egal. Ich hasse es, über meine Arbeit zu sprechen.«

Erleichterung überkam mich. Wenn ich mit ihm über seine Arbeit hätte diskutieren müssen, hätte ich mich wohl ziemlich blamiert. Lauter Falten und Macken wären zum Vorschein gekommen.

»Ich freue mich wirklich, Sie zu sehen!«, fuhr er fort.

»Sie sehen fantastisch aus«, sagte ich. Ich zog mein Herz aus dem Yorff-Kompost wieder hervor und gab es ihm zurück. Hier bitte, Sir, sagen Sie Ihrem Assistenten ruhig, er kann es ein weiteres Mal wegwerfen!

»Nein, ich bin überhaupt nicht…« Er unterbrach sich und ließ seine Augen über mein Gesicht und meinen Körper wandern. »Sie sind wunderschön!«

Am liebsten hätte ich auf die Pausetaste gedrückt. Noch nie hatte jemand etwas Derartiges zu mir gesagt, erst recht nicht so ein Mann wie Richard. Ich brauchte einen Moment, um meine Fassung wiederzuerlangen. Er wartete geduldig.

Nach ein paar Sekunden – in seiner Stimme schwang leichte Verunsicherung mit – fuhr er fort: »Hätten Sie vielleicht Lust, mit mir in den Dreißiger-Jahre-Gang zu kommen?«

Wir schlenderten zusammen zum Dreißiger-Jahre-Gang, und den ganzen Nachmittag überfielen wir einander mit Fragen. Ich fühlte mich wie in einer Gameshow, bei der man keine falschen Antworten geben, aber einen riesigen Jackpot gewinnen kann, der einem in Platinmünzen ausgezahlt würde. Richard erzählte mir, er sei achtunddreißig, ein Erdsternzeichen, und verdiene sein Geld mit dem Entwerfen von Häusern für andere Leute. Sein Beruf schien ihm auf merkwürdige Weise peinlich zu sein. Und tatsächlich: Innerhalb der knappen Sekunde, die ich brauchte, mir eine Frage zu seinem interessanten Job zurechtzulegen, hatte er auch schon geschickt vom Thema abgelenkt und war stattdessen zu seiner verkorksten Kindheit und Jugend übergegangen. Er sei noch ein halber Junge gewesen, als er von seiner Südstaatenfamilie weggelaufen sei, erzählte er. Als Reaktion auf meinen offenbar erstaunten Gesichtsausdruck fügte er rasch hinzu, seine Eltern hätten ihn sowieso nie geliebt. Ich konnte mir das partout nicht vorstellen; so ein Irrtum schien mir ausgeschlossen.

Danach zählte ich ein paar Ereignisse aus meinem Leben auf – erst von Daddy und seinem frühzeitigen Abgang, dann von Mama und ihrem Verschwinden. Es kostete mich große Überwindung, Stück für Stück die Wahrheit über meine armselige Vergangenheit herauszulassen, und die Worte wollten mir erst gar nicht über die Lippen kommen, doch Richard mit seinem unendlich tiefen Blick trieb mich mehr und mehr dazu an. Ich war über mich selbst erstaunt, als ich mich ihm anvertrauen hörte, ich habe seit meiner Kindheit schon Tierärztin werden wollen und verspüre insgeheim noch immer ein wenig Neid gegenüber Kris Tina Woo, meiner Freundin aus Teenagerzeiten, aus der eine hervorragende Architektin geworden sei. Obwohl ich mich bemühte, die Vorzüge meiner Arbeit im Kakteenpark hervorzuheben, schien in meinen Worten unüberhörbar ein »Ich hasse diesen Ort« mitzuschwingen, was er sofort als die eigentliche Aussage identifizierte. Als er mich fragte, was ich in Zukunft mit meinem Leben anstellen wolle, wechselte ich zum sicheren Terrain »mein Gewächshaus« über. Richard erwähnte am Rande, dass auch er eine Zeit lang in einem Glashaus gelebt habe. Es sei ein Noytra gewesen, bemerkte er, das eine seiner Exfreundinnen ihm geschenkt hätte.

Diese von ihm offenbar nur so dahingeworfene Bemerkung schien nichtsdestotrotz Klauen und Zähne zu haben. Den ganzen Abend, nachdem wir auseinander gegangen waren, nagte sie an meiner Brust. Ich konnte den Gedanken daran selbst dann nicht abschütteln, als ich im Bett lag, unter Sternenlicht und beinah schwindelig vor innerer Erregung. Jedes Mal, wenn ich die Augen schloss, musste ich an Richard denken, der mit seiner Geliebten in einem Glashaus lag. Ich konnte sein markantes Profil sehen, wenn er sie anschaute, seine perfekt geformte Nase, seine sorgsam herausmodellierten Wangenknochen, die blaue Ader über seinem linken Schläfenknochen, die ihn so umwerfend männlich machte.

Kleine Schweißtropfen hatten sich auf meiner Kopfhaut und in meinen Brauen gesammelt. Ich wagte nicht, die Augen erneut zu schließen, aus Angst, das Bild von Richard mit seiner Geliebten könnte mich weiterhin verfolgen wie eine Schallplatte, die ausgerechnet beim schwächsten Stück hängen geblieben war.

»Vogelspinne, Schätzchen, komm doch mal her und erzähl mir was!«, sagte ich. Die einzige Antwort war das Heulen des Windes, der um das Gewächshaus strich.

»Weberknecht, mein Süßer, willst du nicht zu mir ins Bett kommen? Du darfst auch unter meine Decke krabbeln!« Weberknecht liebte es, sich wie ein Krake auf einem dicken weißen Kissen auszubreiten.

»Ich schlafe lieber auf dem eisigen Betonfußboden, als mir ein warmes Bett mit einer kaltherzigen Frau zu teilen«, erklärte er.

»Nachtigall«, begann ich. »Komm doch mal her – dann erzähle ich dir eine Geschichte von Liebe und Tod und finsterer Rache, die im alten Rom spielt, mit ganz vielen Hexen und Feen.« Nachtigall war durch nichts mehr zu begeistern als durch eine lange, abenteuerliche Liebesgeschichte, doch an diesem Tag tat sie so, als schliefe sie bereits, um in Gedanken sich selbst etwas vorzulesen – eine reine Trotzreaktion, die wir in vergleichbarer Form bereits zweimal hinter uns gebracht hatten.

Mit jeder meiner 310 Kreaturen setzte ich dasselbe Ritual fort. Alle gaben sie vor zu schlafen, und doch konnte ich 620 Augen durch die Nacht funkeln sehen. Eifersucht strömte wie Lava durch ihre kleinen Adern, Misstrauen hatte sich in ihren zarten Gliedern breit gemacht. Sie waren unersättlich, diese herzlosen, gefräßigen Kreaturen, und ich verstand nicht, warum ich sie so sehr liebte. Und dennoch tat ich es.

14. KAPITEL

Richard verschwand. Es war, als hätte er das Lächeln von meinen Lippen gewischt und es in eine große Tasche gesteckt, die er mit auf seine geheimnisvolle Reise genommen hatte. Dort würde es so lange verborgen bleiben, bis wir uns das nächste Mal sehen würden – wenn es überhaupt ein Wiedersehen geben sollte. Ich vermochte keinen Trost in meinen Kreaturen zu finden; seit ich Richard getroffen hatte, waren sie übelster Laune, um nicht zu sagen, wie wilde, ungezähmte Tiere. Viele von ihnen lagen mit einer leichten Grippe danieder, andere waren bockig und störrisch. Einige hatten sogar versucht, aus dem Modellhaus abzuhauen. In einer besonders stürmischen Nacht wachte ich plötzlich auf, um meine geliebten Kreaturen dabei zu erwischen, wie sie mit Hilfe von Spatz eine fünf Meter hohe Leiter konstruierten, die bis kurz unter die Deckenluke reichte.

An diesem Abend waren meine Kreaturen total aufgekratzt. Trotz der späten Stunde erlag keine von ihnen der Versuchung, sich in die Niederungen des Schlafes zu begeben; im Gegenteil, sie schienen gerade erst aus einem langen, erholsamen Dornröschenschlaf erwacht.

»Könnt ihr bitte endlich mal still sein?«, fragte ich, doch die Worte hallten von den Glaswänden wider und versickerten im Betonfußboden.

Ich zog mich in mein Schlafzimmer zurück, drehte die Deckenlampe aus und machte es mir auf meinem Feldbett bequem. Die Sternbilder in dieser Nacht verhießen Macht und Stärke; ich konnte den Großen Bären erkennen, den Polarstern und Orion.

Ich schloss die Augen, doch ein Kichern, Glucksen und konspiratives Flüstern drang vom Hauptraum in mein Zimmer. Plötzlich durchfuhr mich der Gedanke, meine Kreaturen könnten in Schwierigkeiten geraten sein. Erschöpft schleppte ich mich aus dem Bett ins Wohnzimmer.

Meine Kreaturen spielten mit einem Papierknäuel!

»Los«, brüllte ich, »geht jetzt *sofort* schlafen!«

Ich lief zu ihnen hinüber und schnappte mir das Papierknäuel; ich war stocksauer über ihre Mätzchen, über meinen geraubten Schlaf und die Tatsache, dass sie sich etwas angeeignet hatten, das mir gehörte. Ich hatte meine Kreaturen noch nie so heftig angeschrieen.

Ich ging in mein Zimmer zurück und glättete das zusammengeknüllte Papier. In fein säuberlicher Handschrift war dort geschrieben: »Bitte erwarte mich am Dienstag um 21 Uhr.«

Am Dienstag brachte ich meine Kreaturen früh zu Bett und instruierte auch die Nachtgeschöpfe, sich im Gewächshaus ruhig zu verhalten. Das Schlagen von Flügeln, Plätschern von nächtlichen Badevergnügen, Blubbern an der Wasseroberfläche des Teiches, ja, selbst das Trippeln von Insektenfüßen auf dem Betonboden: Nichts davon würde ich an diesem Abend dulden. Vielleicht war diese Art von Intoleranz nicht fair, eine unnötig strenge Erziehungsmaßnahme. Doch ich vermochte einzig und allein an Richard zu denken.

Ich trug ein langes pastellfarbenes Kleid, das Mama gehört hatte. In Wirklichkeit war es ein Nachthemd, aber das fiel nicht weiter auf, denn das komplizierte Muster auf der feinen Seide ließ den typischen Nachthemdschnitt völlig vergessen. Ich begann bereits eine Stunde vor 21 Uhr auf Richard zu warten (falls er zu früh dran sein sollte), und zwar am Ende der staubigen Auffahrt. Vage hoffte ich, diese Geste würde mich nicht zu eilfertig erscheinen lassen, zumal ich vermutete, dass Beziehungsratgeber und Feministinnen von einem solchen Verhalten eher abrieten.

Nicht ein einziges Auto kam in der Zeit von 20 bis 21 Uhr vorbei. Als das Schubbern von Reifengummi auf der holprigen Straße schließlich ertönte, war es, als hätte die Luft still gestanden und schon unendlich lange dieses eine Geräusch herbeigesehnt. Ich hätte mir nicht vorstellen können, auch nur eine einzige Minute länger auf ihn zu warten; mein Herz wäre mit Sicherheit in Stücke zersprungen.

Richard fuhr einen schicken schwarzen Kombi.

»Hallo«, sagte er, als er an den Straßenrand fuhr. Er hatte das Fenster, noch bevor der Wagen zum Stehen kam, heruntergekurbelt (natürlich mit Automatik), und kurz überlegte ich, ob auch er wohl aufgeregt war, weil er mich wiedersah.

Richard kletterte aus dem Kombi. Seine schwarzen Schuhe knirschten auf dem Schotter. Ein herrliches Geräusch!

»Schön, dich zu sehen«, sagte er. Die abgegriffene Begrüßungsformel erklang in meinen Ohren wie gerade neu erfunden. Ich trat dermaßen hektisch von einem Bein auf das andere, dass ich befürchtete, meine Oberschenkelknochen würden gleich aus der Hüftpfanne springen.

Richard sah an seinen Kleidern hinab, seinem gestreiften Hemd und den ausgebeulten Jeans.

»Ich sollte im Grunde noch mal nach Hause fahren und mich umziehen. Dein Kleid … Du siehst umwerfend aus!«, sagte er.

Er hatte nicht bemerkt, dass ich ein Nachhemd trug.

»Nein, du siehst umwerfend aus«, erwiderte ich schnell. Ich schaute zu Boden und zerknüllte den Nachthemdstoff zwischen den Fingern, in der Hoffnung, er könnte meine Nervosität aufsaugen. »Wie immer.«

Richard errötete leicht, so als hätte er einen ganzen Nachmittag in der Sonne verbracht. Er schaute zu dem Modellhaus. »Dein Haus ist genial. Wer war noch mal der Architekt?«

»Ich weiß es nicht mehr«, sagte ich nach kurzem Zögern. »Sie – ich meine: *er* – muss ganz am Anfang seiner Karriere gestanden und nicht wirklich viel Ahnung gehabt haben, weil hier ständig irgendwas zusammenkracht.«

»Oh«, sagte Richard und wandte seinen Blick wieder mir zu. Ein sehr intensiver Blick, mit diesen unglaublich blauen Augen und diesem unglaublich schiefen Lächeln. »Ich möchte nur alles über dich wissen. Deshalb habe ich gefragt.«

Richard öffnete die schwere Beifahrertür und half mir beim Einsteigen in seinen Kombi.

»Was ist deine Lieblingsfrucht?«, fragte Richard.

»Hmmm... Gibst du mir ein wenig Zeit, darüber nachzudenken?«, fragte ich zurück. Ich saß neben Richard in seinem Wagen. Das Armaturenbrett funkelte in der Dunkelheit.

»Wenn du schnell nachdenkst«, sagte Richard. »Von deiner Antwort hängt nämlich ab, welche Ausfahrt wir nehmen. Siehst du, wir sind gerade an Kirsche vorbeigefahren.«

Wie auf Kommando drehte ich mich um, und tatsächlich: Wir waren gerade an einem Schild vorbeigefahren, auf dem stand: »Ausfahrt 34 – Kirsche«. Ein Schild direkt vor uns verkündete: »Nächste Ausfahrt Ananas«.

»Ich fühle mich zu sehr unter Druck. Kannst du entscheiden?« Ich hatte Angst, eine Frucht auszuwählen, die Richard nicht mochte. Ich wollte, dass er glücklich war.

»Soll *ich* etwa entscheiden, was *deine* Lieblingsfrucht ist? So geht das nicht, Zor!«

Zor.

»Gibt es irgendwelche Früchte, die du absolut nicht leiden kannst?« Die Frage war sehr wichtig.

Richard verlangsamte das Tempo ein wenig, lehnte sich zu mir herüber, und seine Lippen waren meinem Gesicht so nahe, dass sie beinah meine Wange streiften. »Nun, Pampelmusen sind mir einmal gar nicht gut bekommen.«

Meine Augen weiteten sich. Gedanken an Richards Vergangenheit waren mir generell unwillkommen; manchmal versuchte ich mir sogar einzureden, dass er erst im Moment unserer Begegnung auf die Welt gekommen war. »Was ist passiert?«, fragte ich, obwohl ein Teil von mir die Antwort gar nicht hören wollte.

»Ich bin hochgesprungen, um eine Pampelmuse vom Baum zu pflücken, und ein spitzer Ast hat sich in meine Stirn gebohrt«, sagte er bedächtig. »Ich habe noch immer eine Narbe davon.«

Ich schaute auf Richards Stirn. Sie war makellos.

»Okay, dann sollten wir auf keinen Fall Pampelmuse nehmen. Zu schlechte Erinnerungen.«

»Aber wenn du Pampelmusen gerne magst…« Richards Stimme klang ernst und kompromissbereit.

»Nein, nein«, unterbrach ich ihn. Ich schaute zurück auf die Straße, als das Zeichen für Ananas näher kam.

»Lass uns Ananas nehmen!«, schlug ich vor.

»Willst du, dass wir Ananas nehmen, weil es die nächste Ausfahrt oder weil es deine Lieblingsfrucht ist?«

»Ähm, weil es die nächste Ausfahrt ist«, antwortete ich lächelnd. »Äpfel sind meine Lieblingsfrüchte.«

Richard legte die Hand leicht auf meinen Kopf. Sie blieb dort liegen, trotz ihrer Angst, sich in einem Wust von Haaren zu verfangen, aus dem sie nicht mehr herausfinden würde.

»Rot oder grün?«

»Grün, bitte.«

»Grüne Äpfel, abgemacht.«

Der Garten der Grünen Äpfel hätte das ganze Universum mit seiner Ernte versorgen können. Lange Reihen von Obstbäumen standen auf einem perfekt getrimmten grünen Rasen. Die runden Äpfel waren reif und strömten einen süßlichen

Duft aus; sie waren so groß, dass ein Einziger von ihnen genügt hätte, einen ganzen Kuchen damit zu backen. Ich konnte mich des Gedankens nicht erwehren, dass selbst die Natur – ja, sogar Äpfel und Grashalme und Bäume – sich für Richard in Topform begaben. Auch die Natur dürstete nach seiner Aufmerksamkeit.

Geigenmusik erklang für Richard und mich, als wir jetzt Saft aus grünen Äpfeln tranken und dazu kleine Leckerbissen aßen. »Das ist meine Lieblingsmelodie«, sagte ich und fütterte ein paar herbeigelaufene Eichhörnchen mit Brotkrumen.

»Kennst du die Musik?«, fragte Richard erstaunt.

»Das ist Chopins FANTASIE IN A-DUR. Das erste Stück, das ich auf der Geige gelernt habe«, antwortete ich bescheiden.

»Du spielst Geige?«, fragte Richard. »Ich bin leider total unmusikalisch. Mein ganzes Leben lang wollte ich ein Instrument lernen, aber ich hatte nie genug Zeit und Muße.«

»Na ja, ich habe noch als Kind mit dem Geigespielen angefangen; ich glaube, dann ist es einfacher. Mir hat mal jemand gesagt, es wäre sehr schwierig, nach dem zwölften Lebensjahr noch damit zu beginnen. Aber wenn du willst, bringe ich dir das Geigespielen gerne bei.«

»Das wäre mir zu peinlich.« Richard senkte den Blick auf seinen Kräcker.

Ich runzelte die Stirn und verfluchte mich selbst. Warum musste ich ausgerechnet die einzige Sache auf der Welt, die ich gut konnte, zum Gegenstand unseres Gesprächs machen? Ich wurde allmählich wie Kris Tina, wie Zoë.

»Wie kam es, dass du Designer geworden bist?«, fragte ich schnell.

»Ich weiß nicht. Irgendwie ist es einfach passiert«, sagte Richard gedankenvoll. Er nahm einen großen Schluck von seinem Apfelsaft; ich konnte beinah verfolgen, wie er seinen Schlund hinunterlief. »Grüne Äpfel sind auch meine Lieblingsfrüchte«, fügte er hinzu.

»Dann bin ich aber froh, dass ich mich für sie entschieden habe. Wirklich, das ist wahr!«, erwiderte ich, und beide lächelten wir. »Wolltest du schon als kleiner Junge Designer werden?«, hakte ich nach.

»Eigentlich wollte ich Architekt werden«, begann Richard. »Ich weiß noch, ich war ziemlich jung, vielleicht zwölf, als ich meine Gitarre gegen eine Videokamera eintauschte. Ich lief durch die Nachbarschaft und filmte Häuser. Meine Freunde hielten mich für verrückt. Sie fuhren Skateboard und gingen mit Mädchen aus, und ich nahm reihenweise Häuser auf Video auf. Ich nannte den Film dann HOME MOVIE. Ich kam mir unglaublich kreativ dabei vor.« Richards Lächeln hatte etwas Nostalgisches.

»Und was passierte dann?«

»Dann wurde ich erwachsen …« Sein Lächeln erlosch. »Ich glaube, es ging einfach vorbei.«

Ich schaute ihn liebevoll an, als könnte mein Blick ihn auf irgendeine Weise für seinen verlorenen Traum entschädigen. Mir war jedoch klar, dass dies niemals möglich wäre.

»Du kannst bestimmt noch immer Architekt werden«, sagte ich. Ich hatte die Augen auf die Picknickdecke gesenkt, vor lauter Angst, etwas Falsches zu sagen. »Ich meine, wenn du es wirklich willst.«

»Ich glaube, ich will es gar nicht mehr.«

»Warum?«, frage ich.

»Na ja, wahrscheinlich, weil ich denke, nicht gut genug zu sein.« Schnell fügte er hinzu: »Ich hasse es, über mich selbst zu sprechen. Das ist so langweilig.«

Normalerweise stellte er in einem solchen Moment eine Frage, um das Thema zu wechseln. An diesem Abend jedoch nicht. Stattdessen fuhr er nach einer Weile fort:

»Mein Leben ist voll von unfertigen Dingen.«

»Was für Dinge?«, fragte ich.

Ein Wurm kroch aus dem Gehäuse von Richards grünem Apfel. Richard bemerkte es nicht, und der Wurm krabbelte auf die Decke.

»Ich weiß nicht. Orte, vielleicht. Vielleicht... ja, vielleicht sogar Menschen.«

»Menschen?« Ich hielt inne. »Du meinst: Beziehungen?«

Die Geigenmusik war verstummt. Die Äpfel waren sauer geworden.

»Ich langweile dich!«

»Warum führst du sie nicht weiter?«, fragte ich. Plötzlich schwante mir, dass seine Selbstverachtung auch Koketterie sein könnte.

»Was ich auch tue, es macht keinen Sinn. Ich drehe mich ständig im Kreis.«

Stille brach herein, und ich hatte das Gefühl, etwas Feindseliges läge in der Luft. Ich sah wieder zu Richards Stirn und suchte sie nach Verletzungen ab. Er rührte sich nicht.

»Wo ist deine Pampelmusennarbe?«, flüsterte ich schließlich. Langsam führte Richard meinen linken Daumen zu seiner Stirn. Er sagte kein Wort, sondern hielt nur meinen Daumen fest.

»Ich möchte, dass du Tierärztin wirst, Zor«, sagte Richard schließlich mit bewegter Stimme.

»Aber ich kann nicht...«

»*Ich* kann nicht – aber du kannst!«

Die ganze verbleibende Zeit, die wir im Garten der Grünen Äpfel verbrachten, dachte ich keine Sekunde an ein Tiermedizinstudium. Ich dachte an etwas sehr viel Wichtigeres, sehr viel Dringlicheres. Ich dachte darüber nach, wie ich mich selbst davon abhalten könnte, mich in diesen geheimnisvollen Mann an meiner Seite zu verlieben.

15. KAPITEL

Kris Tina Woo bombardierte mich mit unzähligen Postkarten, um mir in Erinnerung zu rufen, dass sie ferne und exotische Länder bereiste, aber ich verspürte keinen Neid. Es war merkwürdig: All die Jahre zuvor hatte ich Zoë und Kris Tina von weitem und von nahem beobachtet und mir verzweifelt gewünscht, an ihren glamourösen Leben teilzuhaben. Doch jetzt wollte ich nichts mehr, als allein für mich zu sein.

Kris Tinas erste Postkarte kam aus Peking und zeigte den Dorsey-Bau Nummer Zwei. Es handelte sich um einen asiatischen Wolkenkratzer mit exotischer Linienführung und altmodisch anmutenden Details, ein Hochhaus von solcher Bedeutung, dass die Leute sogar Eintrittsgeld bezahlten, um es besichtigen zu können. Kris Tinas kurze Beschreibung war in ihrer typischen hochfliegenden Prosa gehalten – »Ich hatte es mir kaum vorzustellen vermocht, aber der Dorsey-Bau Nummer Zwei ist viel atemberaubender in seiner leibhaftigen Ausführung als in meinem Buch. Die siebzehnte Etage ist geradezu unglaublich in ihrer Linienführung! Doch irgendwie komme ich nicht umhin, es mit dem Wohnhaus zu vergleichen, das ich selbst entworfen habe.« –, und ich war froh, die dünkelhaften Bemerkungen der jungen Architektin nur lesen und nicht hören zu müssen. Die zweite Postkarte aus dem »permanent von Kriegen geschüttelten Iran« zeigte ein Bild von Architekt Dorseys beeindruckendem Kriegerdenkmal. Beide Postkarten wiesen ein identisches Postskriptum in Kris Tinas klarer Architektenhandschrift auf: »Machst du dir auch fleißig Notizen zum besonderen Wohnkomfort im Woo-Modellhaus Nr. 1?«

Die dritte Postkarte war in Kapstadt abgestempelt und in einem dringlicheren Ton abgefasst. Kris Tina berichtete, etwas Schreckliches sei geschehen: Jemand habe ihr Exemplar von DORSEY: UNVOLLENDETE BAUTEN aus ihrem südafrikanischen Hotel gestohlen. Sie war untröstlich wegen dieses Verlustes und wollte, dass ich mich unverzüglich auf den Weg ins *Haus Retro* machte. Mr. Hamilton hätte noch ein letztes Exemplar des Buches, das ich kopieren und ihr nach Kapstadt schicken sollte. Die Postkarte endete mit den Worten: »Selbst heute ist nicht rechtzeitig genug.«

In der Tat war heute nicht rechtzeitig genug. Einhundertdreizehn Stunden waren vergangen, seit Richard und ich in dem Apfelgarten gewesen waren, und wieder einmal hatte er sich danach nicht bei mir gemeldet. Obwohl ich beschlossen hatte, mein taktisches Vorgehen zu ändern und offensiver zu werden, waren die Tage ohne Richard genau das: *Tage ohne Richard*. Ich hatte weder seine Adresse, noch besaß ich sonstige Koordinaten; ich wusste ja noch nicht einmal seinen Nachnamen. Ich kannte lediglich ein paar Geschichten aus seiner unglücklichen Kindheit und hatte eine vage Ahnung, wie er seine Tage zu verbringen pflegte. Hier und da war es mir zwar gelungen, so tief zu bohren, dass ich eine Hand voll persönlicher Informationen erhalten hatte – Orion oberhalb des Kleinen Bären, zum Beispiel –, aber selbst diese waren mir in der Regel nicht erschöpfend genug.

Richard erwähnte nie auch nur einen einzigen Kunden, er sprach nie über Freunde oder gar sein Zuhause. Mein einziges menschliches Verbindungsglied zu ihm war Mr. Hamilton. Das war insofern unpraktisch, als Mr. Hamiltons kühle Fassade und sein erhabener Designergeschmack eine ernst zu nehmende Barriere darstellten. Bis zum Eintreffen von Kris Tinas verzweifelter Postkarte hatte es für mich kaum einen Vorwand gegeben, das *Haus Retro* erneut aufzusuchen.

Nun fuhr ich also zu dem Geschäft. Ein einziges Auto war davor geparkt. Es war kein schwarzer Kombi.

Im *Haus Retro* herrschte Totenstille, als ich eintrat. Nirgendwo war ein Kunde zu entdecken, und kein Mr. Hamilton begrüßte mich im Foyer. Ich schaute mich um. Ich war mit Richard im Dreißiger-Jahre-Gang gewesen; ich hatte ihn im Fünfziger-Jahre-Gang kennen gelernt; ich hatte mich vor ihm im Vierziger-Jahre-Gang versteckt. In Gang eins wurden Käfige und sonstige Behältnisse für Tiere aufbewahrt, das wusste ich noch von meiner Suche nach dem Goldfischglas. Aber wo, fragte ich mich, wo war der Gang, in dem die Bücher standen?

»Kann ich Ihnen helfen?« Hamilton wirkte angespannt, aber immerhin behandelte er mich nicht mehr von oben herab.

»Hallo, Mr. Hamilton.«

Er betrachtete mich neugierig. Das gefiel mir. Außer Richard gab es niemanden, der mich mit Interesse ansah.

Ich nahm Kris Tinas Postkarte aus meiner Handtasche und reichte sie Hamilton.

»Ich habe heute Morgen diese Karte bekommen. Offensichtlich hat irgendein heimtückischer Dieb Kris Tinas Architekturbuch gestohlen.« Ich legte ein wenig Sarkasmus in meine Stimme, doch Mr. Hamilton lachte nicht.

Stattdessen las der Mann die Postkarte gleich mehrmals. Seine Augen glitten über das Papier, als handelte es sich um eine dünne Eisschicht. Er nickte, während er las, doch nicht an mich gewandt. Die Vorderseite der Postkarte zierte ein Foto von Dorsey-Bau Nummer Vier.

»Er war sehr talentiert, wissen Sie.«

Mr. Hamilton schaute mich fest an, als wollte er eine Meinung aus mir herauskitzeln. Ich blickte auf meine abgerissene Kleidung, mein wildes Haar, meine schlaksigen Beine. Ich hatte keine Ahnung von Architektur oder Architekt Dorsey, und offenbar wusste Hamilton dies ganz genau.

Ich nickte.

»Er hätte an der Spitze der Architektenzunft stehen können.« Mr. Hamilton betonte besonders das Wort *Spitze.* »Er stand ja dort, zumindest eine kurze Zeit lang. Bevor sein Stern zu sinken begann.«

»Wissen Sie, was dann passiert ist? Mit Architekt Dorsey, meine ich.«

Mr. Hamilton bedachte mich mit einem langen Blick.

»Wollen Sie mit mir kommen?«

»Natürlich.« Ich bekam plötzlich Sehnsucht nach meinen Kreaturen. Wenn ich wenigstens Vogelspinne mitgenommen hätte!

Mr. Hamilton führte mich in den hinteren Teil des Geschäfts, bis er vor einem Glaskasten zum Stehen kam und einen langen, rostigen Schlüssel hervorzog.

Dort, hinter dem Glas, lag DORSEY: UNVOLLENDETE BAUTEN. Anders als Kris Tinas Exemplar war dieses noch völlig unberührt. Keine Kratzer, keine umgeknickten Seiten, keine Risse in der Bindung. Es sah aus, als wäre es niemals gelesen worden.

»Ich nehme an, das ist es, wonach Kris Tina Woo sucht.« Mr. Hamilton starrte auf das Buch.

Ich lächelte. »Ja, das ist es. Sie hat es immer im Schulbus dabei gehabt.« Mir wurde bewusst, wie wenig ich die Kris Tina von heute kannte. Vielleicht hatte ich sie nie gekannt. »Wie viele Exemplare gibt es noch davon? Vor langer Zeit hatte Kris Tina mal erwähnt, es sei nicht mehr lieferbar.«

Mr. Hamilton lächelte, ein trauriges Lächeln, und schaute wieder zu dem Buch in seinem Glaskäfig.

»Nur drei.« Er hielt inne. »Eins in Kapstadt, eins hier im *Haus Retro* …« Seine Stimmer erstarb.

»Kein Wunder, dass sie es nicht aus der Hand geben will. Das war mir nicht klar. Wo ist das dritte?«, fragte ich.

Hamilton schwieg, und plötzlich hatte ich Angst, die Regalgänge könnten sich in Luft auflösen, wenn ich mich umdrehte. Unbehagen erfüllte mich, und ich befürchtete auf einmal, mehr zu erfahren, als ich wollte. Aber mehr wovon?

»Nur ein Mensch auf der ganzen Welt weiß das. Vielleicht sollten Sie ihn fragen.«

»Wen?«, fragte ich. »Wen soll ich fragen, wo sich das dritte Exemplar befindet?«

Fragend blickte ich Mr. Hamilton an, doch seine Augen blieben ausdruckslos. Er antwortete nicht.

»Wen soll ich fragen?«

»Richard Dorsey«, sagte er, und plötzlich bekam alles einen Sinn.

Ich wollte mir das Buch nur ansehen, doch Mr. Hamilton ließ den Glaskäfig verschlossen und bestand darauf, die Kopie persönlich an Kris Tina zu schicken. Mit leeren Händen kehrte ich nach Hause zurück. Meine Kreaturen waren wieder einmal völlig ausgelassen, sie spielten und stritten herum. Sie hatten natürlich keine Ahnung von der unumkehrbaren Wendung, die mein Leben an diesem Nachmittag im *Haus Retro* genommen hatte. Mit einem Mal ärgerte mich ihre Unwissenheit.

Ich zog mich in mein Zimmer zurück und legte mich aufs Bett.

Richard, Richard Dorsey. Richard, Richard Dorsey. Mehrmals wiederholte ich laut diese Worte, in der Hoffnung, sie würden irgendwann anfangen, ganz normal zu klingen. Doch dem war nicht so. Richard Dorsey war berühmt und gut aussehend und faszinierend und klug: Was sollte so jemand schon an einem Durchschnittsmädchen wie mir finden? Ich starrte auf Kris Tinas Postkarten – Dorsey-Bau Nummer Zwei, Dorsey-Bau Nummer Drei, Dorsey-Bau Nummer Vier –, und ich versuchte, aus seinen Entwürfen, aus den körnigen Fotografien mehr Informationen über ihn persönlich herauszuziehen. Er war viel gereist, seine Bauwerke reichten bis in den Himmel. Was sagte das über ihn aus? Kris Tina und DORSEY: UNVOLLENDETE BAUTEN hatten Andeutungen über ein geheimnisvolles weiteres Haus gemacht. Wo befand sich dieses Haus, und für wen hatte er es entworfen? War es für eine Frau bestimmt gewesen? War sie der Grund für Richard Dorseys sinkenden Stern? Oder war der Grund intellektueller Natur gewesen? Ich dachte an Zoë Christie und jenen Tag vor vielen Jahren in ihrem Landgut zurück. Schon damals war Richard Dorsey ständig wie vom Erdboden verschluckt gewesen, aber wohin war er verschwunden? Ob Mr. Hamilton das wusste? Noch einmal ließ ich den Tag bei den Christies vor meinem inneren Auge ablaufen. »Zorka, verlieb dich nie in einen Geist«, hatte Mrs. Christie gesagt und auf die Diamanten im Sternenhimmel gestarrt.

16. KAPITEL

Die Vorbereitungen für den alljährlichen Glühwürmchenball waren in vollem Gange, und ich war aus dem Vorbereitungskomitee ausgeschlossen worden. Es hatte sich um eine öffentliche Abstimmung gehandelt (zwölf Stimmen dafür, null Stimmen dagegen), und der abschließende Urteilsspruch war nicht eben milde zu nennen (»Sie ist weder befugt, an den Vorbereitungen noch an der Durchführung der betreffenden Veranstaltung teilzunehmen.«). Das gesamte Vorbereitungskomitee – Lachs, Zykade, Aal, Singvogel, Grille, Skorpion, Schildkröte, Seepferdchen, Kranich, Bandwurm, Heuschrecke und Glühwürmchen selbst, das den Vorsitz innehatte – war gegen meine Beteiligung an dem Festakt und sorgte dafür, dass ich von den Planungen nichts mitbekam. Die Einstellung des Vorbereitungskomitees spiegelte die der ganzen Gruppe wider. Wenn ich abends vom Kakteenpark nach Hause kam, taten meine Kreaturen furchtbar geheimnisvoll, als wäre ich der böse Feind, der ihre Pläne durchkreuzen oder ihre Landsleute entführen wollte. Sogar Termite, einst meine einzige Freundin, zeigte mir die kalte Schulter, wenn ich sie darum bat, mir bei der Hausarbeit behilflich zu sein.

Während meine Kreaturen ihre wenige Freizeit damit zubrachten, neue Wege zu suchen, wie man mich wegen meiner ständigen geistigen Beschäftigung mit Richard Dorsey ächten und strafen könnte, blieb die eigentliche Ursache meiner Verzauberung unauffindbar. Ich hatte mich vor ihm bereits 310

Mal verliebt, und jedes Mal hatten sich die Objekte meiner Begierde als sehr zugänglich erwiesen, einfache Gemüter, die sich nach ein paar Brotkrümeln und netten Worten sehnten. Doch Richard mit seinem ewigen Verschwinden trieb mich an den Rand des Wahnsinns.

Meine Kreaturen blieben mir auf den Fersen, wenn ich meine unendlich vielen Bahnen durch das Modellhaus zog. Ich starrte durch die gläsernen Wände des Hauses; vielleicht würde ja die Außenwelt meinem unruhigen Geist Linderung verschaffen. Meine Kreaturen schauten zu, wenn ich mich ins Gras setzte und in die Sonne blinzelte.

Eigentlich gab es keinen Grund für ihn, mich zu mögen. Richard Dorsey hatte immerhin Zoë Christie abgewiesen. Ich dachte an Zoës modernistischen Schulspind, die erotische Orchidee, die Richard ihr geschenkt hatte, den stromlinienförmigen Spiegel. Zoë trug bunten Lidschatten, sie lebte auf einem architektonisch ausgefeilten Landgut, sie war die Besitzerin und Zureiterin des künftigen Vollblutweltmeisters. Ich wusste nicht einmal, wie man Lidschatten auftrug, ich lebte in einem gläsernen Gewächshaus, und meine Kreaturen waren alles andere als künftige Weltmeister.

Meine Kreaturen tauschten befremdete Blicke aus, wenn sie mich anschauten. Meine Gedanken drehten sich im Kreis. Vielleicht lag die Lösung für Richards Verschwinden ja ganz nahe. Ich musste mich nur ins Auto setzen und hinfahren.

Die Stadtbücherei von Ix hatte während ihres vierzehnjährigen Bestehens eine Menge Veränderungen erfahren. Zunächst als zusätzlichen Anreiz für die Bewohner des nahe gelegenen Altersheims gedacht, hatte die Einrichtung anfangs einen Hort der Sicherheit für die Senioren der Stadt bedeutet. Doch ein Feuer hatte die Stadtbücherei eines Abends fast gänzlich zerstört, und im Zuge der Renovierungsarbeiten hatte der beeindruckend vielköpfige Planungsstab es versäumt, eine Rampe für Rollstuhlfahrer einzubauen. In diese Kerbe schlug

Gouverneur Gary Jones, der die Bücherei als idealen Ort zur Wiedereingliederung örtlicher Kleinkrimineller ansah, die dort ihre Stunden Gemeindearbeit ableisten sollten. Dieselbe gerichtliche Anordnung drohte auch über ihn selbst zu ergehen, als der komplette Lesekreis einer siebten Klasse des Richard-Scarry-Gymnasiums LSD-abhängig wurde. Bei den Ermittlungen führten sämtliche Spuren zum bevollmächtigten Chefbibliothekaren, zu dessen besonderen Verdiensten der kaltblütige Mord mit der Klinge an seiner Exfreundin gehörte.

Um mit der Drogenabhängigkeit der Gymnasiasten in keinster Weise in Verbindung gebracht zu werden, machte der neue Gouverneur Bob Smith den beherzten Vorschlag, aus der Stadtbücherei von Ix ein Zentrum für Hochbegabte zu machen. Diese einzigartigen Wesen seien prädestiniert für den Beruf des Bibliothekars, sagte er. Das Verbot von Kinderarbeit oder die Tatsache, dass Vierjährige nicht an hohe Bücherregale heranreichen, waren dabei nicht weiter in Erwägung gezogen worden. Die Bücherei wurde nun betrieben von einer Hand voll vorpubertärer Einsiedler in spe.

Unglücklicherweise war die Stadtbücherei die einzige Institution im Umkreis von einhundert Kilometern, die für mich den Schlüssel zu Richard Dorseys Herz in sich barg: die GROSSE ENZYKLOPÄDIE DES WELTWISSENS. Ich nahm einen tiefen Atemzug, als ich schließlich vor der Bibliothek stand, und war voll der Hoffnung, auf eine grauhaarige ältere Dame mit einer Eulenbrille auf der Nase und einem altmodischen Gummistempel in der Hand zu stoßen, die sehnsüchtig meinen Besuch erwartete …

»Hallo, kann ich Ihnen vielleicht helfen?« Der Fünfjährige hatte Brillengläser so dick wie Glasbausteine und einen gestreiften Schlips an. Er schleppte einen dicken Band mit sich herum, der den schönen Titel trug: ARISTOTELES UND DIE PHYSIK. DIE GESCHICHTE EINER LEIDENSCHAFT.

»Hallo«, sagte ich zu dem oberen Teil der blonden Pisspottfrisur des Jungen. »Ich werde deine Zeit sicher nicht lange beanspruchen.«

»Zeit. Was ist schon Zeit? Um es mit Nietzsche zu sagen …«

»Ja, ja«, unterbrach ich ihn. »Ich suche nur nach der GROSSEN ENZYKLOPÄDIE DES WELTWISSENS. Ich muss etwas recherchieren.«

Das Babygenie führte mich zur Abteilung Nachschlagewerke. »Wie Sie vielleicht wissen, funktioniert die ENZYKLOPÄDIE ähnlich wie eine Landkarte mit einem sehr kleinen Maßstab, das heißt, die Information zu den jeweiligen Stichworten ist relativ oberflächlich. Wenn Sie mich in den Konferenzraum II begleiten und mir mehr Informationen über den Gegenstand Ihrer Recherche geben wollen, könnte ich Ihnen vielleicht auch ein paar geeignetere Nachschlagewerke nennen.« Das Babygenie zeigte auf eine Wand mit Büchern, die der Uhrenproduktion von Simbabwe gewidmet waren. »Ich habe alle Artikel von Z bis Q auswendig gelernt – falls also Ihr Thema in diesen Bereich fallen sollte, haben Sie Glück gehabt.«

»Oh«, sagte ich. »Also, ähm … also, mein Freund ist ein weltberühmter, ähm, Architekt oder so etwas in der Art. Ich helfe ihm mit ein paar Recherchen.« *Freund* – dieses Wort gehörte auf leuchtenden Transparenten über den Broadway gespannt, in knallroten Buchstaben an die Außenmauer eines Krankenhauses gepinselt.

»Verstehe«, sagte er. Er schraubte sich in die Länge wie eine Zuckerwatte auf einem Dorfjahrmarkt. »Ein Laie würde also sagen, Sie suchen Informationen zum Thema Architektur.«

»Ja, so könnte man es ausdrücken«, erwiderte ich. War ich früher etwa auch so drauf gewesen?

»Mist, sagte die Sau. / Nicht grad' Ihr Glückstag, / gnä' Frau.« Der Knirps deklamierte sein armseliges Verschen mit großem Pathos und rückte sein riesiges Brillengestell gerade. »Wissen Sie, ich bin sehr gut im Reimen. Ich sitze gerade an meinem ersten Lyrikband. Achten Sie gegen Ende des Jahres mal drauf, was in den Buchhandlungen so ausliegt.«

Ich nickte, und der Junge unterließ es glücklicherweise, seine weiteren Bemerkungen in jambische Fünffüßler zu kleiden. »Ich muss mich wirklich entschuldigen, dass ich Ihnen nicht weiterhelfen kann! Ich denke, zu *Architektur* werde ich etwa Mitte Dezember vorgestoßen sein. Vielleicht kann ich ja stattdessen Ihr Interesse für Jahrhundertwende-Teetassen wecken?«

»Vielleicht nächstes Mal«, antwortete ich von unendlicher Dankbarkeit erfüllt, dass dieser kleine Angeber nicht mein Führer in die zauberhafte Welt der Noytras sein würde. »Ich denke, ich werde die Informationen, die ich brauche, schon in der GROSSEN ENZYKLOPÄDIE DES WELTWISSENS finden, aber auf jeden Fall vielen Dank für all die raffinierten Tipps!«

»Raffiniert, ja.« Das Babygenie rieb sich die Nase. »Hier ist die Abteilung für Nachschlagewerke. Bitte rufen Sie mich, wenn ich Ihnen irgendwie behilflich sein kann!« Das Babygenie schrieb das Wort *raffiniert* auf einen kleinen rosafarbenen Zettel. »Ich heiße übrigens Chucky.«

Der Junge verschwand – wahrscheinlich, um die Bedeutung von *raffiniert* nachzuschlagen. Ich schlug die GROSSE ENZYKLOPÄDIE DES WELTWISSENS auf, Band 14 – Nabokov bis Ozon –, um nachzulesen, was das rätselhafte Wort *Noytra* bedeuten mochte. *(Le) Noyer* schien eine beliebte Bezeichnung für französische Provinznester zu sein, jedenfalls gab es davon eine stattliche Anzahl. Außerdem hieß der ehemalige Vizepräsident der Europäischen Zentralbank so. *Alfred Noyes* war ein berühmter Dichter, der Anfang des zwanzigsten Jahrhunderts gewirkt hatte. Aber was war ein Noytra? Ich schaute unter *Noitra* nach. *Noise* bezog sich auf das englische Wort *Lärm, Krach* und umschrieb eine Musikrichtung der späten Siebziger. *Nok* war eine westafrikanische Kultur, die ihre Blütezeit zwischen 500 vor Christus und 200 nach Christus hatte.

Vielleicht war ein Noytra, was auch immer es war, ja gar

nicht bedeutend genug, um in die GROSSE ENZYKLOPÄDIE DES WELTWISSENS aufgenommen zu werden. Ich beschloss, unter *Mysvändro* nachzuschlagen. Richard benutzte dieses Wort beinah noch häufiger als *Noytra*, daher war sehr wahrscheinlich, dass die GROSSE ENZYKLOPÄDIE DES WELTWISSENS ebenso hielt. *Mysłowice* war eine Stadt im heutigen Polen. *Mysophobie* bezeichnete die krankhafte Furcht vor Verschmutzung. *Mysore* war ein ehemaliges indisches Fürstentum. Und dann gab es noch jede Menge Einträge, die mit *Mysterium* oder *Mystik* zu tun hatten, was aber alles zu keinem Ergebnis führte. Ebenso erging es mir bei *Walis, Lauter, Wecksler.*

»Chucky«, rief ich. Die Tränen waren mir in die Augen gestiegen. Sprach Richard vielleicht eine Sprache, die ich nicht entschlüsseln konnte?

Chucky kam mit einem großen Suppenteller mit Erdbeeren in der Hand zu mir gelaufen. »Haben Sie mich gerufen?«, lautete seine rhetorische Frage. »Ich esse gerade Erdbeeren mit raffiniertem Zucker. Stimmt was nicht?«

»Ich sage dir, was hier nicht stimmt! Irgendetwas stimmt ganz und gar nicht mit deiner GROSSEN ENZYKLOPÄDIE DES WELTWISSENS. Ich glaube, hier fehlen ein paar Seiten.«

»Das kann nicht sein!«

Ich schlug das Lexikon auf. »Wie du siehst …«, begann ich.

»Nein, ich sehe nichts.« Chucky würgte eine dicke Erdbeere hinunter und griff nach der GROSSEN ENZYKLOPÄDIE DES WELTWISSENS. »Sie haben meine Sicht usurpiert.«

Ich zerrte an dem Lexikon.

»Tut mir Leid, dein Ego zurechtstutzen zu müssen, aber von Usurpieren kann hier meines Erachtens kaum die Rede sein«, sagte ich mit einer mir unbekannten Boshaftigkeit.

»Geben Sie sofort das Buch her!« Chucky legte plötzlich ein Verhalten an den Tag, das seinem eigentlichen Alter entsprach.

»Ich bin noch nicht fertig!«, brüllte ich zurück.

Band 14 war das Seil bei unserer Tauziehschlacht. Chucky hatte seinen Teller mit den raffiniert gezuckerten Erdbeeren beiseite gestellt und seine Milchzähne angriffslustig vorgeschoben; ich zog an dem Lexikon, als wollte ich…

Ja, was eigentlich? Warum war Band 14 mir gerade noch so wichtig erschienen?

Unversehens gewann ich die Kontrolle über das Lexikon, und Chucky flog rückwärts durch das Zimmer, direkt in das Regal mit der Fachliteratur zum Peruanischen Drogenkartell. Die staubigen Schinken und ihre metallenen Buchstützen begruben Chucky unter sich auf dem Büchereifußboden. Er brüllte los.

Sofort standen lauter gelehrig dreinschauende Minibibliothekare um Chucky herum und starrten mich an. Ich musste verrückt geworden sein, durchfuhr es mich. Warum hatte ich für ein dermaßen aussichtsloses Unternehmen einen Weg von knapp dreißig Kilometern auf mich genommen? Musste *ich* Richards Sprache voll und ganz beherrschen, nur damit *er* mich verstand? Und wenn ja, warum fragte ich dann nicht einfach ihn direkt nach ein paar Literaturhinweisen? Nein, ich würde nicht so werden wie Mama! Richard Dorsey würde nicht eine Frau wie Mama aus mir machen!

Ich schnappte mir meine Sachen, während Chucky sich auf wackeligen Beinen abmühte, Band 14 zusammenzukleben und Alfred Noyes und die Nok-Kultur wieder an ihren angestammten Platz zu bringen.

»Entschuldigen Sie«, krähte Chucky, »ich brauche Ihre Adresse, falls mein Vorgesetzter Sie wegen der Ereignisse von heute Nachmittag sprechen oder Ihnen den Tesafilm in Rechnung stellen will, mit dem ich den Band repariert habe.« Er gluckste in sich hinein, als ich meine Adresse auf ein Stück Papier schrieb.

»Vielen Dank noch mal für deine Hilfe«, sagte ich, dieses Mal mit vollem Ernst. Ich schloss die Tür hinter mir.

Es regnete Schlangen und Libellen und Schmetterlinge. Die Scheibenwischer versagten völlig, meine Sicht war umwölkt, und ich zählte die Kilometer bis nach Hause. Ich gestattete meinen Gedanken zu wandern, wo immer sie hinwollten – zu den offenen Fenstern im Gewächshaus, zum Glühwürmchenball, zu Weberknechts langwierigem Magenproblem –, nur nicht zu den Ereignissen, die sich am Nachmittag in der Stadtbücherei von Ix abgespielt hatten, und zu dem Mann, dessen Launenhaftigkeit ohne geringste Vorwarnung dieses Desaster verursacht hatte. Ich drehte das Autoradio auf, um das weiße Rauschen zu übertönen, das Richard Dorsey hieß.

Als ich nach Hause kam, war das Gewächshaus von innen erleuchtet, und ein schwarzer Kombi stand in der schlammigen Einfahrt. Mein Herz begann heftig zu klopfen, und mein erster Gedanke galt der Sicherheit meiner Kreaturen.

Der zweite galt Richard Dorsey. Strahlend saß er da, umgeben von meinen Kreaturen, die einen kleinen Kreis um ihn gebildet hatten. Vogelspinne hatte sich auf Richards Kragen niedergelassen.

»Die abyssische Monsterratte ist mein Lieblingstier. Wisst ihr, woher ihre geheime Macht kommt?«, fragte Richard sein verzücktes Publikum.

Ein Gurren und Flügelschlagen ertönte. Sie schienen seine Antwort kaum erwarten zu können.

»Nun, ich glaube, so etwas nennt man einen Geniestreich: Sie bringt ihre Opfer dazu, dass sie einander spinnefeind werden und sich gegenseitig bekämpfen.«

Meine Kreaturen staunten im Chor: »Oh!«

»Warum macht die abyssische Monsterratte so etwas, Mr. Richard?«, fragte Stechmücke. Sie gehörte zu jenen Typen, die im Unterricht eher selten den Mund aufmachen und meistens in der letzten Reihe sitzen.

»Hm. Also… Der wahre Meister geht davon aus, dass niemand gerne das wird, was er am meisten verabscheut. Dieser Lehre folgend sollten wir uns alle mit den Augen unserer ärgsten Feinde betrachten. Erst und nur dann werden wir uns selbst verstehen können. Leuchtet das jedem von euch ein?«

Richard schaute auf das Meer von Kreaturen um ihn herum.

»Nun, bevor wir uns dem nächsten Knaben widmen – kann mir vielleicht jemand sagen, wo eure Mutter ist?«

Ich hielt den Atem an und wartete darauf, dass eine meiner Kreaturen sagen würde: »Sie ist in die Stadtbücherei gefahren, um herauszukriegen, was ein *Noytra* ist.« Richard würde um sein Leben laufen!

Doch Boa hielt eine andere DUNGEONS & DRAGONS-Karte hoch. Das Fantasy-Rollenspiel war der liebste Zeitvertreib meiner Kreaturen, doch ich hatte nicht gewusst, dass Richard diese Leidenschaft teilte. Für einen Mann von seinem Format war das ungewöhnlich. Ich lächelte in mich hinein und schaute weiter durch die Glasscheibe. »Und wer ist das, Mr. Richard?«, fragte Boa höflich.

»Das ist Einsiedler, Boa«, begann Richard geduldig wie ein Kindergärtner. »Weißt du, was *Einsiedler* bedeutet?«

Ihnen dieses Wort beizubringen, hatte ich mir für unsere nächste Grammatikstunde fest vorgenommen.

»Nein, was ist ein *Einersiedleler*?« Qualle hatte oftmals Probleme mit der Aussprache.

Richard lächelte. »Das ist eine gute Frage, Qualle. Ich weiß es nämlich auch nicht.«

Meine Kreaturen brachen in Gelächter aus. Ihre Bewunderung für Richard wuchs ob seiner eingestandenen Unkenntnis noch mehr.

»Als *Einsiedler* bezeichnet man jemanden, der sich völlig von der Zivilisation zurückgezogen und eher altmodische Ansichten hat oder in vergleichsweise primitiven Wohnverhältnissen lebt«, erklärte ich ruhig und trat hinter der Scheibe hervor.

Richards Lächeln, als er zur mir hochschaute, war wie eine Wunderpille, die all meine Beschwerden der letzten acht Tage auf Anhieb verschwinden ließ.

»Nenn mal ein Beispiel«, forderte Richard mich halb scherzhaft auf und legte linkisch den Arm um meine Taille, um mich in die Mitte des Kreises zu ziehen.

»Ich habe mich selbst nie für schön gehalten und vom Typus her sowieso eher für einen Einsiedler, doch aus irgendeinem Grund, der mein Denken übersteigt …«, ich hielt inne und flüsterte dann in Richard Dorseys Ohr: »… bist du jetzt hier.«

Richard küsste mich auf die Wange und umarmte mich. Seine Umarmung wurde von einem wahren Feuerwerk an Applaus begleitet.

»Bravo!«, riefen meine Kreaturen. Wenn ihre Beifallsrufe der Rückkehr in die Normalität galten, dann waren ihre Standing Ovations mit Sicherheit für Richard ganz allein bestimmt. Sein Charisma konnte ein ganzes Königreich an Kreaturen auf die Beine bringen, während ich hingegen auf die Knie sank. Der umgekehrte Effekt war verblüffend.

»Schön, dich zu sehen!«, flüsterte er so leise, dass meine Kreaturen es nicht hören konnten.

»Schön, *dich* zu sehen!«, erwiderte ich, und beide blickten wir verlegen zur Seite.

Beim Versuch, meine Augen auf irgendetwas zu richten, nur nicht auf das Gesicht, nach dessen Anblick ich mich seit Tagen verzehrte, fiel mein Blick auf die Glaswände des Gewächshauses. Es regnete nicht länger Schnecken und Libellen und Schmetterlinge.

Es lag etwas anderes in der Luft, aber ich vermochte einfach nicht herauszufinden, was.

17. KAPITEL

Kris Tina Woo war jetzt in Riad. Ihre Postkarte war nicht weiter spektakulär; sie hatte eine Kopie von DORSEY: UNVOLLENDETE BAUTEN von Mr. Hamilton erhalten und die Abweichung von ihren ursprünglichen Reiseplänen letztlich sogar genossen. Kapstadt war fantastisch, und dank ihres verlängerten Aufenthalts hatte sie der Polizei vor Ort bei der Aufklärung einiger Diebstähle helfen können. Noch dazu verließ Kris Tina Südafrika mit einem weiteren Puzzlestein an Informationen über Architekt Dorsey: Gewisse Quellen hätten ihr verraten, dass der Architekt nicht ganz bei der Sache gewesen sei, als er das Gebäude in Kapstadt entworfen habe. Er habe unzählige Telegramme von der örtlichen Poststation aus losgeschickt und stundenlang in die Berge gestarrt. Adressat und Inhalt der Telegramme seien jedoch unbekannt geblieben, und die Gedanken des Architekten hätten sich für immer in den zackigen Silhouetten der Hügel verloren.

Ich schaute lange auf die Abbildung des Dorsey-Baus Nummer Fünf. Vor langer Zeit hatte ich gelesen, dies sei das komplexeste seiner Werke. Der Bau hatte die Form eines Bohrlochs (eines aufgeschnittenen natürlich) und enthielt einen Konferenzraum für die Mitglieder der Königsfamilie. Die Stühle waren Throne und die Kaffeetassen mit Rubinen verziert.

Ich schaute wieder auf die Postkarte, und *M. rutilans* lehnte sich zu mir herüber. Erneut verselbstständigten sich meine Gedanken. Obwohl wir unsere meiste freie Zeit miteinander verbrachten, hatte Richard mir noch immer nicht seinen Nachnamen oder seinen früheren Beruf verraten. Wahrscheinlich dachte er, dass verlorener Ruhm schlimmer sei als niemals erreichter.

»Das hier, *M.*, ist der Dorsey-Bau Nummer Fünf. Er befindet sich in Riad, das ist ganz weit weg von hier.«

M. nickte. Ein paar andere Kakteen lehnten sich ebenfalls zu mir herüber; sie waren neugierig, was ich zu sagen hätte. Im Kaktusarium herrschte absolute Stille.

»Es ist ein sehr bedeutendes Werk. Mein *Freund*« – ich legte besondere Betonung auf dieses Wort – »hat es gebaut.«

»Ähm, äh, du hast einen Freund, der Häuser baut?«

Ich drehte mich um: Vor mir stand Richard, sein typisches schiefes Lächeln auf den Lippen. Vor Schreck ließ ich die Postkarte auf den schmutzigen Boden fallen. Richard beugte sich vor, um sie aufzuheben, doch zum Glück war *M. rutilans* schneller. Der Kaktus steckte sie zurück in meine Segeltuchtasche und verschränkte seine langen, stacheligen Arme wieder hinter dem Rücken. Ein Seufzer der Erleichterung entfuhr mir.

Ich schaute wieder zu Richard, und auf der Stelle vergaß ich mein Unbehagen. Alles, was er jemals entworfen hatte, alles, was geschehen war, bevor wir uns trafen – nichts davon war mehr wichtig, denn Richard Dorsey war hier bei mir.

»Du siehst umwerfend aus!« Ich hatte es eigentlich nicht sagen wollen, es war mir einfach herausgerutscht. So viel Perfektion in einer einzigen Person vereint: Das war nicht fair. Ich lächelte, und Richard senkte den Blick zu Boden.

»Ich weiß nicht, warum du das sagst. Manchmal habe ich das Gefühl, du meinst eigentlich jemanden oder etwas, der oder das hinter mir steht. Oder so…« Richard strich über seine kurzen Haare und schaute mir ins Gesicht. »Gott, was für ein dummer Satz!«

Das Blut war ihm in die Wangen geschossen, und ich sah schnell zu *M. rutilans* hinüber, damit er nicht mitbekam, dass ich es bemerkt hatte.

»Nein, wahrscheinlich kannst du dieses Kompliment nur einfach nicht mehr hören. Du kriegst es sicher andauernd gesagt«, fügte ich hinzu. Die rostige Gießkanne übte mit einem Mal eine große Faszination auf mich aus, und ich begann, mit den Fingern daran herumzuspielen, um Richards intensivem Blick nicht weiter standhalten zu müssen.

»Nein.« Richard wurde ruhig, fast als würde er gleich zu meditieren anfangen. »Ich, na ja, ich bin nur einfach nicht daran gewöhnt, dass Leute so etwas über mich sagen. Vor langer Zeit haben die Leute so etwas über …« Richard kratzte mit seiner Sandale über den staubigen Fußboden. »Ach, Quatsch. Ich langweile dich bestimmt.«

»Du langweilst mich nie. Ich möchte gerne mehr über dich erfahren.«

Er war nun völlig ruhig.

»Mein Leben …« Richard hielt inne. Vielleicht hatte er das Gefühl, sein Leben hätte nur sehr wenig mit dem Rest von ihm zu tun. »Irgendwann hat es eine falsche Wendung genommen. Und jetzt bin ich hier.«

Traurigkeit überschwemmte mich. Eine falsche Wendung in seinem Leben hatte ihn an diesen Ort geführt!

»Nein, das war falsch ausgedrückt. So meinte ich das nicht. Also, nicht so, wie es bei dir angekommen ist.« Richard blickte erneut zu Boden und berührte meinen Arm. Ich hätte mich freuen sollen, denn ich war nicht daran gewöhnt, dass ein anderes menschliches Wesen mich berührte. Doch stattdessen empfand ich die Geste als gezwungen.

Ich schüttete ein wenig Wasser aus der Gießkanne über meine Finger. Es war kalt.

»Zorka.«

»Was?«

»Ich möchte dir was zeigen.«

Wir waren nur ein paar Kilometer weit gefahren, und trotzdem hatte ich keine Ahnung, wo wir uns befanden. Richard war es bis jetzt jedes Mal gelungen, mich zu überraschen. In den letzten Wochen hatten wir eine Wachsfabrik besichtigt, ein Skelettmuseum, einen Voodoo-Club. Es war verblüffend, dass all diese Orte um mich herum existierten und ich nichts von ihnen wusste. Ich überlegte, was für Leute wohl ihre freie Zeit damit verbrachten, Filmstars aus Wachs zu modellieren. Vielleicht durchbohrten sie ja auch Voodoo-Püppchen von mir mit langen spitzen Nadeln.

Der Leuchtturm war nicht wirklich ein Leuchtturm. Sicher, von außen besehen hatte das Gebäude zweifellos große Ähnlichkeit mit einem Leuchtturm: mit seinen hohen Mauern, die von einem Wall aus dicken Findlingen umgeben waren und einen breiten, weit reichenden Lichtstrahl aussandten. Wenn man den Stausee, der einem Schild zufolge zum Besitz des Wasserwerks gehörte, als eine Art Binnenmeer bezeichnen wollte, befand sich der Turm in eben diesem; wenn man den Kette rauchenden Mr. Salt als Leuchtturmwärter bezeichnen wollte, dann war er eben einer. Aber je mehr wir uns dem Ort näherten, um so klarer wurde mir, dass es kein Leuchtturm der üblichen Sorte war.

Auf dem Weg dorthin berührte Richards gestreifter Hemdsärmel hin und wieder meinen nackten Arm; obwohl es wie ein Versehen wirkte, hoffte ein Teil von mir, es wäre vielleicht doch absichtlich passiert.

»Wo sind denn die Schiffe?«, fragte ich leicht nervös. Ich hatte ständig Angst, in seiner Anwesenheit etwas Falsches zu sagen.

Richard lächelte, als hätte meine Naivität einen besonderen Charme.

»Dieser Leuchtturm führt keine Schiffe auf den richtigen Weg«, lautete seine Antwort. Das klang wissend, aber vielleicht sogar ein wenig traurig.

»Oh«, sagte ich, und wieder berührte der gestreifte Stoff den nackten Arm. Dieses Mal geschah es absichtlich, daran bestand kein Zweifel.

Die zerklüfteten Steinbrocken waren unser Ziel. Im sanft über sie hinwegwischenden Lichtstrahl des Leuchtturms glitzerte ihre Oberfläche, als wäre sie mit lauter kleinen Diamanten durchsetzt. Richard und ich machten es uns auf den Felsen bequem, die trotz ihrer rauen Erscheinung gar nicht hart und ungemütlich waren.

Scheinbar beiläufig stützte Richard seinen Arm hinter mir auf.

»Warst du schon mal hier?«, fragte er leise, fast flüsternd.

»Nein«, erwiderte ich, »ich hatte keine Ahnung, dass es ihn hier gibt.« Ich lehnte mich ein wenig zurück, so dass ich Richards Arm fühlen konnte. Der Arm hinter mir wurde zu einem Arm, der sich um meine Schultern legte.

Das Wasser aus dem Stausee leckte über die Steine. Ich blickte Richard genau an, und zum ersten Mal bemerkte ich die Kette um seinen Hals. Sie bestand aus dicken goldenen Gliedern, und ich streckte meine Hand nach ihr aus – als Vorwand, um die weiche, unbehaarte Haut darunter zu spüren.

Die Kette führte zu einer antiken goldenen Uhr.

»Was ist das?«, fragte ich zaghaft. Richard schaute auf die Felsen. Je nach Pegelstand des Stausees befanden sie sich unter- oder oberhalb der Wasseroberfläche.

»Das ist eine Uhr«, sagte er schließlich.

»Trägst du sie immer?«

»Ja.« Seine Antwort klang beinah entschuldigend, als stünde die Uhr für etwas Sündhaftes.

Ich berührte die Haut unter der Uhr. Sie war anders als jede andere Haut, die ich jemals berührt hatte.

»Das fühlt sich schön an.«

Ich war beglückt. Ich besaß also die Fähigkeit, bei jemand anderem ein schönes Gefühl zu erzeugen! Hatte ich diese Fähigkeit schon von Geburt an gehabt? Oder hatte ich sie erst kürzlich erworben?

»Danke«, erwiderte ich. Ich starrte weiter auf Richards

Schlüsselbein. Seine Augen waren nun geschlossen, und zum ersten Mal sah ich seine Lider. Sie wirkten zart.

»Das ist ein ganz besonderer Leuchtturm«, erklärte Richard, die Augen noch immer geschlossen. »Es ist kein Leuchtturm für Schiffe. Es ist ein Leuchtturm für verlorene Seelen.«

Ich malte Figuren auf Richards Brust. Einen Marienkäfer mit einem einzigen schwarzen Punkt. Eine mächtige Sturmwolke. Einen strahlenden Kometen mit einem langen Schweif.

»Was meinst du damit?«, fragte ich.

»Na ja, manche Leute kommen hierher, wenn sie …« Seine Stimme erstarb.

»Wenn sie was?« Ich zeichnete ein Herz, das von einem Pfeil durchbohrt wurde. »Sind wir verloren? Ist das der Grund, warum wir hier sind?«

»Fühlst du dich manchmal verloren, Zorka?«, fragte Richard drängend.

Ich schwieg einen Moment. Richards nach innen gewölbte Brust war ganz nah vor meinen Augen. Es sah aus, als wollte sie sich unter seiner Haut zurückziehen.

»Na ja, ich glaube schon. Aber nicht jetzt.« Ich lächelte. »Vielleicht liegt das an dem Leuchtturm – oder an … Warum? Fühlst du dich verloren?«

»Ja, aber ich will das nicht mehr.«

»Ist das der Grund, warum du eine Uhr um den Hals trägst? Weil du verloren bist?«

Allein das Plätschern des Wassers war zu hören.

»Vielleicht liegt das an dem Leuchtturm – oder an …?«, fragte Richard. Ich verstand seine Frage nicht sofort.

»Dir«, sagte ich dann, und Richard Dorsey öffnete die Augen.

18. KAPITEL

Aal fragte mich nicht länger, ob ich bei seinen Wasserspielen mitmachen würde. Es war ein kaum spürbarer Übergang, doch ich nahm die Ausgrenzung nicht persönlich. Stattdessen setzte ich mich ans Ufer des Fischteichs und lächelte meinen Kreaturen zu, wenn sie im Wasser herumspritzten und tobten und auf meine Beifallsrufe warteten. Von außen betrachtet, sah es aus, als würde ich sie beaufsichtigen, aber ich wusste es besser. Ich hätte egoistisch sein, ihre Aufmerksamkeit auf mich lenken können, doch das tat ich nicht. Hingegen ging ich nachts allein zum Schwimmen. Ich las allein. Und später schlief ich allein in meinem Bett ein.

Hätte Richard Dorsey sich wirklich erlaubt, mich zu lieben, hätte die Schmähung durch meine Kreaturen mich nicht weiter berührt. Ich hätte den neu gewonnenen Freiraum genossen. Doch nach unserem Abend im Leuchtturm der verlorenen Seelen hatte es Richard schon wieder weit fortgetrieben. Nachts lag ich in meinem Bett und fragte mich, ob meine Liebe – jene Liebe, die ich jedes Mal, wenn wir uns sahen, tiefer in ihm zu verankern suchte – ihm helfen würde, sich selbst zu finden, oder ob er nur noch mehr verloren ginge.

Meine *Tage ohne Richard* verbrachte ich hauptsächlich im Kaktusarium, wo Diktator Cossman in seiner wenigen Freizeit dabei war, zur Demonstration seines Reichtums seine Kunstsammlung zu erweitern. Seine Sammlung war beileibe nicht von Weltklasse; sie würde nie in wichtigen Museen gezeigt oder auf Auktionen verkauft werden, deren Besucher eine Extraeinladung brauchten, um ihr Geld ausgeben zu dürfen. Cossmans Kunst war in erster Linie von kleineren Galerien und Museen vor Ort gefragt. Er schien seine Neuerwerbungen nie nach Schönheit auszuwählen, sondern immer nur wegen ihrer Ähnlichkeit mit bedeutenden Werken. »Wenn man das Licht ein wenig dimmt, könnte man es doch glatt für einen Schiele halten, oder?«, fragte er etwa beim Anblick eines ziemlich laienhaft gemalten Frauenakts. »Diese Signatur sieht aus wie die von Rembrandt, stimmt's?«, rief er, als er einmal einen dahingeworfenen Schriftzug auf dem dick mit Öl bekleckerten Gemälde eines mäßig begabten Kunststudenten entdeckte.

Oft kaufte Cossman seine Kunst per Telefon, und ich musste das jeweilige Bild dann abholen. Ich hatte nichts gegen diese Aufgabe einzuwenden, war ich so wenigstens nicht seinen lauernden Blicken ausgesetzt. Eines Tages schickte Cossman mich nach Rib County zu einem kleinen Museum, das ich nie zuvor besucht hatte.

Das Städtchen lag ungefähr dreißig Kilometer von unserem entfernt. Ich kam kurz vor der Dämmerung dort an. Wenn man ein Museum verstaubt nennen konnte, dann dieses. Die Wände waren grau statt weiß, und die Bilder hingen schief und quer.

»Hallo! Ist da jemand?«, rief ich laut.

Keine Reaktion. Ich betrat die Haupthalle.

Eine Hand voll mittelmäßiger Ölbilder, ein paar Skulpturen und zwei Zeichnungen füllten halbwegs den trübseligen Raum. Es war kalt und zugig. Meine Haare wehten leicht nach links, als ich weiter in den Saal hineinging.

Ich lief zu dem ersten Gemälde hinüber, dem zweiten, dem dritten. Die Minuten vergingen. Meine Finger berührten die Plastik von einer Hand; wir legten unsere Handflächen gegeneinander.

»Hallo!«, rief ich erneut. »Ich soll hier was für Dr. Cossman abholen.« Mein Brüllen wurde wie ein Echo von der schlechten Kunst zurück an mein Trommelfell geworfen.

Ich beschloss, in den zweiten Saal zu gehen. Dieser Raum wurde nur von dem Licht aus einem großen Dachfenster erleuchtet, allerdings war der Himmel mittlerweile fast schwarz. Nirgendwo waren Lampen zu sehen. Ich konnte gerade noch ein Schildchen auf einer der Plastiken erkennen und trat näher. Auf dem Schild stand: »Reserviert für Dr. Cossman.« Ich hielt die Figur in den trüben Schimmer des letzten Tageslichts.

Im Gegensatz zu den meisten Stücken aus Dr. Cossmans Sammlung war dieses von einer unbeschreiblichen Schönheit. Die Plastik stellte einen Mann mit leicht femininen Zügen dar – sein Gesicht war mehr hübsch als gut aussehend zu nennen. Er hielt einen Ball in der Hand, der die typischen Merkmale der Weltkugel aufwies: die fünf Kontinente und das Meer. Es sah aus, als hätte der Mann gerade in diesem Moment die Erde gefangen und wollte sie gleich wieder in die Luft werfen. Der Planet balancierte auf den Fingerspitzen des Mannes, und eine Uhr lag zu seinen Füßen. Sein Gesicht drückte Erschrecken aus.

Die Figur war auffällig schwer, doch ich hatte keine Ahnung, um welches Material es sich handelte.

Ich überlegte, ob ich die Plastik einfach so mitnehmen sollte, denn Dr. Cossman brauchte dringend ein Ausstellungsobjekt, das er bei seiner für den Abend geplanten Party zur Schau stellen konnte. Ich schaute mich um. Am Ende des Skulpturenraums befand sich eine Tür. Ich lief hinüber und drückte die Klinke hinunter. Durch den Türspalt hörte ich Männerstimmen, doch sie waren so weit entfernt, dass ich sie nicht voneinander unterscheiden konnte. Ein langer, schwach erleuchteter Gang führte zu einem weiteren Raum.

Ruhig schritt ich voran, die Plastik in der Hand, bis ich das Ende des Ganges erreicht hatte. Eine Vorhangwand versperrte mir den Weg. Ich starrte auf den Stoff.

»Ich warte schon seit Tagen auf Sie! Waren Sie verreist?« Es musste sich um den Kurator handeln. Seine Stimme klang verstaubt, wie das Museum.

»Ähm, ja. Ich war verreist.«

Die Stimme kam mir bekannt vor. Fassungslos beugte ich mich weiter nach vorne. Was hatte Richard in diesem Möchtegernmuseum in Rib County zu suchen?

»Das habe ich mir fast gedacht. Und, wie war Ihre Reise?«

»Wie immer, würde ich sagen.« Er wirkte nicht sehr enthusiastisch.

»Arbeiten Sie an einem neuen Entwurf irgendwo in einem fernen Land?« Der Kurator klang interessiert, aber nicht aufdringlich. Es war eindeutig: Er schien daran gewöhnt zu sein, dass Richard ab und zu einfach verschwand.

»Ja, ja, in der Tat. Ich bin erst seit ein paar Stunden zurück.«

Auch ich hatte seit Tagen nichts von Richard gesehen oder gehört. Wenn er geschäftlich unterwegs war, warum hatte er mir dann nicht gesagt, dass er wegfahren würde?

»Ein guter Kunde?«, fragte der Kurator neugierig.

»Nein. Er fordert zu viel, würde ich sagen«, fuhr Richard fort. »Würde es Ihnen etwas ausmachen, ähm, mich mit meinem neuen Bild eine Weile allein zu lassen?«

»Oh, natürlich nicht, Mr. Dorsey. Bei einem Architekten einmal mehr.«

»Ach«, sagte Richard. Er schwieg einen Moment. »Ich bin kein Architekt mehr.« Seine Stimme klang traurig.

Stille machte sich breit.

»Der Verlauf …«, fuhr Richard schließlich fort. »Es geht ziemlich schnell, finden Sie nicht? Ich meine, die Augen: Müssen die so blau sein? Vorher waren sie braun!«

»Es geschieht alles entsprechend den Befindlichkeiten Ihres Herzens. Mit dem Pinselstrich hat das nichts zu tun«, erwiderte der Kurator.

»Hm. Ich kann gar nicht glauben, dass mein Herz so etwas vorgibt. Ich empfinde das überhaupt nicht!« Richards Ton war brüsk, fast schroff. In meiner Gegenwart hatte er nie so gesprochen. Ich fragte mich, was diese plötzliche Heftigkeit verursacht hatte.

»Vielleicht lassen Sie Ihre wahren Gefühle einfach nicht zu. Bilder lügen nicht!« Die Stimme des Kurators klang eisig – ein Künstler, der sein Werk verteidigt.

Ich verstand gar nichts mehr.

»Würden Sie…« Richard unterbrach sich. »Ich würde es mir gerne alleine anschauen, wenn Sie nichts dagegen haben. Ich möchte es mit den anderen vergleichen.«

»Natürlich, Mr. Dorsey.«

Ich presste mich eng gegen die Wand, besorgt, dass der Kurator mich auf seinem Weg aus dem Zimmer entdecken könnte. Es musste eine weitere Tür geben, denn irgendwo fiel ein Riegel ins Schloss, ohne dass jemand an mir vorbeigelaufen kam.

Ich änderte meine Haltung. Eine volle Stunde war mittlerweile vergangen, in tiefem Schweigen. Ich hatte nicht den geringsten Laut von Richard gehört. Vielleicht war er schon gegangen? Erleichterung durchströmte mich – als ich beschloss, noch einen letzten Blick hinter den Vorhang zu werfen.

Reglos stand Richard dort. Jeder andere wäre schnurstracks über den langen Flur zurück in die Freiheit gelaufen, doch irgendetwas brachte mich dazu, ihn in seiner Einsamkeit zu beobachten. Richard sah jedes Mal anders aus, wenn er lange weg gewesen war, und auch dieses Mal bildete keine Ausnahme. Er erschien mir älter und irgendwie distanzierter.

Vor ihm hingen sieben Bilder an der Wand. Das erste zeigte eine Frau. Sie war wunderschön. Renaissancemaler, Impressionisten, Surrealisten – sie alle wären derselben Ansicht gewesen. Sie hatte lockiges schwarzes Haar, fein gebogene Brauen, braune Augen, eine olivfarbene Haut und ausgeprägte Wangenknochen. All diese einzelnen Elemente zusammengenommen stellten einen Frauenkopf dar, für den der Begriff *exotisch* geradezu erfunden schien.

Auf den ersten Blick zeigte das zweite Bild dieselbe Frau. Atemberaubend, geheimnisvoll, sprühend vor Leben, aber wenn man genauer hinschaute, konnte man erkennen, dass die Frau nicht länger sie selbst war. Eine leichte Veränderung war mit ihr vorgegangen, entweder mithilfe eines Friseurs oder auf natürlichem Wege durch die Sonne: Das Haar der Frau war nun mit blonden Strähnen durchsetzt.

Auf dem dritten Bild begann sie, ihr ursprüngliches Äußeres vollständig zu verlieren. Ihr Haar war nun glatter, länger, blonder. Und ihre Augen waren größer, fast standen sie etwas vor. Sie waren nicht mehr so geheimnisvoll; die Iris war zwar noch immer braun, aber von einem blauen Ring umgeben.

Blau legte sich um Braun, Blond überdeckte Schwarz, Locken wurden glatt gezogen. Auch die Hautfarbe war heller geworden; Kakaobutter gebleicht zu gewöhnlicher Butter. Ihr kleiner roter Mund war breiter geworden, und die Lippen gingen mehr ins Rosafarbene. Das Schlüsselbein, die Arme, der Nacken, das Dekolleté: Sie alle hatten sich verändert. Bild für Bild verwandelte die Frau sich in jemand anderen. Auf Bild sieben hatte sie überhaupt keine Ähnlichkeit mehr mit sich selbst.

Sie sah fast so aus wie ich.

Die Wand hatte noch genug Platz für weitere Bilder – bereit, die Verwandlung zu ihrem Ende zu führen. Doch Richard schien die Veränderung gar nicht gutzuheißen; es war eindeutig, dass er sie nicht wünschte.

Er starrte auf das erste Bild, das Ölbild von ihr. Seine Hand fuhr in Wellen über ihre Locken, als läge sie neben ihm und er würde ihr übers Haar streicheln, bevor sie beide einschliefen. Er tippte mit den Fingerspitzen leicht auf ihre Augenlider; er berührte erst seine, dann ihre Lippen, wie ein Liebender am Bahnsteig, der eine lange Zugreise antritt. Sein Starren hatte etwas Schauriges an sich, seine Gesten waren zu intim für ein Objekt aus Farbe und Leinwand. Es wirkte fast so, als glaubte Richard Dorsey, die Frau auf dem Gemälde sei echt und würde gleich aus dem Rahmen heraussteigen und seine Liebkosungen erwidern.

»Wo bist du?«, fragte Richard Dorsey schließlich das Bild.

Sie antwortete nicht. Stattdessen blickten ihre unergründlichen schwarzen Augen leicht nach links, zu den Bildern der anderen Frau, die verzweifelt so zu werden versuchte wie sie.

Die nächsten einundzwanzig Tage verbrachte ich mit dem Versuch, mich von Richard Dorsey zu entlieben.

Die Wochen vergingen, doch Richard machte keine Anstalten, Kontakt mit mir aufzunehmen. Die ganze Zeit über redete ich mir ein, dass das Leben auch ohne Richard irgendwie weitergehen würde. Ich zählte die Minuten, und wenn ich nicht arbeiten musste, zählte ich sogar die Sekunden. Ich zählte den Rest meines Lebens durch – vielleicht waren es ja nur noch sechzig Jahre ohne ihn –, und ich zählte von dem Moment an, an dem ich ihn getroffen hatte. Jeder Tag war von nun an einem einzigen Ziel gewidmet: Richard Dorsey zu vergessen.

Ich entdeckte bald, dass die einzige Möglichkeit, meine Richard-freien Stunden schneller hinter mich zu bringen, Schlafen war. Daher schlief ich: in der heißen Nachmittagssonne, unter dem unbarmherzigen Mond, früh am Morgen, spät am Abend. Meine Träume wirkten lebendig und real; manchmal hatte ich Angst, mittendrin plötzlich aufzuwachen. In meinem geträumten Leben waren Richard und ich immer zusammen, doch irgendetwas brachte uns jedes Mal wieder auseinander. Oft war es ein natürliches Ereignis – ein Meteoritenregen oder ein Vulkanausbruch –, manchmal lag es aber auch am Verhalten der Menschen oder an einer Glasscherbe. Niemals war einer von uns beiden der Auslöser und seltsamerweise auch nie ein Frauenbildnis.

Sechzehn Tage, nachdem Richard Dorsey und ich unabhängig voneinander die Frau besucht hatten, die er liebte, schickte er mir einen Brief. Es war ein kurzer Brief, in dem er mich bat, ihn auf dem schon ewig stillgelegten Freizeitpark von Ix zu treffen. Ich war natürlich aufgeregt, aber kam letztendlich zu dem Entschluss, dass weder Riesenräder noch Zuckerwatte genug schwindelnde Aufregung oder klebrige Süße mit sich bringen würden, um Richard Dorsey Zorka Carpenter lieben zu lassen. Die Stunde der Verabredung näherte sich und verstrich, und ich blieb merkwürdig ungerührt. Ich stellte mir meinen Geliebten auf dem verlassenen Jahrmarkt vor, wie er zwischen Achterbahn, Würstchenstand, Schießbude und *Siamesische-Zwillinge-Show*-Wagen nach mir suchte. Er suchte nach mir, aber er würde mich niemals finden. Irgendwann, nach vielen Stunden, zwang ich mich, keinen weiteren Gedanken mehr an ihn in meinem Kopf zuzulassen, und schlief erschöpft neben Tintenfisch ein. An diesem Abend träumte ich, Richards und mein Leben hätten sich zu einem einzigen vereint, das nun, in einem unheimlichen Ritt erstarrt, hoch über der Erde hing. Niemand befand sich unter uns, niemand war da, um uns zu retten. Doch das war in Ordnung so, denn wir hatten die ganze Zeit nach einer Ausrede gesucht, den Boden der Tatsachen zu verlassen, und hatten endlich eine gefunden.

Die nächste Nachricht kam zwei Tage später. Sie klang besorgt, doch ich reagierte wieder nicht. Er habe vergeblich bei den Autoskootern auf mich gewartet, sagte Richard in seinem Brief, und sei schließlich – gezwungenermaßen – allein im Kreis herumgefahren. Ich bat Rabe, den Brief irgendwo weit weg zu verstecken, damit ich nicht in Versuchung käme, ihn noch einmal zu lesen und mich verführen zu lassen. Ein weiterer Brief folgte, dann ein Anruf von Mr. Hamilton. Ich reagierte auf keinen von beiden, sondern wiederholte in Gedanken ständig die Worte, die mein Mantra geworden waren: »Zorka Carpenter wird Richard Dorsey auf keinen Fall lieben.«

Kris Tina Woo befand sich mittlerweile in Oslo; sie schickte mir die übliche Postkarte. »Zorka, ich glaube, der Grund war eine Frau!«, schrieb sie, und sogar ihrer gestochenen Handschrift war die Aufregung anzumerken. Ich las die Postkarte nur einmal und betrachtete kurz das Foto mit dem norwegischen Bau: Er hatte ganz offensichtliche Mängel, und eine seiner Außenwände war zerstört.

An diesem Abend, dem Tag von Kris Tina Woos sechster Postkarte, ging ich nach draußen, um nach den Sternen zu schauen. Sie funkelten hell, und ich fragte mich, ob der Himmel hinter ihnen lag oder ob vielleicht der Himmel auf ihrer Oberfläche oder gar durchsichtig war und die Sterne auch ihn erleuchteten. Ich hatte die letzten einundzwanzig Tage mit Flehrufen an Mama verbracht – »Bitte hilf mir, das zu tun, was du nicht vermocht hast!«; »Hilf mir zu akzeptieren, dass der Mann, den ich liebe, mich nicht wiederliebt!« –, doch sie schien mich nicht gehört zu haben. Wahrscheinlich war sie einfach zu beschäftigt, die ganze verlorene Zeit aufzuholen, die sie auf der Erde vergeudet hatte.

Doch nach einundzwanzig Tagen, fünfhundertvier Stunden, war meine Liebe zu Richard Dorsey noch immer nicht erloschen. Es handelte sich wohl tatsächlich um jene Art von Amour fou, die sogar dann noch wächst, wenn sie weder Sonnenlicht noch Regen empfängt.

19. KAPITEL

In der zweiundzwanzigsten Nacht ohne Richard Dorsey konnte ich plötzlich nicht mehr einschlafen.

Mir war klar gewesen, dass so etwas passieren konnte. Ich hatte unendlich viele Stunden in einer Art Dämmerzustand verbracht, und meine Gefühle boten einfach nicht mehr genug Stoff für meine Träume. Meine Kreaturen hatten auch keine Lust zu schlafen; sie erzählten sich stattdessen gegenseitig Horrorgeschichten und spielten leise irgendwelche Spielchen. Anfangs hatte ich sie noch um Ruhe gebeten, aus Angst, sie könnten meine Flucht vor der Trauer stören. Nun erlaubte ich ihnen, wach und lebendig zu sein.

Es war schon spät, draußen war es dunkel und gruselig, und meine Kreaturen machten sich Sorgen, als ich das Haus verließ. Ein paar boten an, mich zu begleiten, andere flehten mich an, nicht zu gehen, wieder andere waren einfach nur froh, dass ihnen eine Pause von meinem Herzschmerz vergönnt sein würde.

Als schließlich der Beschluss fiel, ich würde nicht alleine gehen, sondern Eule sollte meine Begleiterin sein, war die Erleichterung auf allen Seiten spürbar. Eule war allerdings nicht gerade erfreut über ihre Aufgabe, doch als Nachtkreatur war es nur folgerichtig, dass die Wahl sie getroffen hatte; schließlich war sie sowieso lange wach und vermochte potenzielle Angreifer gut einzuschüchtern. Also stiegen Eule und ich ins Auto.

Ich wusste nicht, was ich eigentlich vorhatte. Vielleicht würde mein Ausflug mir einen Makel an Richard Dorsey vor Augen führen, den ich bisher übersehen hatte; den einzigen Makel, der die Chemie zwischen uns zerstören würde, die ganze gemeinsam verbrachte Zeit; der einzige Makel, der mich dazu brächte, Richard Dorsey nicht mehr zu lieben. Vielleicht würde ich endlich das fehlerhafte Prisma in Richard Dorseys Entwurf sehen.

»Wohin fahren wir?«, fragte Eule. »Wann kommen wir wieder nach Hause?«

»Wir fahren zu…« Ich hielt inne. Was sollte ich sagen? Plötzlich erschien mir der ganze Ausflug völlig sinnlos. Ich erwog, einen U-Turn zu machen, und schaute auf meine Uhr.

Eules helle, runde Augen huschten von Baum – zu Verkehrszeichen – zu Dunkelheit – zu mir. Sie war nicht daran gewöhnt, das Gewächshaus zu verlassen.

Drei Stunden vor Sonnenaufgang, Eules Schlafenszeit, erreichten wir den Dorsey-Bau Nummer Eins. Ich brachte den Wagen zum Stehen, und Eule rollte sich nach hinten auf die Rückbank.

Es war stockdunkel. Ein Knäuel aus Angst hatte sich in meinem Magen breit gemacht. Was, wenn mein Ausflug zum Dorsey-Bau Nummer Eins den gegenteiligen Effekt mit sich brächte? Was, wenn seine Schönheit mich dazu trieb, mich noch mehr in seinen Architekten zu verlieben?

Ich kletterte auf die Rückbank. Eule blieb auf ihrer Seite hocken.

»Wir sind da. Ich glaube, du brauchst ein bisschen frische Luft. Los, komm!«

Ich öffnete die Seitentür, und Eule hüpfte auf meine Schulter. Sie wischte sich ihre gelben Augen und glättete ihre Federn mit dem Schnabel.

Zusammen schritten Eule und ich den langen Weg zu dem Gebäude. Die Sterne funkelten heiter, der Mond glänzte golden, und mit einem Mal wirkte das riesige Universum viel zu verspielt, als dass es wirklich Nacht sein konnte. Der Bau war abgelegen und vergessen, doch die Bewegung am Himmel – das Tohuwabohu dort oben – ließ alles um uns herum voller Leben erscheinen. Eule blickte in den turbulenten Himmel und nahm einen tiefen Atemzug. Ihr Kopf schlug gegen meinen. Wir näherten uns dem Gebäude. Auf den ersten Blick reflektierte das Hochhaus die Schönheit, die seine höher gelegenen Stockwerke umgab: Sterne, Mond, Kometen spiegelten sich in dem Glas. Als wir noch ein Stück näher dran waren, verschwanden die Sterne, der Mond und die Kometen in dem hohen Bau. Ich schaute genauer hin und sah plötzlich etwas anderes: einen isoliert stehenden Wolkenkratzer, der vor langer Zeit von einem Mann gebaut worden war, der jemand anders sein sollte, als er tatsächlich war. In diesem Moment, im Angesicht seines ersten großen Entwurfs, begriff ich: Richard Dorsey war dafür bestimmt, Architekt Dorsey zu sein. Er war dafür bestimmt, durch die Welt zu reisen, Vorträge zu halten und Schönheit zu erzeugen, die niemals vergehen würde. Er war dafür bestimmt, verliebt und glücklich zu sein, eine fantastische Frau mit schwarzem Haar und strahlenden braunen Augen zu heiraten. Er war auf gar keinen Fall dafür bestimmt, wegen irgendwelcher angeschlagener Glaskanten in Erinnerung zu bleiben oder in Unity zu leben, und ganz gewiss nicht dafür, mit einem stinknormalen, einsamen Mädchen wie mir zusammen zu sein.

»Was machen wir hier?« Eules Frage durchbrach die Stille. Mein Kopf machte eine Pause, um meine Antwort zu überdenken, doch meine Füße gingen weiter in Richtung Haus.

»Ich glaube …« Das Haus kam immer näher, und plötzlich wurde ich überschwemmt von einem Gefühl großer Einsamkeit. »Ich glaube, ich suche einen Weg nach draußen.«

Eule schaute mich aus ihren riesigen Augen an.

Das Haus wuchs exponentiell weiter an. Ich konnte seine gezackte Spitze sehen.

»An jenem Tag vor langer Zeit im *Haus Retro* war mir

eigentlich schon klar, dass ich besser hätte gehen sollen. Damals hätte ich mich wahrscheinlich noch zurückziehen können. Es wäre zwar da schon schwierig gewesen, aber immerhin möglich.«

Eule nickte, und ich fragte mich, wie viel sie von meinen Worten verstand.

»Jetzt ist es zu spät, zu kompliziert«, fuhr ich fort. Efeuranken und Dornengestrüpp hatten die Glasfassade bis weit nach oben überwuchert. »Ich will nur einen Grund finden wegzugehen.«

Für einen Moment blieb alles still. Eule starrte in das Gestrüpp. Sie pickte nach einem Zweig.

»Vielleicht hast du deinen Grund ja gefunden, aber du willst es dir nicht eingestehen.«

Eules Augen funkelten im Sternenlicht, als sie den Dornenzweig so sanft in den Schnabel nahm, als wäre er eine Rose. War an ihrer Bemerkung vielleicht wirklich etwas dran? Hatte ich bereits einen Grund gefunden wegzugehen?

»Weeeeeeeeeeer?«

Ich schaute zu Eule hinüber. Sie befand sich in Habachtstellung, und ihre Frage schien an das Gestrüpp gerichtet.

»Weeeeeeeeeeeeeeer?«, fragte sie wieder. Etwas Drängendes lag in ihrer Stimme.

»Was ist los?« Ich blickte von Eule zum Gestrüpp. Ein leises Rascheln war zu hören, dann das Geräusch von leichtem Regen. Ich blickte in den Himmel. Er war wolkenlos.

»Weeeeeeeeeeeeeer?«

»Pssst«, sagte ich freundlich zu Eule. Ich legte meine Finger über ihren Schnabel, um sie ruhig zu stellen, und setzte meinen Weg durch das Unterholz fort.

Der Himmel war noch immer völlig klar, als das Plätschern zu einem gleichmäßigen Rauschen anwuchs. Wir näherten uns dem Regen. Wasser lief die Zweige hinunter, benetzte mein Haar und Eules Federkleid. Das majestätische Gebäude jedoch blieb trocken.

Nach ein paar Minuten entdeckte ich die Quelle, aus der das Wasser kam. Es war kein Regen, keine natürliche Macht, die das Plätschern erzeugte, sondern eine menschliche. Sie stand auf einer Trittleiter, die mindestens vier Geschosse in den Himmel hineinreichte. Ihr graublondes Haar verschmolz mit dem Sternenlicht, und über sich hielt die Gestalt eine riesige Gießkanne.

Das Gestrüpp bestand aus einer Vielfalt von Arten und war extrem dicht. Rückblickend hätte ich damals wohl gesagt, der Versuch, ein solch üppiges Buschwerk künstlich anzulegen, könne nicht funktionieren, doch ich wurde eines Besseren belehrt: All die Kletter- und sonstigen Pflanzen waren von menschlicher Hand gesetzt worden. Ich stand unter dem Bewuchs und fühlte das kühle Gartenwasser auf meinen Wimpern und den Spitzen meiner Finger und Zehen. Wie der Dorsey-Bau Nummer Eins blieb ich in meinem grünen Versteck für ein paar Minuten verborgen, die sich schließlich zu einer ganzen Stunde auswachsen sollten.

Endlich, nach langem Hin und Her – immer wieder wurde die Trittleiter verstellt und die Gießkanne neu aufgefüllt –, war Richard Dorsey mit seiner Bewässerungsaktion des Bewuchses rund um sein architektonisches Meisterwerk fertig. Er hatte Schwierigkeiten, die Leiter zusammenzuklappen; sein Atem ging schnell und schwer. Er hatte seine Utensilien schon in der Hand, doch er ging nicht fort. Stattdessen ließ er seine Augen über das Gebäude wandern, und mir kam der Gedanke, dass Richard Dorsey vielleicht die meiste Zeit seines Lebens damit verbrachte, zurück in die Vergangenheit zu schauen, eine Vergangenheit, die seinen Blick niemals würde erwidern können.

In dem Moment trat ich aus meinem Versteck hervor.

»Ich hatte in der Highschool eine Klassenkameradin, die behauptet hat, es gebe da einen Fehler.« Ich schaute an der Fassade hoch. Eine Sternschnuppe prallte von dem fehlerhaften Prisma ab, und ich zeigte mit dem Finger darauf: auf das Prisma, den Fehler, die Sternschnuppe. »Da oben, in der Ecke vom zehnten Stock.«

Wie viele Möglichkeiten, meinem Blick auszuweichen, es auch geben mochte: Richard nutzte sie alle. Und zwar zweimal hintereinander. Er nestelte an seiner Gießkanne herum, er schaute zu dem fehlerhaften Prisma. Ich konnte keinerlei Reaktion auf seinem Gesicht erkennen – er schien partout nicht zu wollen, dass ich dort etwas ablas.

»Der Architekt muss damals noch sehr jung gewesen sein.« Meine Worte implizierten nicht, dass der Architekt heute alt war, sondern dass er einmal Architekt gewesen war. Richard nickte bei meiner Bemerkung, aber es war mehr eine absichtslose Bewegung des Kopfes als ein echtes Nicken.

»Seit wann weißt du es?« Richards Frage war zum Gebäude hin gerichtet, doch ich wusste, sie galt mir.

»Nicht von Anfang an. Und zwar nicht etwa, weil ich mich ...« Um ein Haar hätte ich den Satz mit *in dich verliebt hätte* vollendet. Stattdessen sagte ich: »Es war falsch. Dass ich es herausgefunden habe, meine ich. Ich wollte das nicht.«

Die Sterne funkelten so hell, dass Richard sich die Hand schützend vor die Augen hielt. Eine Geste, die jeder andere in brütender Mittagshitze getan hätte.

»Hättest du es mir jemals gesagt?«

»Nein.« Richard hielt noch immer die Augen hinter der Hand verborgen.

»Ist das der Ort, wohin du immer verschwindest?«, fragte ich.

»Ich gehe ... ich gehe zu einem anderen.« Richard berührte die Uhr um seinen Hals. Ich zog seine Finger weg. Die schwarzen Zahlen der Uhr zeigten 6 Uhr 34.

Ich wagte nicht, eine weitere Frage zu stellen. Also stand ich still, während der Rest der Welt sich bewegte.

»Das ...« – Richard wedelte unschlüssig mit den Händen – »das ist eins der traurigsten Dinge, die jemals passieren konnten.«

Wasser tropfte von den Blättern des Löwenzahns.

»Manchmal«, fuhr Richard fort, »manchmal, wenn wir zusammen sind, schaue ich dich an und vergesse alles.«

»Was vergisst du?«

»Dass ich dich nicht in ein so von Trauer geprägtes Leben hätte hineinziehen dürfen.« Richard hielt inne und strich sanft über mein Haar, während sein Blick zu der scharfen, gezackten Spitze des Gebäudes wanderte.

»Alles hat ein Ende, Zorka.«

Nun schaute ich zu der gezackten Spitze – in der wilden Hoffnung, in ihr den Beginn des darüber liegenden Himmels zu erkennen, der Sterne, der Milchstraße. Ich wollte nicht das Ende des Bauwerks darunter sehen.

Ich berührte Richards Gesicht. Ich hatte das Gefühl der Berührung seiner Haut vermisst, und wieder wurde es zu der einzigen Sache auf der Welt, ohne die ich nicht leben konnte.

»Nur weil dir etwas großes Glück bringen kann, muss es nicht automatisch auch Trauer in dir erzeugen«, sagte ich zu ihm.

Richards geschwungene Lippen glitten sanft über meinen Nacken. Kleine, künstliche Regentropfen fielen von den Zweigen, und ich klammerte mich an diese Worte, wünschte verzweifelt, ihnen Glauben schenken zu können. Doch aus irgendeinem Grund gelang es mir nicht.

20. KAPITEL

Nachdem ich Richard Dorsey gestanden hatte, dass ich wusste, dass er Richard Dorsey war, trat eine Veränderung ein. Nicht mit mir, sondern mit Richard; ja, es war, als ob seine Identität ein riesiges Geheimnis wäre, das, einmal enthüllt, ihn noch mehr versinken ließ in seiner Trauer – viel mehr, als das Geheimnis selbst es getan hatte. Obwohl ich darauf brannte, der Katastrophe auf den Grund zu gehen, die den Architekten Dorsey in einen einfachen Mister Dorsey verwandelt hatte, bohrte ich nie nach. Die unvollendeten Bauten, das Ölbildnis der schönen Frau: All das war noch immer Teil einer Vergangenheit, die zu ergründen mir nicht zustand.

Natürlich verschwand Richard noch immer hin und wieder, doch wenn er jetzt da war, war er wirklich da. Sogar wenn wir vorher nebeneinander auf einer Decke oder zusammen unter dem Lichtstrahl des wundersamen Leuchtturms gesessen hatten, schien Richard stets mit seinen Gedanken woanders gewesen zu sein. Ganze Milchstraßen hätten sich zwischen unsere Berührungen schieben können, Planteten zwischen unsere Blicke, Jahre zwischen die Momente, in denen er seine Lippen auf meine Lider legte. Doch nun waren wir auf irgendeine Weise einander näher, auch wenn ich nicht zu sagen vermocht hätte, wie.

Und doch enttäuschte mich der erste Kuss Richard Dorseys. Ich träumte von dem Kuss, wenn ich abends im Bett lag; ich stellte mir vor, wie seine Lippen die meinen berührten, wie sie schmeckten, welch einen Klang sie hervorbrachten. Sicher, Richard war nach wie vor interessiert am intellektuellen Austausch mit mir, an unseren Gesprächen. Obwohl meine Kreaturen mich mit allen möglichen Argumenten davon zu überzeugen suchten, dass so etwas viel wertvoller war als ein einfacher Kuss (»überschätzt« – so lautete ihr Urteil), glaubte ich ihnen nicht. Wann immer Richard auch nur leicht den Kopf senkte, hoffte ich, es geschähe, um seine Lippen den meinen zu nähern.

Richard und ich saßen auf einer Decke am Fuß der St.-Pilara-Berge, aßen Tortillas und tranken eine kräftige Mischung aus frischem Granatapfelsaft, Wodka und zerstampften Himbeeren. Der Wodka schien unser beider Unsicherheit an diesem Abend zu mildern; er gab uns die Möglichkeit, uns endlich einmal ein wenig freier zu fühlen. Richards starke, gebräunte Hand fasste nach meiner, und ich fühlte, wie ein Stromstoß meine Wirbelsäule entlangfuhr.

»Komm her!« Richards Stimme war erfüllt von süßer Verheißung, als er den einfachen Weidenkorb mit unseren Picknicksachen ausleerte.

Ich hörte das Rauschen, bevor ich etwas sah. Sekunden später entdeckte ich dicht vor uns einen Wasserfall, der wie verzaubert im Mondlicht glänzte.

»Ich habe ein Geschenk für dich«, fuhr Richard fort. Er hielt den leeren Picknickkorb in der Hand, und wir beide schauten auf das hinabfallende Wasser. Es war faszinierend anzusehen, aber am meisten beeindruckte mich sein Klang. Der Aufprall des Wassers.

»Gott, ich habe noch nie im Leben ein Geschenk bekommen! Außer von Mama und Daddy, aber das zählt nicht.«

»Wirklich? Das kann ich mir gar nicht vorstellen! Kein verliebter junger Mann, der Ihnen irgendwann mal ein Geschenk gemacht hat, Miss Carpenter?« Richards Stimme klang atemlos, wie bei einem Kind, das vor lauter Vorfreude auf Weihnachten schon ganz aufgeregt ist.

»Es hat noch nie einen Mann in meinem Leben gegeben. Ich meine, ich hatte noch nie einen Freund – bis du kamst.«

»Wie kann ein alter Mann wie ich der erste Freund von einem so hübschen Mädchen wie dir sein? Du willst nur, dass ich mich besser fühle.« Richard berührte sanft mein Gesicht. Wie konnte eine so einfache menschliche Geste schöner sein als das spektakulärste Naturschauspiel?

»Besser? Ich dachte, du würdest dich eher schlechter fühlen, weil du das Mädchen abgekriegt hast, das sonst keiner will«, sagte ich. Der Himmel war voller Sterne. Es sah aus, als würde dort oben eine Versammlung stattfinden.

»Nein, nein, nein! Ich fühle mich sehr geehrt... Dass ich derjenige bin, der dich entdeckt hat«, sagte Richard liebevoll.

»Marie Curie hat das Radium entdeckt, George Washington Carver entdeckte Tausende von Verwendungsmöglichkeiten der Sojabohne, Einstein die Relativitätstheorie, Christoph Kolumbus Amerika. Und du hast Zorka Claire Carpenter entdeckt! Ich glaube, dafür wirst du in die Geschichtsbücher aufgenommen«, erwiderte ich scherzhaft.

»Ein paar Seiten über mich wird es schon geben. Ganze Kapitel wahrscheinlich.«

»Vielleicht sogar ganze Bücher...«

»Vorlesungen, die sich über mehrere Semester hinziehen...«

»Semester?«, neckte ich ihn.

»Okay, Jahre.«

»Schon besser. Vielleicht auch ein paar Magisterarbeiten...«

»Doktorarbeiten...«

»Ja, Doktorarbeiten über Richard Dorsey. Doktorarbeiten über Richard Dorsey, weil er mich entdeckt hat!« Ich lachte.

Richard wurde ernst. »Alles geschieht deinetwegen. Siehst du all das hier?« Er machte eine Armbewegung, die das ganze Universum umfasste. »Das ist alles wegen dir. Es ist alles für dich.« Er hielt inne und nahm meine Finger zwischen die seinen. Zärtlich küsste er meine Handfläche, als wäre es nicht bloß eine Handfläche, sondern Bette Davis' Augenlider oder Ginger Rogers' Fußzehen. »Selbst deine Handflächen sind wunderschön. Jede einzelne Linie ist ein Kunstwerk. Du wirst sie für dein Geschenk brauchen.«

»Ich kann es noch immer nicht glauben, dass du ein Geschenk für mich hast. Ich werde ganz rot!« Ich wurde rot. Ein Teil von mir hoffte, dass ich eines Tages nicht mehr rot werden würde, der andere Teil hoffte, ich würde künftig alle meine Abende mit roten Wangen verbringen.

»Dieses Geschenk ist sehr speziell, und du darfst auch niemandem davon erzählen. Denn niemand weiß, dass es existiert.«

»Hast du es in einem deiner schicken Designergeschäfte gekauft?«

»Nein, es ist viel zu speziell für ein Geschäft. Mach die Augen zu!« Ich gehorchte.

Wasser gurgelte, blubberte und rauschte. »Okay, jetzt kannst du sie wieder aufmachen!«

Meine Handflächen kribbelten. Ich schaute genauer hin: Dieselben Linien, die Richard so bewundert hatte, waren nun bedeckt von einem glänzenden Pulver.

»Was ist das?«

»Schau hoch zum Himmel und such dir einen Stern aus!«

»Oh, das ist unmöglich! Es sind viel zu viele.«

»Aber du musst«, sagte er.

Ich schaute in den Himmel. Viele Menschen denken, alle Sterne – bis auf die Sonne natürlich – sehen gleich aus, aber ich war noch nie dieser Meinung. In meinen Augen sahen manche aus wie aufgetakelte ältere Damen, manche wie Geschäftsleute, manche wie Ballschönheiten, manche wie Intellektuelle, manche wie Spitzbuben. Jedes dieser kleinen Lichter hatte seine eigene Persönlichkeit, so wie ich. So wie Richard.

»Okay. Dann diesen da, da hinten«, sagte ich schließlich.

»Er sieht müde aus, als wenn er zu lange geschienen hätte und nun ein kleines Schläfchen gebrauchen könnte.«

»Halt deine Hand mit der Handfläche nach oben, gleich unter die Sterne, und greif ihn dir.«

Er fiel vom Himmel direkt in meine Handfläche. Er hatte überhaupt nicht die Form eines Sterns – sondern war eher oval – und blieb auch nicht in meiner Hand liegen. Er tanzte und war in seiner Einfachheit strahlender, als es der prächtigste Lüster gewesen wäre.

Ich schaute zu Richard. Er war noch schöner als der Stern; ihre Schönheit war Universen voneinander entfernt.

»Wie ist das möglich …«

»Das nennt man Sternnebel-Fangen. Damit kannst du so viele Sterne fangen, wie du willst, und du kannst sie immer bei dir tragen.« Er blickte erst zu dem Stern und dann zu mir. Ich wusste, ich sah vergleichsweise blass aus. »Du bist wunderschön in seinem Licht«, sagte er schließlich.

»Aber … ich könnte das niemals tun! Er ist besser im Himmel aufgehoben, bei seinen Freunden. Was ist, wenn es eines Tages keine Sterne mehr am Himmel geben wird?«

»Es wird immer Sterne am Himmel geben. Siehst du, ein anderer hat bereits seinen Platz eingenommen. Es gibt eine Warteschlange da oben im Himmel, ungefähr einen Kilometer lang, lauter Sterne, die gerne scheinen würden, nur dass der Himmel sie unmöglich alle auf einmal zeigen kann.«

»Woher hast du das?«, fragte ich und schaute auf das Pulver in meiner Hand.

»Das ist mein Geheimnis. Möchtest du es noch einmal versuchen? Was ist mit diesem da?« Er zeigte auf einen der hellsten Sterne am Himmel.

»Aber wenn ich den nehme, könnte das den Großen Bären kaputtmachen. Schau mal, er ist ein Eckstein«, erwiderte ich.

»Ich verspreche dir, das wird nicht geschehen, aber falls doch, kannst du ihn jederzeit zurückschicken.«

Vorsichtig setzte ich das Oval in den Picknickkorb und

streckte meinen Arm erneut in den Himmel. Der Große-Bär-Stern fiel in meine Handfläche. Es war ein perfekt gezeichneter fünfzackiger Stern, den selbst Kris Tina Woo nur unter größten Mühen hätte kopieren können. Ich schaute hoch in den Himmel und sah, dass ein anderer Stern bereits seinen Platz eingenommen hatte.

Das Ganze ging so weiter, bis der Picknickkorb bis zum Rand mit Sternen gefüllt war. Ovale, Trapezoide, Quadrate, gleichschenklige Dreiecke, Herzen, Fünf- und Vierzacker. Ich wählte Sterne aus, die entweder sehr müde wirkten oder besonders bösartig oder wie Mauerblümchen – Sterne mit abgebrochenen Zacken oder Sterne, die bei irgendwelchen außergewöhnlichen Ereignissen ihren Glanz verloren hatten oder von Geburt an nicht zu leuchten vermochten. Richards Sterne hingegen waren alle von perfektem Design und Strahlkraft.

Hand in Hand mit Richard am oberen Ende des Wasserfalls dachte ich plötzlich voller Mitgefühl an Zoë Christie und Kris Tina Woo. Sie würden niemals so glücklich sein, wie ich jetzt war. Es war einfach nicht möglich.

»Sie sind wunderschön«, sagte ich schließlich zu Richard. Ich meinte die Sterne.

»Ja, sind sie«, antwortete er gedankenverloren. Er zeichnete noch immer die dünnen Linien in meiner Handfläche nach. »Du musst immer an mich denken…« Er machte eine Pause, die so lang war, dass ich dachte, mehr wollte er nicht sagen, als er schließlich fortfuhr: »… wenn du zu ihnen hochschaust.« Richard umfasste meinen Oberkörper ganz fest, als hätte er mitgekriegt, wie ein Stern irgendwo in weiter Ferne Pulver zum Menschennebel-Fangen in die Finger bekommen hätte und versuchen würde, mich hoch in den Himmel zu locken. Dann lächelte er sein geheimnisvolles Lächeln, das mich jedes Mal wieder zum Dahinschmelzen brachte. Er blickte mich an, mit einem Blick, den ich nie zuvor gesehen hatte. Weder an ihm noch an irgendwem sonst.

»Darf ich dich küssen?«, fragte er höflich, obwohl er gewusst haben musste, dass ich auf diese Frage wartete, seit wir uns zum ersten Mal begegnet waren.

Mein Englischlehrer an der Highschool hatte einmal gesagt, dass eine Beziehung dann am schönsten sei, wenn der erste Kuss noch bevorstehe. Nach diesem Moment sei der Zauber vorbei, hatte er behauptet. Man würde feststellen, dass der andere einen schlechten Atem hätte, seine Zahnklammer würde sich in deinen Lippen verhaken, seine Zähne gegen deine schlagen wie Fingernägel gegen eine Kreidetafel – aber all das war mit Richard Dorsey ganz anders. Er war zu erfahren und zu alt, um eine Zahnklammer zu tragen, sein Atem schmeckte nach frisch zerstampften Himbeeren, und die einzigen Dinge, die aufeinander trafen, sollten dies auch tun. Das Ganze klappte so perfekt, dass wir es noch einmal taten. Und noch einmal. Und noch einmal.

»Warum will ein Mädchen wie du bloß mit einem Mann wie mir zusammen sein? Ich bin alt, ich habe die Welt enttäuscht und ...«

»Und ich?«, fragte ich.

»Du? Du bist all das, was ich nicht bin.«

Ich dachte an die Stunden zurück, die ich tieftraurig vor dem Spiegel verbracht hatte, weil ich glaubte, mit der Frau auf dem Gemälde, die Richard vor mir geliebt hatte, nicht mithalten zu können. Ich dachte an Mama und an all die Stunden, die sie darauf gewartet hatte, einem Mann verzeihen zu können, der gar kein Verzeihen wollte, jedenfalls nicht durch uns. Ich dachte an die vielen Monate zurück, die ich auf das gewartet hatte, was gerade passiert war, und die vielen Monate, die Richard auf dasselbe gewartet hatte. Und während das Licht des Vollmonds sich in Richard Dorseys Augen spiegelte, schoss mir auch der Gedanke durch den Kopf, warum die Liebe lügen konnte und damit immer wieder davonzukommen schien.

21. KAPITEL

Richard kam über das Stadium der Verführung nicht hinaus – wahrscheinlich, so erklärte ich mir, weil er dies so gut beherrschte. Wenn Richard mich anschaute, kribbelten sogar die Nerven in meinen Knöcheln, und ich fühlte sein Lächeln in Körperteilen, die unter viel zu vielen Kleidungsschichten lagen, als dass sie hätten sehen können, was diese Erschütterung in mir hervorrief. Ich hatte zwanzig Jahre zusammen mit meinem Körper verbracht, aber irgendwie schaffte er es nun, mich jeden Tag von neuem zu überraschen. Als ob ich am Tropf hängen würde, über den selbst dann Empfindungen in mich hineininjiziert wurden, während ich schlief.

Die Vereinsordnung des *Esmeralda-Bowlingclubs* schrieb weiße Kleidung vor, und ich trug ein gepunktetes Kleid. Ein Meer weißer Hemden, weißer Shorts und langer weißer Cocktailkleider starrte mich an, als stellte ich eine Bedrohung für die Gesellschaft dar, die sie über Jahre zu errichten versucht hatten. Wahrscheinlich tat ich das auch, denn meine hochroten Wangen trugen wenig dazu bei, diese unausgesprochene Feststellung zu widerlegen, sondern waren lediglich ein unwillkommener Farbtupfer mehr, den ich in ihre elfenbeinfarbene Welt brachte. In der Annahme, Richard hätte nicht gewusst, dass die Etikette eines Rasenbowling-Clubs solch eine Anpassung erforderte, schaute ich zu ihm hinüber. In seinen einen Hauch zu sehr ins Cremefarbene tendierenden Klamotten stand er da und lachte sein unbändiges Lachen. Richards

Art von Humor war ziemlich außergewöhnlich und sehr impulsiv; sogar wenn ich den Grund für seine Heiterkeit selbst nicht lustig fand, war sein Gelächter doch immer ansteckend, und seine gute Laune erzeugte das gleiche Gefühl in mir.

»Du hast eine fantastische Figur gemacht vorhin!«, sagte Richard zu mir, als wir über das Gras gingen, das so makellos aussah wie Kunstrasen. Ich hatte keinen Grund, die Aufrichtigkeit seines Kompliments anzuzweifeln, denn wir hatten gerade einen erdrutschartigen Sieg erzielt, und abgesehen davon war ich um mindestens fünfzig Jahre mit Abstand die jüngste Frau auf der ganzen Wiese.

»Danke«, sagte ich, und wieder stieg mir das Blut in die Wangen. »Aber du auch! Du bist wirklich gut in Rasenbowling.«

Richard senkte den Blick und zupfte einen Grashalm von seinem T-Shirt.

»Bin ich eigentlich nicht. Ich übe nur sehr intensiv.«

»Du verbringst deine Freizeit mit Rasenbowling?«

Lauthals platzten wir beide vor Lachen heraus und rissen die weißen Amöben mit unserem Prusten aus ihren Fachsimpeleien über die jeweiligen Bowlingpartien. Mein ganzes Leben lang war ich ein Häufchen Unglück gewesen. Nun war ich endlich an der Reihe, mich auf der Gewinnerseite wiederzufinden.

Richard stand hinter mir und legte seinen Arm um meinen Oberkörper. Sein Griff war wie immer sehr fest, als wollte er die Luft aus meinen Lungen quetschen.

»Ähm, kann ich dich was fragen?«

Sein Atem tanzte über meine Ohrläppchen.

»Ja«, flüsterte ich. Ich schaute noch immer nach vorn.

»Hättest du Lust, mit zu mir zu kommen und ein wenig Fernsehen zu gucken?«

»Fernsehen wäre toll!«

Plötzlich hatte ich das Gefühl, kurz davor zu stehen, in ein ganz besonderes Geheimnis eingeweiht zu werden.

Richards Zuhause war mit Sicherheit eine einzige Ansammlung höchst geschmackvoller Gegenstände, doch ich bemerkte von all dem nichts. Ich registrierte nicht einmal, ob seine Einrichtung modern oder eher konventionell war. Auch über die Größe des Hauses, die Anzahl der Toiletten, der Schlafzimmer oder Sofas könnte ich keine Auskunft geben. Falls die Wände bunt angestrichen waren, wüsste ich keine Farbe zu nennen; falls sie Tapeten trugen, wüsste ich kein Muster zu beschreiben. Ich erinnere mich nicht, ob in dem Haus ein Herd war; und wenn ja, könnte ich nicht sagen, ob er mit Gas oder mit Strom betrieben wurde. Obwohl mir klar war, dass Richards Anhängerschaft Stunden damit verbrachte, über seinen Stil zu diskutieren, interessierte er mich überhaupt nicht.

Das Einzige, was mich interessierte, war er selbst. Ich nahm nur die ganz winzigen Details in seinem Haus wahr. Ich bemerkte Richards Fingerabdrücke – Daumen, Mittel- und Ringfinger – auf einem Likörglas und die Orchideen im Badezimmer, die ihres schneeweißen Farbtons wegen ausgewählt worden waren. Richard liebte Bücher über Architektur und Mode, außerdem den ein oder anderen Roman, und er wollte seinen Morgenkaffee extra stark. Er war ordentlich, wie man es von ihm erwarten würde, aber nicht pingelig; er hatte an jenem Morgen vergessen, sein Bett zu machen, und der Abdruck seines Kopfes war noch immer auf dem unaufgeschüttelten Kissen zu sehen. Er schlief auf der rechten Seite des Bettes, neben dem Wecker, der 12 Uhr 04 anzeigte. Sein Aftershave roch wie er selbst nach frischen Minzeblättern.

Dieses Haus war ein Museum von Richard Dorsey, und mir war außerhalb der Öffnungszeiten der Zutritt gestattet.

»Setz dich«, sagte er. »Mach es dir bequem. Möchtest du was trinken?«

»Was du gerade da hast.«

Richard ging in die Küche, und ich blieb allein zurück. Stille herrschte, und ich hatte Angst, auch nur den kleinen Zeh zu rühren, um nicht die Atmosphäre zu zerstören. Ich befand mich in Richard Dorseys Wohnzimmer, und ich wollte, dass alles so blieb, wie es war. Mein Blick fiel auf den Glastisch unter mir. Ich konnte nur hoffen, dass es an diesem edlen verchromten Möbel lag, dass mein Gesicht so verzerrt wirkte. Ich sah aus wie ein Cherubin.

Sie hören Cool Jazz 103.

»Ist der Sender okay?«, ertönte Richards Stimme aus der Küche. Eiswürfel knackten. Flüssigkeit zischte. Zimmertemperatur traf auf Gefrierfachkälte.

»Perfekt«, sagte ich. Ich war eine absolute Jazz-Novizin, aber ich hatte mal gehört, dass die Wahl dieser Musikrichtung ein Indiz für eine bevorstehende Verführung war. Ein Instrument, vielleicht ein Waldhorn, trompetete aus einer unsichtbaren Box hervor. Ich hatte plötzlich das Gefühl, dass dieses Ein-Mann-Orchester nur für uns aufspielte. Das war kein Radiosender, nein, das war ein Musiker, der live im Nebenzimmer spielte.

»Ich will nicht alle Entscheidungen alleine treffen. Wenn du eine Meinung hast, dann sag sie bitte«, rief Richard. Das stimmte: Er hasste es, Entscheidungen zu treffen, vor allem wenn sie mich betrafen. Ich hätte sicher mehr Entscheidungen gefällt, doch ich dachte, allein diejenige, alle weiteren ihm zu überlassen, sei schon Entscheidung genug. Der Deckel wurde auf die Likörflasche geschraubt. Ich betrachtete mich erneut im Wohnzimmertisch.

Als Richard mit unseren Drinks auftauchte, sprang ich erschrocken auf.

»Oh, hallo«, sagte ich. »Schöner Tisch!«

»Danke. Ich hasse es, über meine Arbeit zu sprechen. Und ich weiß, dass es dich langweilt. Es kann gar nicht anders sein! Mich langweilt es jedenfalls.«

»Was hat dein Couchtisch mit deiner Arbeit zu tun?«

»Oh ja, ich meine, danke. Das ist ein Ihms. Ich habe ihn zufällig in meinem Lieblingsgeschäft entdeckt und dachte, er ist genial in seiner Art.«

Zorka, *Ihms* ist kein Wort, das du kennen musst!

»Das kann man wohl sagen. *Ihms* ist wirklich toll in seiner Art!«, improvisierte ich und klaute sogar noch seine Satzkonstruktion. Ich musste dringend versuchen, das Gespräch in andere Bahnen, weg vom Thema Design zu lenken.

»Stimmt. Irgendwie ist er in seiner Art… na ja, eigentlich nichts wirklich.« Er nahm einen Schluck von seinem Drink. Eiswürfel klirrten.

»Prost«, sagte er, nachdem er das Glas abgesetzt hatte.

»Oh, warte einen Moment!« Ich nippte an meinem Cocktail. »Prost!«

Zum Glück war er schneller als ich gewesen. Ich hatte immer gedacht, *Prost* würde man vor dem Trinken sagen.

»Danke, dass du dich heute mit mir verabredet hast.«

Danke? Warum sollte er mir danken?

»Nein, ich danke *dir*! Und weißt du, ich langweile mich überhaupt nicht, wenn wir über deine Arbeit sprechen. Ich finde es bewundernswert, dass du so gut in etwas bist.« Ich nahm einen sehr undamenhaften Schluck von meinem Drink. Das schwere Glas war nass von Schweiß, und ich hatte panische Angst, es könnte mir aus der Hand auf den teuren Teppich rutschen. Schnell stellte ich es zurück auf den Couchtisch. Richard hatte keine Untersetzer gedeckt, was ich als sehr angenehm empfand.

»In *etwas* ist schon ganz richtig.« Ich verstand nicht, wie ein solcher Mann sich permanent mit Selbstverachtung strafen konnte. Was, wenn er ein weniger bedeutender Mensch gewesen wäre?

Wir saßen dicht an dicht auf dem Sofa, sorgsam bemüht, einander nicht zu berühren. Mir wollte einfach nicht in den Kopf, dass wir manchmal so viel Spaß miteinander hatten, um dann wieder so ungeschickt und trübsinnig in Gegenwart des anderen zu sein. Wir waren wie zwei Paare: eins, das seit zwanzig Jahren miteinander verheiratet war, und eins, das sein erstes Rendezvous in einer Eisdiele hatte.

»So, du magst also Ihms?«, fragte Richard. Eiswürfel klirrten, als er seine Haltung veränderte. Hier befand er sich auf sicherem Terrain, so viel war klar. Ich dagegen…

»Ja, Ihms ist brillant in seiner Art«, antwortete ich. Nun klirrten meine Eiswürfel.

»Das denke ich auch. Ich habe letztes Jahr für einen Freund ein Haus gebaut, ich meine, ich habe ihm geholfen, und er hat ein paar geniale Ihms-Sachen gekauft. Ähm, ich bin mir eigentlich sicher, es wird dich langweilen, aber wenn du Ihms magst, vielleicht findest du es ja doch nicht so öde und hast Lust, dir das mal anzuschauen?«

»Was? Ihms?«, fragte ich. Bei dieser Art von Sätzen verlor ich schon beim ersten *ich* den Überblick. Sie waren eine Anhäufung von Substantiven, Pronomen, Verben und Adjektiven, die aneinander gehängt waren, um die folgenden Worte zu sagen: Ja, ich möchte dich gerne wiedersehen.

»Ich glaube, ich erzähle gerade ziemlichen Unsinn…«

»Ja, das tust du«, sagte ich und blickte in den Ihms-Spiegel.

Ein fettes Clownsgesicht starrte mich an.

»Ich kann es nur nicht glauben, dass du hier bist!« Er kleidete in einen Satz, was mein Kopf nicht einmal als Gedanken fassen konnte.

Ich nahm einen großen Schluck von meinem Drink. Die Flüssigkeit brannte beinahe ein Loch in meine Kehle. Der Raum begann sein Aussehen zu verändern; die ganze Pracht verschwamm allmählich in ihren Konturen.

»Ähm, Darling, ich muss dir was sagen.« Richards Worte rückten auf der Stelle meine Sicht der Welt wieder gerade. In Büchern verhieß so etwas nie Gutes.

»Ja?« Ich spürte, wie mein Gesicht zuckte, als drohte ich, in einen schweren Autounfall verwickelt zu werden.

»Ich weiß nicht, wie ich es dir sagen soll. Ich habe es noch nie jemandem gesagt, daher klingt es vielleicht etwas merkwürdig. Du kennst… du weißt ja, wie das ist, wenn ich hin und wieder für ein paar Tage verschwinde...« Richard unterbrach sich.

»Ja?«, ermutigte ich ihn.

»Leg dich mal zu mir«, fuhrt er fort und drehte meinen Körper so, dass ich seiner Bitte nachkommen konnte. Ich streckte meine langen Glieder aus und ließ mich nach hinten sinken. Er schaute zu. Mit todernstem Gesichtsausdruck. Hoch konzentriert.

Seine Finger fuhren leicht über die kleine Einbuchtung zwischen meinen Schlüsselbeinen, die Stelle, an der mein Hals auf den Rest meines Körpers stieß. Mir kam es so vor, als hätte meine Haut sich an der Stelle verflüchtigt und er hätte direkten Zugang zu meinen Muskeln und meinen Knochen und meinen Organen. Mein Innerstes hatte sich einmal um sich selbst gedreht.

Ich war ihm so nahe, dass ich die goldenen Implantate in seinen Backenzähnen sehen konnte.

»Warum ist deine Haut nur so weich?«, fragte er. Er liebkoste sie, als wäre sie ein lebendiges kleines Tier.

»Deine Hand ist so weich, nicht meine Haut«, sagte ich im Gegenzug. Ich ging fest davon aus, dass dem so war. Ich wollte ihn nicht zum Besten halten.

»Nein, ich bin mir ganz sicher, das ist deine Haut.«

»Ich würde alles Geld dieser Erde verwetten, dass es deine Hände sind«, sagte ich im Brustton der Überzeugung.

Nicht Erotik war es, die Richard ausstrahlte, sondern eine tiefe Leidenschaft, die mich erschreckte. Sein Gesicht war meinem so nah wie noch nie, und seine Augen waren wie tiefe Brunnen ohne Grund. Mein Herz raste, und der einzige Gedanke, der mich beherrschte, war: Wie entkomme ich am besten aus dieser unerwünschten... unerwünschten was? Hatte ich mich nicht genau danach gesehnt?

Ich ließ mich nicht unter ihm weggleiten. Ich schlüpfte nicht elegant aus seiner Umarmung. Ich sprang auf wie von der Tarantel gestochen.

»Ich muss ins Bad«, sagte ich, während ich aus dem Wohnzimmer floh.

»Es ist am anderen Ende des Flurs«, sagte Richard. »Soll ich es dir zeigen?«

»Nein, nein, danke!« Ich raste in die angegebene Richtung. An der Tür warf ich einen Blick über die Schulter. Richard fuhr sich mit den Händen durchs zerwühlte Haar. Wahrscheinlich ärgerte er sich über sich selbst, dass er sich mit so einer wie mir eingelassen hatte.

»Stimmt was nicht?«, fragte Richard freundlich. Ein Schatten hatte sich über sein Gesicht gelegt, und die Falten auf seiner Stirn schienen sich vertieft zu haben.

»Nein, warum?«, fragte ich scheinbar harmlos. Doch meine Augen, in denen das Wasser bereits bis zum Rande stand, straften meine Worte Lügen.

»Bin ich der Grund?«, fing er an. Schuldgefühle brachten die Ader an seiner Schläfe zum Pochen. Die Ader liebte ich besonders an Richard, und ihre offensichtliche Betrübnis machte mich nur noch trauriger.

Es war die Gelegenheit, es ihm zu sagen. Obwohl nichts auf der Welt zerstörerischer wirkt als das, was eben vorgefallen war, glaubte ich, Atombomben explodierten in meinem Kopf. Er würde es verstehen, versuchte ich mich zu beruhigen. Schließlich handelte es sich um ein ganz banales Geständnis, etwas, das jedes Mädchen einmal in ihrem Leben machen muss – ein einziges Mal. Richard, ich habe es noch nie getan …

»Richard?« Es klang fragender als beabsichtigt.

»Ja?«, erwiderte er. Seiner Stimme waren sein Unbehagen, seine Traurigkeit und seine Verlegenheit anzuhören.

»Es ist schon spät. Vielleicht solltest du mich jetzt besser nach Hause bringen.«

»Mein Heuschnupfen ist wirklich schrecklich. Ich hasse den Herbst!«, schniefte ich. Meine Augen war rot und entzündet vom Salz der Tränen. Mein Kleid war völlig zerknittert, aber das war mir jetzt auch egal. Es erinnerte mich daran, dass zumindest ein Teil des Abends schön gewesen war.

Richard drückte sanft meine Hand. Bestimmten Körperteilen seine besondere Aufmerksamkeit zu schenken war eine Spezialität von ihm. Falls er einmal Kinder haben sollte, würde er zu dem Typ Vater gehören, der selbst keine Lieblingsspiele hat.

»Würdest du mir bitte sagen, was mit dir los ist?«, fragte er. Seine sonnengebräunte Haut ließ ihn selbst dann ernst aussehen, wenn er es gar nicht war. Doch jetzt war er ernst, das wusste ich.

»Nichts ist los, Lieber. Ich bin nur ein bisschen erschöpft vom Bowling, weiter nichts«, sagte ich matt.

Schweigen.

»Manchmal fühle ich mich wie ein alter Mann, der ...«

»Psst!« Ich unterbrach ihn erbarmungslos. »Ich hatte einen wunderschönen Abend heute, und ich kann es nicht leiden, wenn du behauptest, zu alt für mich zu sein, denn dann fühle ich mich viel zu jung und viel zu unerfahren.« Ich hoffte inständig, dass Richard das Stichwort *unerfahren* aufgreifen würde, doch er tat mir den Gefallen nicht. Er ließ es einfach im Raum stehen. Der Abend hatte uns beiden jegliche Kraft für Gefühle geraubt.

Schweigend fuhren wir das kurze Stück bis zu meinem Haus. Richard brachte mich zur Tür. Unsere Schritte knirschten auf dem Schotter.

»Danke«, sagte ich.

»Ich bin sehr glücklich«, erwiderte er. Mir war unbegreiflich, wie ein Mann von seinem Format diesen seinen eigenen Worten Glauben schenken konnte. Doch wahrscheinlich tat er es tatsächlich.

»Wolltest du mir vorhin eigentlich was sagen?«, fragte ich. »Ich fürchte, ich habe dich unterbrochen.«

»Ja, wollte ich. Ähm, ich wollte ... Ich wollte dir sagen ...«

»Ja?«, fragte ich erwartungsvoll.

»Ach, weißt du, so wichtig war es auch wieder nicht. Wir sprechen nächstes Mal darüber.«

»Okay. Vertagt…« Ich lächelte.

»Vertagt…«, antwortete er.

Er stieg in sein Auto. Langsam fuhr der Wagen auf dem staubigen Weg davon, den ich meine Auffahrt nannte. Ich schaute ihm nach, bis er aus meinem Blickfeld verschwunden war.

22. KAPITEL

Wenn er nicht gerade wieder einmal verschwunden war, verbrachten Richard und ich jede freie Minute miteinander. An besonders windigen Tagen ließen wir Drachen steigen (obwohl dies insofern Probleme mit sich brachte, als wir ständig meine Kreaturen festhalten mussten, damit sie nicht davongeweht wurden); an sonnigen Tagen gingen wir in den Park von Ix; an regnerischen Tagen konnte man uns über die Pfützen tanzen sehen oder den Wassertropfen zuschauen, die sich auf dem Dach des Modellhauses gesammelt hatten. Obwohl sie gelegentlich von Eifersuchtsanfällen gepackt wurden und um meine Aufmerksamkeit buhlten, genossen meine Kreaturen die Tage mit Richard. Während die anderen Kreaturen in den Rhododendron- und Fliederbüschen im Park herumtobten, blieb Vogelspinne stets auf der Uhr um Richards Hals sitzen. Zu Anfang unserer Beziehung hatte Richard noch versucht, Vogelspinne zum Absteigen zu bewegen. Er hatte sie auf seine Schulter gesetzt und ihren kleinen Körper gestreichelt. Doch mittlerweile setzte er sie direkt auf die antike Golduhr, als wäre dies der Platz, wo sie hingehörte.

Jene Phasen meines Lebens, die ich eigentlich in- und auswendig zu kennen glaubte, wurden neu für mich, wenn ich Richard davon zu erzählen begann. Ich redete über meine Jugend, und die Worte kamen frisch und lebhaft aus meinem Mund, als wären sie nie ausgesprochen worden. Ich erzählte ihm von Kris Tina, und zusammen lasen wir ihre Postkarte mit dem Dorsey-Bau Nummer Acht vorne drauf. Ich fragte Richard immer wieder, ob er mir nicht eines Tages seine Bauwerke zeigen wollte. Jedes Mal lächelte Richard dann sein trauriges, schiefes Lächeln, und ich fragte mich, ob er sich an seinen Entwürfen satt gesehen oder keinen gültigen Pass oder Flugangst hatte, denn er ging nie auf meine Bitte ein. Zusammen gingen Richard und ich auf Entdeckungstour und lernten neue Dinge kennen, und wie die Schatzhüter wachten wir über die Zeit, die wir zusammen verbrachten. Ein Frosch, der von Seerose zu Seerose hüpfte, die einfache Melodie eines alten Liedes im Radio, die wachsende Schönheit eines Bonsais mit zunehmendem Alter: Es gab nichts, das einfach ganz gewöhnlich war.

Obwohl normalerweise Richard die Fragen stellte, um nicht über sein eigenes Leben sprechen zu müssen, bot er mir hier und da kleine Kostproben zum Knabbern an. Nach langem Zögern und mehreren Anläufen begann er mich in die Welt des Designs einzuführen. Er konnte stundenlang mit mir über Architektur sprechen und mir die Modernisten nahe bringen, die er so verehrte. Ich konnte nicht umhin, Kris Tina Woo und ihn miteinander zu vergleichen – natürlich vermochte sie ihm auch nicht ansatzweise das Wasser zu reichen.

Ich lernte, Richard Dorsey niemals über die Zeit zu befragen, die zwischen unseren Begegnungen lag. Er sprach einfach nicht darüber, fast so, als würde es keine Rolle für ihn spielen. Wenn er nicht da war, ging ich lustlos meiner Arbeit im Kaktusarium nach und kümmerte mich um meine Kreaturen. Ich gewöhnte mich daran, sein ständiges Verschwinden als Teil des Mannes zu betrachten, den ich liebte. Oft musste ich an Mamas Worte auf dem Totenbett und ihre Überzeugung zurückdenken, dass Liebe nicht definiert oder erklärt werden kann. Vielleicht waren diese seltsamen Angewohnheiten, dieses ständige Verschwinden und seine Launenhaftigkeit ja auch Teil meiner Liebe zu Richard Dorsey.

Im Frühherbst lud Richard mich auf einen Ausflug in die Stadt ein. Obwohl sie gar nicht weit entfernt lag, war ich noch nie dort gewesen; Mama hatte weder die Kraft noch den Wunsch besessen, eine solche Reise zu machen, und Daddy war ein echter Farmersohn, der sich nur über den Verkehr, das Gedränge und den Krach in der Stadt beschwert hätte. Ich dagegen hatte in Büchern und Zeitungen über die boomenden Großstädte gelesen und großen Respekt vor all den klugen Menschen, die hinaus in die weite Welt gezogen waren. Richard sagte mir, ich sollte mich schick machen – an dem Ort, zu dem wir hingingen, würde Wert auf Eleganz gelegt.

Ich hatte mich für mein schwarzes Hemdblusenkleid entschieden und war dabei, mich in meinem Schlafzimmer zurechtzumachen (das zwar eine architektonische Meisterleistung sein mochte, aus funktionaler Sicht jedoch ein Desaster war), als plötzlich laute Rufe und Schreie ertönten. Meine Kreaturen! Alarmiert kam ich aus dem Schlafzimmer gerannt.

Meine Kreaturen hielten Marienkäfer in die Höhe, als hätte er gerade das entscheidende Tor bei einem Fußballmatch geschossen. Termite küsste ihn auf seinen schwarzen Kopf, und die Luftkreaturen flatterten im Kreis um ihn herum, dass es aussah wie ein Heiligenschein. Marienkäfer hatte seinen ersten Punkt bekommen.

Es sei vor einer Stunde passiert, erzählte er, und völlig ohne Vorwarnung. Ja, er sei wirklich sehr glücklich, obwohl er weder Geburtstag habe noch Feiertag sei und er auch nicht soeben seinen ersten Kuss bekommen hätte. Allerdings äußerte er die Sorge, dass der Punkt vielleicht nur Einbildung sei, ein Produkt seiner blühenden Fantasie, doch meine anderen Kreaturen konnten ihn von seiner Echtheit überzeugen. Der Punkt war schwarz, ein perfektes Rund. Marienkäfer strahlte vor Freude.

Meine Kreaturen hüpften herum, tanzten und sangen zu Ehren von Marienkäfer, während ich allein auf der Veranda auf Richard wartete. Ich dachte an den Tag vor vielen Jahren zurück, als ich Marienkäfer gefunden hatte. Plötzlich öffnete sich die Tür des Modellhauses einen Spalt weit, und Vogelspinne kam die Betontreppe heruntergekrabbelt. »Du gehst wohl zu einem besonderen Ort mit Mr. Richard?«, fragte sie scheinbar beiläufig, während sie mit einem Kieselstein spielte.

»Ja.« Vergeblich bemühte ich mich, meine Stimme nicht so glücklich klingen zu lassen. Schuldgefühle überkamen mich. Weil ich glücklich war, weil ich ihre Feier verpasste, weil ich meine Kreaturen im Stich ließ.

»Oh«, sagte Vogelspinne, als sie mit dem Kiesel über den Betonfußboden der Veranda kratzte.

Ich kannte Vogelspinne gut genug, um zu wissen, dass diese zwei Buchstaben nicht einfach zwei Buchstaben waren.

»Bist du sauer …« Ich konnte gerade noch vermeiden, dass mir die Worte *auf mich* über die Lippen kamen.

»Nein, ich glaube nicht, aber manchmal haben wir das Gefühl, als … als wärst du schon fortgegangen.«

»Fortgegangen? Aber wohin denn?«, fragte ich.

»Ich muss jetzt rein«, sagte Vogelspinne, der das Thema offenbar unangenehm wurde.

Ich nickte. »Macht nicht zu viel Chaos da drinnen!«, ermahnte ich sie und gab ihr einen Kuss auf den Bauch.

»Viel Spaß mit Mr. Richard!«, sagte Vogelspinne.

Die Luft war so kalt, dass es beim Einatmen fast schmerzte. Ich blickte zu Boden.

In den Beton eingeritzt war ein großes Herz, das die Buchstaben ZC + RD umgab. Es war durchbohrt von einem Pfeil, und die Spitze des Pfeils war abgeknickt.

Die Stadt war fantastisch. Riesige Gebäude standen dicht an dicht, so dass kaum noch Sonnenlicht auf die darunter liegenden Straßen fiel. Fußgänger drängelten sich auf den schattigen Bürgersteigen. Meine Augen brannten von dem Gewimmel, waren sie doch an die Behäbigkeit und Stille von Unity gewöhnt. In Unity saßen die Menschen untätig herum und warteten. Die Stadt jedoch war etwas vollkommen anderes.

»Ich dachte, wir gehen zum Abendessen nach Little Kenia ... Wenn das okay ist für dich«, fügte Richard hastig hinzu.

»Bestimmt – wenn es dir gefällt! Aber was bedeutet Little Kenia?«

»Also, die Stadt besteht aus verschiedenen Teilen, die nach verschiedenen Regionen auf der Welt benannt sind. Chinatown, Koreatown, Thai Town, Little Italy, Little Kenia«, begann Richard aufzuzählen. »Ich war noch nie in Little Kenia, aber ich könnte mir vorstellen, dass es dir dort gefällt. Es ist ziemlich weit draußen, und das Essen soll dort sehr gut sein. Außerdem kommen während der Mahlzeit Tiere an deinen Tisch. Ein Kunde von mir war vor ein paar Wochen da und sagte, er hätte zusammen mit einem Nilpferd gespeist.«

»Tatsächlich?«, fragte ich.

»Ja. Aber vorher müssen wir noch kurz woanders hin«, sagte er.

Wir hielten vor einer Reihe imposanter Ziegelbauten, die in Stil und Ausmaßen gar nicht recht zu der großen Stadt passen wollten. Richard schien diesen Ort nicht zum ersten Mal aufzusuchen, und als wir den großen, aseptisch wirkenden Saal im ersten Haus betreten hatten, begriff ich, um was für eine Art Gebäude es sich handelte. Wir befanden uns in einer Universität.

Richard stellte mir Dr. Grandy vor, der seine Freude darüber bekundete, mich endlich kennen lernen zu dürfen, nachdem Richard von mir nur in den höchsten Tönen gesprochen hätte. Ich wurde rot und schaute zur Seite. Mein Blick blieb an der schematischen Zeichnung von einem Hund auf der gegenüberliegenden Wand hängen, die einen faszinierenden Einblick in sein Innerstes bot: seine Eingeweide, seinen Magen und sogar seine Hirnanhangdrüse. Eine wundervolle Kreatur!

»Ja, ja, die *canidae*. Eine außergewöhnliche Spezies«, sagte Dr. Grandy. Ich hatte mich immer für die Einzige gehalten, die in einer von den meisten Menschen so gering geschätzten Kreatur wie dem Hund so viel innere Schönheit sah.

»Sie sprechen mir aus der Seele«, erwiderte ich und trat auf die Zeichnung zu. »Würde es Ihnen etwas ausmachen, mir ein paar Details hierzu zu erklären?«, fragte ich.

»Was für eine Frage!« Dr. Grandys Stimme klang freundlich und überhaupt nicht herablassend.

»Ich habe vor Jahren mal gelesen, dass Caniden und Grauwölfe eng miteinander verwandt seien und ihre DNA höchstens 0,2 Prozent Abweichung aufweist. Stimmt das? Und wenn ja, worin bestehen dann die Unterschiede?«

Ich hatte zehn Jahre lang eine Antwort auf diese Frage gesucht, die Dr. Grandy quasi auf der Zunge lag. Er brauchte ganze vierzehn Minuten, um mich in das Geheimnis der DNA-Struktur einzuweihen – nicht nur hinsichtlich des Unterschieds zwischen Hund und Grauwolf, sondern auch zwischen Hauskatze und Tiger. Am Ende seines Vortrags sagte Dr. Grandy, dass er die Abteilung Tiermedizin am College leite und Richard vorgeschlagen habe, wir sollten einander kennen lernen. Er fügte hinzu, er würde mich gerne direkt mit dem zweiten Semester an seiner Schule beginnen lassen. Sie könnten mehr Studierende wie mich gebrauchen, meinte er, junge Männer und Frauen, die Kreaturen gegenüber so etwas wie Leidenschaft empfänden.

»Oh, ich fühle mich wirklich geehrt, aber ich denke, ich bin nicht sehr geeignet für ein Studium bei Ihnen.« Wieder errötete ich und blickte Hilfe suchend zu Richard hinüber. »Außerdem wohne ich in Unity.«

»Wir pflegen unsere Studenten mit großzügigen Stipendien zu unterstützen«, begann Dr. Grandy. »Das betrifft auch die Verpflegung und Unterbringung hier in der Stadt. Sie würden mir einen großen Gefallen tun, wenn Sie noch einmal über mein Angebot nachdächten.«

»Natürlich wird sie das«, sagte Richard. Er schaute mich ermutigend an.

»Hier ist das Aufnahmeformular.« Dr. Grandy drückte mir ein dünnes Heft in die Hand. Auf dem Umschlag war eine grüne Eidechse abgebildet. Ich lächelte. Wie es wohl meinen Kreaturen zu Hause ergehen mochte?

»Danke sehr«, sagte ich.

»Ich habe zu danken!«, erwiderte Dr. Grandy. Ich ließ meine Blicke ein letztes Mal durch den Vorlesungssaal schweifen. Er war hell und aufgeräumt, und ich konnte einen Anflug von Neid auf die Studenten, die hier sitzen und lernen durften, nicht unterdrücken.

Little Kenia stellte sich als eine perfekte Wahl für unser Abendessen heraus. Richard und ich aßen einen Schmortopf, tranken Wein von afrikanischen Weingütern (ich hatte nie gehört, dass es so etwas gab) und unterhielten uns mit der Giraffe, die sich als Tischnachbar zu uns gesellt hatte. Feuchtigkeit hing in der Luft – übrigens nur in Little Kenia, im Rest der Stadt war es kühl und trocken gewesen.

Richard war nie sehr gesprächig, aber vor allem nicht beim Essen.

»Ich danke dir sehr«, sagte ich. »Das ist mit Sicherheit der schönste Abend in meinem ganzen bisherigen Leben.«

Der Bambusgriff von Richards Gabel fiel scheppernd gegen den Rand seines Tellers. Kurz befürchtete ich, er könnte ärgerlich sein. »Das glaube ich dir zwar nicht, aber auf jeden Fall freue ich mich sehr, dass es dir gefällt.«

Bambus klapperte auf Porzellan, auf Holz. Ich war nie zuvor in einem so noblen Restaurant gewesen und gab mir große Mühe mit meinen Tischmanieren. Ich wollte auf keinen Fall gegen die Etikette verstoßen.

»Und, hast du morgen viel zu tun?«, fragte ich.

Richard antwortete nicht. Er schaute mich an, sein Gesicht war ganz nah. Selbst die Stechmücken und die Feuchtigkeit konnten uns nichts mehr anhaben.

»Du bist wirklich traumhaft«, bemerkte er schließlich.

»Nein.« Ich schaute zu Boden.

»Wie lange hast du gebraucht, um so zu werden? War das ein schleichender Prozess?«

»Nun, als ich das letzte Mal in den Spiegel geschaut habe, war ich noch nicht traumhaft. Also muss es über Nacht gekommen sein.« Ich lächelte. Mein Blick war noch immer auf meinen Schoß gerichtet. Doch Richard lachte nicht. Nicht einmal ein Grinsen zeigte sich auf seinen Lippen.

»Das kann ich gar nicht glauben«, sagte er. Schweigend aß er sein Schmorgericht auf, als hätte er nicht etwas Traumhaftes vor Augen, sondern etwas unendlich Trauriges.

23. KAPITEL

Ich suchte nicht nach Richards Vergangenheit, aber ich fand sie trotzdem. Das in die Jahre gekommene *Sunset Theater* machte seinem Namen alle Ehre; es lag im Zentrum von Ix, und jeder machte sich lustig über diesen »Schandfleck«. Im *Sunset* gab es ausschließlich alte Schwarzweißfilme zu sehen, die schon zu ihrer Zeit Staub angesetzt und schlechte Kritiken bekommen hatten.

Ich würde es Glück, Zufall oder Schicksal nennen – hätte die Geschichte im Nachhinein einen anderen Ausgang genommen. Richard trug ein dunkelblaues Hemd, Jeans und Sonnenbrille, und er betrat das Kino durch den Hintereingang, als wäre das völlig normal oder aber er eine wichtige Persönlichkeit. Er blickte sich nicht um, als die schwere Metalltür hinter ihm ins Schloss fiel. Er rechnete nicht damit, verfolgt zu werden. Ich ging durch den Haupteingang.

Wenn das *Sunset Theater* ein hervorstechendes Merkmal hatte, so war es seine Saaldecke, die von Drachen und asiatischen Figuren bevölkert war und in den besseren Tagen des Kinos ziemlich außergewöhnlich gewesen sein musste. Die anderen Requisiten – Samtvorhänge, zerschlissene Sessel mit hohen Lehnen, überdimensionale Lüster – setzten lediglich ein paar Akzente. Es war die reine Verschwendung, dass ein solches Kunstwerk sich an einem Ort befand, den niemand mehr aufsuchte.

»Meine Damen und Herren!«

Ich blickte mich um, um den Besitzer der heiseren Stimme zu orten. Sie kam von hinten, aus dem Projektorraum, und gehörte einem alten Mann mit runzeligem Gesicht. Abgesehen von ihm waren wir die einzigen beiden Menschen in dem Kino – Richard saß in der ersten Reihe, ich ganz hinten.

»Wie Sie wissen …« Der alte Mann machte eine Kunstpause, ein packender und melodramatischer Moment. »Wie Sie wissen, zeigen wir jeden Donnerstag denselben Film. Einen Film, der keiner weiteren Worte bedarf.«

Wieder machte er eine Pause. Richard starrte auf die Leinwand.

»So lassen Sie uns denn einfach anfangen.«

Der Samtvorhang schleifte über den Boden, während er sich langsam öffnete. Die Lichter wurden immer schwächer, bis sie ganz verloschen, und der alte Projektor stotterte und keuchte, und dann erwachte er schließlich zum Leben. Das einzige Licht kam nun von dem Projektor. Fusseln tanzten in seinem Strahl.

Plötzlich blendete ein Schwarzweißbild auf der Leinwand auf. Ich brauchte einen Moment, um das Gesicht zu erkennen. Er war noch ein Kind damals, aber selbst da hatten seine Augen schon einen Ausdruck, der auf einen ungewöhnlichen Weitblick schließen ließ: hin zu fernen Welten, anderen Universen, anderen Leben. Er saß auf dem Boden in einem Wohnzimmer, das mit Teppich ausgelegt und voller Schwestern und Spielzeug war. Sie vermochten sein Interesse nicht lange zu fesseln. Er hatte bald genug von seinen winzigen Lastwagen und spielte lieber Karten. Er warf den roten Gummiball dreimal in die Luft, und dieser verwandelte sich in einen Fußball, dann in einen Basketball, eine Glaskugel, eine Glühbirne und schließlich in ein grün schillerndes Ungeheuer. Jede seiner Leidenschaften war nur von kurzer Dauer.

In seiner Jugend hatte Richards Leben eine erschreckende Ähnlichkeit mit meinem gehabt. In der Schule saß er immer in der ersten Reihe und kannte alle Antworten, doch er hob nie die Hand. Während ich in der Pause mit Insekten gespielt hatte, verbrachte er die Pausen mit Zeichnen und In-den-Himmel-Schauen. Er zeichnete ganze Gebäude auf den Schulhofasphalt – manchmal Landhäuser, manchmal Wolkenkratzer, hin und wieder eine Kirche –, und am Ende der Pause ging er allein zurück ins Klassenzimmer. Die Kreideentwürfe waren mit dem Morgentau am nächsten Tag immer wieder verschwunden, doch insgeheim freute er sich darüber. Umso besser, so hatte er wenigstens einen Vorwand, nie fertig werden zu müssen.

Seine Eltern versuchten, Verständnis für ihn aufzubringen, aber es gelang ihnen nicht. Er zeichnete Gebäude auf die Kinderzimmerwände und, als diese voll waren, auf die Decke. Die Skizzen waren zu kompliziert für seine Eltern; sie ermutigten ihn, in einen Sportverein einzutreten, andere Kinder kennen zu lernen. Sie strichen und tapezierten wieder und wieder seine Zimmerwände neu, säuberten sie von seinen Zeichnungen. Irgendwann war Richard es leid, auf seine ihn einengenden Wände zu zeichnen, und mitten in einer besonders heißen Südstaatennacht verließ er sein Elternhaus, um der Welt seinen Stempel aufzudrücken.

Seine Eltern suchten nie nach ihm. Weder in der großen Stadt, in der er nun zu leben beschlossen hatte, noch in den nahe gelegenen Parks. Sie gaben keine Suchmeldung bei der Polizei auf, und auch wenn er das niemals zugegeben hätte, fühlte er sich dennoch betrogen. Zwischen *nie geliebt* und *nie verstanden* worden zu sein klafft ein riesiger Abgrund, und selbst Richard kannte den Unterschied.

Er brachte ein Architekturstudium hinter sich, bei dem er im Zentrum der Aufmerksamkeit stand, doch seine Klugheit und Begabung machten ihn nur einsam. Er rauchte Zigaretten, hörte traurige Musik, las gute Bücher und sah angesagte Filme. Seine Zimmerwände waren noch immer voll mit unfertigen Entwürfen, die nur darauf warteten, von der Welt mit einem Ritterschlag bedacht zu werden. Er trug eine Motorradfahrerjacke und eine wilde Frisur, die bald seine Nickelbrille und sein erwartungsvolles Gesicht unter einem Haarwust verschwinden ließ.

Dann betrat die Frau die Szene. Sie war noch ein Mädchen, neunzehn Jahre alt, doch selbst in diesem zarten Alter wirkte sie reifer, als sie an Jahren zählte. Irgendetwas hatte bewirkt, dass das Leben der Frau schneller ablief als gewöhnlich, dass es sich selbst immer im Voraus war und stets ein paar Phasen übersprang. Ihre Präsenz besaß die Kraft eines Magneten, denn der Mann in der ersten Reihe rückte mit einem Mal so weit in seinem Kinosessel vor, dass seine Nase sich nur noch wenige Zentimeter von der Leinwand entfernt befand.

Sie hatten sich in der Stadt getroffen. Es hatte sich eigentlich mehr um eine Zufallsbekanntschaft gehandelt, in einem Club, bei lauter Musik. Seine stummen Gesten verrieten, dass er sofort von ihr gefangen war, während sie eher zurückhaltend und plötzlich sogar gelangweilt wirkte, als würde sie jeden Tag solche Zufallsbekanntschaften machen. Seine Gesten waren kaum als die von Richard zu erkennen, doch die Art, wie er hin und wieder den kleinen Finger bewegte oder sich hektisch mit der Zunge über die Lippen fuhr, rief mir zurück ins Bewusstsein, dass ich gerade Zeuge wurde, wie mein Geliebter sich in jemand anderen verliebte.

Sie trafen sich wieder. Ein Treffen, das zufällig hätte sein können, hätte er nicht systematisch nach ihr gesucht. Es war auf einer Party, einer Party in einer schäbigen kleinen Wohnung. Quer durch den Raum hindurch starrte er sie an. Auch sie schaute ihn an. Ihre Bewegungen wirkten gezwungen, künstlich, wie Make-up. Endlich traten sie aufeinander zu und begannen ein Gespräch. Ihre Worte waren unter dem Geratter des Projektors nicht zu verstehen, doch das war nicht weiter wichtig.

Ihre Verabredungen verliefen ganz anders als unsere; es war kaum zu glauben, dass sie sich als Liebende verstanden. Er führte sie an reale Orte – nicht zum Leuchtturm der verlorenen Seelen oder zur Früchteautobahn oder nach Little Kenia. Sie gingen in Restaurants, sie trafen sich mit Freunden, sie gingen zu Konzerten und nicht zu Wasserfällen. Sie machten eine Reise zusammen, in ein kleines Berghotel, und nachts badeten sie in dem dunklen Swimmingpool. Sie plantschten im Wasser herum, so wie meine Kreaturen es gerne taten, und er hielt sie so lange in den Armen, bis ihre Finger wie Dörrpflaumen aussahen und ihre Augen vom Chlor tränten. Sie war Journalistin, und Richard schenkte ihr zu ihrem zwanzigsten Geburtstag eine altmodische Schreibmaschine. Sie überschüttete ihn ebenfalls mit Geschenken. Ein Schlagzeug, als er die Stille nicht mehr ertragen konnte, Aquarellfarben, als er sich an der Landschaft um ihn herum satt gesehen hatte. Keiner von beiden schenkte dem anderen je Sterne, noch schauten sie nach ihnen, wenn es spät war am Abend und sie sich liebten.

Richard hatte sie schnell und mühelos verführen können. Sie war nicht nervös und unerfahren wie ich; nein, sie erwies sich als eine gelehrige und leidenschaftliche Liebhaberin. Am Anfang jagte er sie gerne durch das ganze Zimmer; später trieb er sie noch ganz woanders hin. Er wollte sie heiraten, doch sie begann Karriere zu machen. Sie veröffentlichte ihre Artikel in Zeitungen und Magazinen, die sich auf Mode oder Musik spezialisiert hatten. Er malte mit seinen Aquarellfarben; sie kaufte ihm Tonerde, und er schuf exotisch aussehende Skulpturen. Er vermisste sie, wenn sie nicht bei ihm war.

Dann wurde er allmählich berühmt – »der Architekt« –, und er verbrachte Stunden damit, seine Bauten zu entwerfen. Sie schaute ihm zu, reichte ihm frisch gespitzte Bleistifte und küsste seinen Nacken, wenn er steif war vom langen Herabblicken auf komplizierte Pläne für eine weit offene Zukunft. Er schenkte ihr ein Lächeln – damals war es noch nicht schief –, und sie lächelte zurück. Doch ihr Lächeln war verdeckt von Linien und Messwerten. Hinter all den Krümmungen und Winkeln konnte er es nicht immer sehen.

Ferne Orte riefen, und er antwortete. Erst Peking, wo er geehrt und gefeiert wurde; dann Iran, wo man ihm einen Heldenempfang bereitete, der eher denjenigen gebührt hätte, deren Erinnerung sein Kriegerdenkmal dienen sollte, als einem unbekannten Architekten. In Kapstadt wurde er mit einer Auswahl an seltenen Tieren Afrikas beschenkt; in Riad mit einer juwelenbesetzten Krone. Sie folgte ihm nicht an all diese Orte. Sie wollte nicht hinter ihm stehen. Bauten um Bauten entstanden, und dann beschloss auch sie zu reisen. Während er seine Zukunft mit Bleistiften, Winkelmessern und Linealen konstruierte, entwarf sie die ihre mithilfe einer Landkarte und eines Kassettenrekorders. Ihre Begegnungen waren nun bloß noch sehr kurz, und unter den Augen der Weltöffentlichkeit war er gefangen zwischen einer Frau, die ihm seinen Ruhm ermöglicht hatte, und dem Ruhm, den die Frau ihm so großzügig gewährte. Er schaute nach vorne und nach hinten. Sie schaute nur nach vorne.

In Oslo konnte er sie nicht finden. In Island bekam er Telegramme. Manchmal schickte sie ihm einen ihrer Artikel, aber alles, was er wollte, war sie selbst. Die ganze Welt sprach über ihn, doch sie ignorierte ihn. Nach Belize beschloss er, nach Hause zurückzukehren und seinen allerletzten Entwurf zu realisieren, sein größtes Geschenk an sie.

Sie kam nicht oft nach Hause, aber sie kaufte ihm ein Haus. Es war hauptsächlich aus Glas und lag in der Stadt. Er saß dort manchmal allein – meistens –, schaute durch die transparenten Wände auf die darunter liegende Stadt und fragte sich, wo sie wohl sein mochte. Er modellierte für sie, malte für sie, träumte für sie, während sie ihre eigenen Träume modellierte und malte. Er wurde einsam in seinem Glashaus, und in solchen Momenten ging er zum Juwelier und schaute sich Diamanten an. Ein paar Mal hatte er versucht, auch sie dorthin zu locken, aber sie war nie gekommen.

Die Jahre zogen ins Land, und nun war sie wirklich gegangen, doch Richard zog es vor, allein in seinem Glashaus sitzen zu bleiben. Ganz selten kam sie noch zu ihm und erzählte ihm tolle Geschichten von der weiten Welt und ihrem Erfolg im Leben. Indessen war das Leben an Richard vorbeigezogen. All das Warten auf etwas hatte ihn dazu gebracht, das, worauf er wartete, zu verpassen. Er hätte fortgehen können, doch er tat es nicht. Stattdessen hatte er gewartet.

Sein Gesicht war nun müde, seine blauen Augen matt und sein Lächeln schief. Es war Frühling, als sie einander zum ersten Mal wiedersahen, einer der ersten schönen Tage. Sie trafen sich in dem Berghotel, und Richard versuchte, sie in den Pool zu locken. Er packte sie bei den Handgelenken, und als das nichts nutzte, zog er an ihren Knöcheln. Sie schüttelte den Kopf, nein, und Richard schaute auf den tiefen Grund hinab, auf dem ein Diamantring funkelte. Er schaute erneut zu ihr, doch trotz der Frische und Lebendigkeit der Frühlingsluft um sie herum war nichts Frisches und Lebendiges mehr in ihren Gefühlen.

Sie beschlossen, dass er aus dem Glashaus ausziehen würde. Er packte seine Kisten, während sie auf einer Geschäftsreise war, und er drehte eine letzte Runde durch das Haus, bevor er aus der Eingangstür trat und sie hinter sich zumachte.

Der Projektor stotterte, und das Schwarzweiß verwandelte sich langsam in Schwarz. Der alte Mann nahm den alten Film aus dem Projektor. Er schnappte zurück – so als wollte er ein letztes Mal aufbegehren, bevor der Mann ihn in seine altmodische Metallhülle zurücklegen würde. Dort würde er ruhen, bis Richard am nächsten Donnerstag wiederkäme, um sich seine Vergangenheit anzuschauen.

Als Richard aufstand, um zu gehen, bemerkte er das unscheinbare Mädchen in der letzten Reihe nicht. Er öffnete die große Eingangstür, und für einen Moment fiel ein Sonnenstrahl auf die hinteren Bänke des Filmtheaters. Schwer fiel die Tür ins Schloss, der Lichtfleck verschwand, und ich saß schweigend da, während der Hausmeister die leeren Popcorntüten auf dem Boden zusammenkehrte. Der schwere antike Lüster verdunkelte sich, die Strasssteine funkelten nicht länger wie kleine Juwelen auf den samtbezogenen Kinosesseln. Sogar die Drachen an der Decke hatten sich zur Nachtruhe gebettet – oder zumindest bis zur Spätvorstellung –, und in ihnen fand ich ein wenig Trost.

24. KAPITEL

Ich ging nach Hause ins Bett. Es war ein strahlend schöner Sonnentag, doch die Sonne erschien mir fehl am Platz dort oben am Himmel. Ich schloss die Augen. Ein Gefühl von Reue machte sich in der Schwärze breit. Ich hätte mich niemals dazu bereit erklären sollen, in dem Modellhaus zu wohnen. Ich sehnte mich nach Betonwänden, einem Ziegeldach, einem Holzzaun. Ich wollte die Sonne heute nicht sehen.

Ich war allein. Das andere Zimmer war für meine Kreaturen bestimmt, der Rest der Welt für Richard Dorsey. Gedankenverloren schlug ich ein Buch über Tiere auf – DIE RICHTIGE ERNÄHRUNG FÜR KÄFIGTIGER – und blätterte eine Seite vor. Die Sonne brannte auf die Buchstaben. Mein Kopf war eine Kurzgeschichte von Hemingway; ich blickte umher, *stream of consciousness*, suchte Ablenkung. Das Zimmer war von Licht erfüllt. Kris Tinas Abschlussarbeit hatte etwas Bedrohliches angenommen, wie eine nahende Fiebergrippe, und ich kritzelte ein paar hingeworfene Wörter auf ein Stück Papier: Sonne. Flucht. Jalousien. Schließlich griff ich nach dem Anmeldeformular für das Tiermedizinstudium. Vielleicht hatte Richard Recht, vielleicht sollte ich wirklich aufs College gehen! Es war doch sowieso alles aus und vorbei.

Ich schloss die Augen und betete darum, endlich schlafen zu können. Ich fing sogar an, meine Kreaturen zu zählen, in alphabethischer Reihenfolge – um niemanden zu bevorzugen –, und begann mit Aal, einem schweigsamen Zeitgenossen, dessen unstete Beziehung zu Krabbe anfangs für leichte Spannungen unter den Tieren geführt hatte.

Als ich viele Stunden später aufwachte, war es vollkommen still. So etwas kam selten vor – keine Flügel flatterten, keine Fühler zuckten, keine Flossen spritzten Wasser auf. Ich schaute durch das Dach hindurch. Die Sonne war von kompletter Schwärze abgelöst worden. Die Nacht war hereingebrochen.

Ein paar Sekunden später hörte ich ein Geräusch. Meine Augen weiteten sich.

»Hundertfüßler?«, rief ich. »Tausendfüßler? Eichhörnchen? Chamäleon?«

»Psst!« Sanft berührte Richard meinen Arm, mit einer Vorsicht, die bei einem so robusten Körperteil leicht übertrieben wirkte. »Es ist alles in Ordnung, nur keine Panik!« Ich fuhr zurück. Sein förmlicher Ton stand in krassem Widerspruch zu seiner Art, einfach unangemeldet bei seiner Geliebten hereinzuschneien und sie aus dem Schlaf zu holen.

»Wo sind meine Kreaturen?«

»Es geht ihnen gut.« Richard schaute verlegen zu Boden. »Ich habe dir eine Nachricht hinterlassen. Wahrscheinlich hast du sie übersehen.«

»Ja«, antwortete ich ruhig.

»Wie geht es dir?«, fragte er.

»Müde, würde ich sagen.« Meine Stimme klang ausdruckslos. »Wärst du böse, wenn ich noch ein paar Stunden weiterschlafen würde? Ich rufe dich an, wenn ich …«

Ich wusste nicht, wie ich diesen Satz vollenden sollte, die Worte fehlten mir einfach. Wach bin? Mich besser fühle? Mich mit der Tatsache abgefunden habe, dass du jemand anderen liebst?

»… nicht mehr so unglücklich bin.«

Richard schwankte leicht auf dem Betonfußboden. Er lächelte kurz, aber sein Lächeln wirkte gezwungen, als hätte jemand »Cheese!« zu ihm gesagt. Ich schloss die Augen. Sogar die Nacht war zu hell für mich.

Ein unbehagliches Schweigen breitete sich aus.

»Ich war heute in Ix«, sagte Richard. Seine Worte klangen, als hätte ein Arzt seine Prognose oder ein Richter sein Urteil verkündet. Sie klangen definitiv.

»Wie schön für dich.«

»Ja, das war's in der Tat.«

»Das ist gut.«

»Willst du nicht wissen, warum ich da war?«

»Nein!«

Das musste jetzt wohl einfach mal sein. Ich war bisher nie heftig zu ihm gewesen, hatte ihn nie abgewiesen, nie meine Unzufriedenheit geäußert. Dieses *Nein* war das eines Mädchens, das ihren Geliebten am Nachmittag verloren und fälschlicherweise geglaubt hatte, sie könnte die ganze Geschichte überschlafen.

»Das ist aber schade!«, sagte Richard.

»Das Ganze ist schade in seiner Art.« So ausgedrückt erschien es mir am poetischsten, doch ich liebte ihn noch immer.

»Schade?«

»Ja. Schade.«

»Weißt du, warum ich in Ix war?« Er wollte offenbar dem Gespräch eine andere Wendung geben. Seine Stimme klang sanft und ernsthaft. Mir wäre lieber gewesen, wenn nicht. Ich wollte, dass er einen Fehler machte. Einen bösen Fehler, der mich davon abbringen würde, ihn zu lieben.

»Keine Ahnung. Das heißt, vielleicht doch.«

Er nahm meinen Kopf in seine Hände. Ich lag noch immer im Bett, die Wolldecke bis zum Kinn hochgezogen. Er konnte nicht viel von mir sehen, aber seine Augen verrieten mir, dass er alles sah.

»Ich liebe dich, Zorka.«

Es kam so schnell, dass es viel zu schnell wieder vorbei war.

»Was sagst du da? Woher weißt du das?«

»Ich habe es schon eine ganze Weile vermutet, eigentlich von dem Moment an, als wir uns zum ersten Mal begegnet sind. Aber heute, ich glaube, heute…« Er unterbrach sich.

Mein äußeres Lächeln war lediglich ein matter Abklatsch meines inneren Lächelns.

»Gibt es irgendetwas, das du mir vielleicht sagen möchtest?« Richards Ton klang erneut förmlich.

»Ähm… *Danke*?«

Richard dachte einen Moment nach. Seine nächste Bemerkung kam fast wie ein Stoßseufzer aus seinem Mund.

»Meinst du, es gibt eine winzige Chance, dass du mich eines Tages auch lieben wirst?«

Was für eine Frage! So viele Monate hatten jene Worte in der Tiefe meines Herzens ausharren müssen, dass es höchste Zeit war, sie endlich an die Luft zu lassen.

»Ich liebe dich, Richard Edward Dorsey.«

Er lächelte. Fast wirkte er überrascht.

»Könntest du das bitte noch mal sagen?«

»Zorka Claire Carpenter liebt Richard Edward Dorsey«, flüsterte ich.

So oft, bis unsere Namen sich vereinten.

Richard rannte. Also rannte ich auch, um mit ihm mitzuhalten. Vor uns lag das Leben. Ich sah Regenbogen und wogende Felder von wilden Blumen.

»Wohin gehen wir?«, fragte ich.

Richard lächelte sein schiefes Lächeln. Er zeigte nach vorne.

»In die Zukunft.«

Erst da sah ich das Schloss. Es lag auf einem Hügel und erinnerte eigentlich sogar mehr an eine mittelalterliche Burg: mit lauter Türmchen, einem breiten Festungsgraben und einer Zugbrücke mit eigenem Wächter. Dann, noch aus der Ferne, sah ich meine Kreaturen: meine Luftkreaturen, die auf dem zinnenbesetzten Dach hockten, meine Wasserkreaturen, die in dem Festungsgraben plantschten, meine Landkreaturen, die auf dem riesigen Grundstück spielten. Sterne erleuchteten die Welt, sie brannten hell wie Gaslaternen.

Meine Kreaturen freuten sich über meine Ankunft, aber zugleich waren sie völlig versunken in ihre neue Umgebung. Ich erlaubte ihnen nie, gemeinsam das Gewächshaus zu verlassen, und so taumelten sie vor lauter Freiheitsgefühl. Nur Vogelspinne gesellte sich zu Richard und mir, und ihre pelzigen Beine krallten sich um Richards Uhr.

Die Zugbrücke wurde herabgelassen, und Richard, Vogelspinne und ich überquerten den Festungsgraben.

»Es ist alles so prachtvoll hier!«, sagte ich und ließ meine Blicke schweifen. Die Burg wirkte so riesig wie Unity und Ix zusammen, und die Räume waren voller antiker Möbel und Kunstwerke. Lange Samtvorhänge hingen von schwarzberingten Stangen, und die üppig verzierten Lüster wurden vom Sternenlicht angestrahlt. Hin und wieder huschte eine meiner Kreaturen über den Steinfußboden. Ich konnte das Trippeln der kleinen Füße und das freche Kichern hören.

Ich fuhr fort: »Hast du das entworfen?«

Richard schaute zu Boden, er schien verlegen. »Ja. Es entspricht allerdings nicht meinem üblichen Stil… Na ja, das sieht man wohl.«

Wir blickten einander für einen langen Moment an. So lange, dass ich mir fast schon Sorgen machte, wir könnten die ganze Zukunft in einem einzigen Blick vergeuden.

»Da ist etwas… also, da ist etwas, das ich dir zeigen möchte«, sagte Richard. Er führte mich die Steintreppen hinauf. »Nichts Umwerfendes allerdings.«

Richard führte mich durch zahllose Zimmer, Räume und Säle. Endlich erreichten wir ein kleines Kämmerchen, in dem eine einzige weiße Orchidee stand.

»Ich habe sie für dich gekauft. Ich hoffe, du magst Orchideen. Ich finde, sie sind so…«

Richard schaute zu Boden. Er rieb mit seinem Schuh über die Steinfliesen.

Ich dachte zurück an Zoë Christies Schulspind.

»So erotisch«, vervollständigte ich seinen Satz, und Richard lächelte.

Wenn man an einer Blume riecht und so verzaubert ist von ihrem Duft, dass man glaubt, sie sei nicht von dieser Welt – so fühlte ich mich nun. Ohne mir klar darüber gewesen zu sein, hatte ich zwanzig Jahre lang als ein halber Mensch verbracht und hatte jetzt meine zweite Hälfte gefunden. Vielleicht war es ja so gedacht, dass wir zwei Köpfe hatten, vier Arme und zwei Herzen; vielleicht waren wir ja nicht dafür geschaffen, als einzelne Personen zu existieren, sondern nur als zwei.

Meine Grille zirpte, während Richard Dorsey schlief. Wie friedlich er aussah, dachte ich. Immer wieder war ich Menschen begegnet, die von Stürmen umgeben waren. Mama war so ein Mensch gewesen, Daddy ebenfalls. Donner, Blitze, Monsune, Hurrikane hatten Richard Dorsey heimgesucht, seit wir uns kennen gelernt hatten, doch nun schien das Wetter um ihn herum endlich ruhig und heiter geworden. Mehr als alles andere auf der Welt wünschte ich mir, dass ich diesen Wechsel verursacht hätte, doch ich wusste, dem war nicht so. Es lag wohl eher am Schlaf, musste ich mir eingestehen.

Ich berührte Richards Lippen mit den meinen und ließ Vogelspinne auf seine antike Uhr hüpfen. Richard rührte sich nicht.

Es war eine windige Nacht, und die langen Vorhänge bauschten sich vor der offenen Balkontür. Ich hatte mich in ein dünnes weißes Laken gewickelt; über meine nackten Schultern und meinen Nacken strich ein milder Wind, und mein langes Haar wehte hinter mir her, hin zur Burg.

Von dem großzügigen Balkon aus konnte ich meine Vergangenheit überblicken. Vor mir und hinter mir, in weiter Ferne und unter den Sternen lagen die vertrauten Orte. Das Haus, in dem ich mit Mama gewohnt hatte, war eine einzige Bruchbude. Noch immer lagen im Hinterhof zwischen alten Autoreifen Teile von meinem Klettergerüst herum. Ich fragte mich, wer jetzt wohl dort wohnen mochte und ob die neuen Hausbesitzer glücklicher würden als ich während der Jahre, als ich zusehen musste, wie mein Daddy vor uns die Flucht ergriff und das Herz meiner Mama zerbrach. Meine Schule befand sich, imposant und riesig, an ihrem gewohnten Platz. Irgendwo auf dem Schulgelände stand ein anderes Mädchen und starrte in ein Pantone-braunes Spind und liebte jemanden, der viel zu weit weg war, um sie jemals zurückzulieben. Selbst in der Nacht war der Himmel über Zoë Christies Designerhaus noch rot. Hinter dem Haus meiner Kindheit ragten die Bäume empor, und ich wusste, dass zwischen ihnen irgendwo mein Einhorn spielte. Dann waren dort die Häuser: Die gezackte Spitze des Dorsey-Baus Nummer Eins hatte für einen Moment die Luft in ihrer Gewalt; steinerne Löwen und zackenbewehrte Mäuerchen bewachten die Woo-Residenz; und das Modellhaus, das der einzige Abkömmling der Woos entworfen hatte, stand offen, sein einziger Besucher war der Wind. Auch Richards Vergangenheit war von dem Balkon aus zu sehen: das Möchtegernmuseum aus Rib County, in dem seine Geliebten Seite an Seite hingen; die Orte, an denen er mit ihr gewesen war; die Orte, an denen er mit mir gewesen war; die Orte, die er mit seinen Bauten gestaltet hatte.

Die Vergangenheit lag ausgebreitet vor mir, und Richard Dorsey lag im Bett schlafend hinter mir. Zum ersten Mal in meinem Leben konnte ich jedem einzelnen Moment, den ich gelebt hatte, ohne ein Gefühl des Bedauerns oder der Trauer begegnen. Im Gegenteil, alle hatten sie auf ihre Weise dazu beigetragen, dass ich nun hier war, in einer in Samt und Seide gehüllten, wundervollen Zukunft.

»Hallo!«

Ich wandte mich zu der Hand um, die sich auf meine Schulter gelegt hatte. Richard küsste meinen Nacken.

»Hallo! Habe ich dich geweckt?«, fragte ich.

»Nein. Ich nehme an... na ja, ich nehme an, ich habe im Schlaf gemerkt, dass du weg bist, und bin unruhig geworden.«

Ich lächelte. »Ich wollte mir nur für einen Moment die Aussicht ansehen.«

»Sie ist herrlich, oder?« Richard schwieg. »Es ist schon komisch«, bemerkte er nach einer Weile: »Wenn auch nur eine einzige dieser Begebenheiten sich anders abgespielt hätte, dann wären wir jetzt nicht hier.«

Ich nickte. Gemeinsam hielten wir nach einer verpassten Gelegenheit Ausschau.

Richard nahm meine Hand und zeigte mit meinem Finger auf Zoës Designerhaus, das weit in der Ferne lag. »Dieses Haus da habe zum Teil ich entworfen. Die Inneneinrichtung, meine ich.«

»Tatsächlich?«

Der Unmut in seiner Stimme war nicht zu überhören. »Das war eine furchtbare Zeit dort! Wenn ich mich recht erinnere, hatten sie eine Tochter...« Richard schüttelte den Kopf, als wäre allein ihre Erwähnung schon Zeitverschwendung. »Egal, ich habe mich irgendwann von ihnen getrennt. Allerdings mochte ich das Pferd von dem Mädchen irgendwie sehr gern.«

»Ich auch«, sagte ich ruhig.

»Was?«

»Nichts.«

Richard hielt noch immer meine Hand in seiner, und unsere beiden Hände zusammen zeigten auf einen Punkt sehr, sehr weit entfernt, am Ende des Universums.

Ich schaute ihn mit großen Augen an.

»Ist das der Ort, zu dem du immer gehst?«

»Nein«, sagte er. »Aber... na ja, ich weiß nicht... Wenn du Lust hast, aber...«

»Ja«, sagte ich.

25. KAPITEL

Meine Kreaturen liebten die Zukunft über alles. Am nächsten Morgen redeten sie noch immer von dem Schloss, dem Gelände, dem Ausblick und Mr. Richard. Am liebsten hätten sie sich als Dauermieter in der Zukunft niedergelassen. Ich schüttelte den Kopf. Sie sollten mal schön ihr bisheriges Leben weiterführen, bestimmte ich. Richard hatte beim Abschied merkwürdig unsicher und geheimnistuerisch auf mich gewirkt. Ich hatte selbst keine Ahnung, ob ich die Zukunft je wiedersehen würde.

Doch einen Tag nach unserem Besuch in der Zukunft erhielt ich gleich zwei Einladungen.

Die eine wurde mir bereits bei Sonnenaufgang von einem Glühwürmchen überbracht. Es war die Einladung zum alljährlichen Glühwürmchenball, der am 24. Dezember auf den Lophelia-Wiesen stattfinden sollte. Das Fest würde mit Einbruch der Dämmerung beginnen, außerdem sei Abendkleidung erwünscht. Meine Kreaturen waren schon emsig mit den Vorbereitungen zugange und diskutierten über Tanzfolge, Garderobe und Begleitpersonen.

Die zweite Einladung, die nur an mich gerichtet war, traf eine Stunde nach Sonnenuntergang ein.

Der Brief war nach altmodischer Manier mit Wachs versiegelt und mein Name und meine Adresse mit schwarzer Tinte auf den Umschlag geschrieben. Ich hielt ihn gegen das fluoreszierende Licht des Gewächshauses, doch die Worte auf dem inneliegenden Blatt waren selbst dann nicht zu entziffern. Würde jemand, der Wert auf einen guten Stil legt, auf diese Weise seine Freundin verlassen? Hatte Richard in die Zukunft geschaut und sie sofort wieder abändern wollen? Vielleicht war es taktvoller, eine solch unangenehme Mitteilung per Post zu machen? Könnte ich nicht einfach behaupten, den Brief nie erhalten zu haben? Dann wäre ich für alle Zeiten die Freundin von Richard Dorsey und könnte juristisch dagegen vorgehen, wenn er sich mit einer anderen verheiraten wollte.

Widerstrebend brach ich das Siegel. Ich wusste, der Inhalt des Briefes würde höchstwahrscheinlich mein Leben verändern.

Die Einladung war auf schwerem Büttenpapier gedruckt. Obwohl der Text nur ganz kurz war, musste ich ihn zweimal lesen, um sicher zu sein, die Worte richtig verstanden zu haben. Auf der Karte stand:

MISTER RICHARD EDWARD DORSEY
bittet um die Ehre Ihrer Anwesenheit
am 4. Dezember
des Jahres 1959
um 9 Uhr in der Frühe.
Für eine Mitfahrgelegenheit nach
LAC LA BELLE
ist gesorgt.

Wie konnte man sich bei einer so aufwändig gemachten Einladung bloß einen so gravierenden Druckfehler leisten: »...des Jahres 1959«?

Ich wusste, ich würde Richard ohnehin nicht erreichen können; daher bereitete ich mich darauf vor, ihn am nächsten Morgen erst zu sehen. Ich stopfte ein paar Sachen zum Wechseln in meine Einkaufstasche – ich war noch nie verreist und besaß also auch keinen Koffer – und rief meine Kreaturen zusammen. Ich erklärte ihnen, dass ich sie für kurze Zeit verlassen müsste, und übertrug jeder von ihnen für die Zeit meiner Abwesenheit einen speziellen Verantwortungsbereich. Um mich ihrer Mitarbeit zu vergewissern, versprach ich ihnen unbefristeten Ausgang für den Abend des Glühwürmchenballs, falls sie sich gut benähmen.

Dies alles linderte jedoch nicht meine Befürchtungen angesichts der merkwürdigen Einladung, die ich von Richard erhalten hatte. Als ich abends in meinem Bett lag, war an Einschlafen nicht zu denken. Obwohl unsere Beziehung während unseres Zusammenseins geradezu perfekt zu nennen war, klafften noch immer riesige Löcher mit *Tagen ohne Richard* zwischen den einzelnen Treffen. Mir war unbegreiflich, dass Richard seine Gefühle einfach so ausknipsen konnte wie eine Nachttischlampe, bevor er sich zur Ruhe legte. Würde seine Einladung eine Erklärung für die Zeit dazwischen liefern? Wohin würden wir tatsächlich fahren? Und würde Richard Dorsey mich noch immer lieben, wenn ich die Orte seines Verschwindens aufgesucht haben würde? Im Endeffekt war diese Frage die einzige, die wirklich zählte. Eine Antwort auf sie würde ich erhalten, wenn das Rätsel um das Jahr 1959 gelöst war.

Das lange schwarze Auto mit den getönten Scheiben traf pünktlich um neun Uhr morgens ein. Die angelehnte hintere Tür war die einzige Aufforderung zum Einsteigen. Selbst meine Kreaturen waren von den merkwürdigen Ereignissen der letzten zwölf Stunden tief beeindruckt, und sie flehten mich an, doch lieber bei ihnen zu bleiben. Mir war wohl bewusst, dass sie die Kraft hatten, mich im Haus zu halten, und so schlüpfte ich schnell durch die hintere Tür hinein in den Wagen.

Nicht zuletzt die getönten Scheiben der Limousine bewirkten, dass ich mir plötzlich vorkam wie eine wichtige Persönlichkeit. Nach einer Weile jedoch wurde mir langweilig, denn die starke Tönung verhinderte, dass ich aus dem Fenster sehen und mir die Umgebung anschauen konnte, zumal die Fensterverriegelung nicht zu funktionieren schien.

»Sir«, fragte ich den Hinterkopf des Chauffeurs, den ein Topfschnitt zierte, »können Sie mir sagen, wann wir unser Ziel erreicht haben werden?«

»In ungefähr fünfundvierzig Minuten«, gab der Topfschnitt nuschelnd zurück.

Schließlich fuhr die Limousine an den Straßenrand, die Tür wurde geöffnet, und vor mir breitete sich ein fantastisches Panorama aus. Ich war nie über die Grenzen des Bundesstaates hinausgekommen, doch in meiner Weltfremdheit war ich fest davon überzeugt, dass Lac La Belle der schönste Ort der Welt war. Der See war gigantisch groß, und Wasserfälle, die von den Bergen kamen, sorgten dafür, dass das Wasser immer frisch und klar blieb. Das Sonnenlicht brach sich auf den Schaumkronen der kleinen Wellen, und einigen Strahlen gelang es sogar, durch die kompakte Wassermasse hindurch bis auf den Grund zu leuchten. Fische, so groß wie kleine Haie, schwammen in der leichten Brandung, Schildkröten sonnten sich am Seeufer. Angler waren keine zu sehen. Es war völlig still, und ich hatte plötzlich das Gefühl, der einzige Mensch zu sein, der Zutritt zu diesem geheimnisvollen Kleinod hatte.

»Sir«, rief ich in Richtung Limousine. Doch sie war fort.

In der Erwartung, dass Richard gleich auftauchen würde, lief ich ein paar Minuten in der Stille auf und ab. Vielleicht war sein Transportmittel nicht so schnell wie meine schicke Limousine; vielleicht hielt seine Arbeit ihn davon ab, pünktlich zu sein. Doch nachdem eine halbe Stunde vorbeigekrochen war, begann ich unruhig zu werden. Vielleicht hatten meine Kreaturen doch Recht gehabt und ich wäre besser bei ihnen geblieben! In dem Moment sah ich eine hübsche Wasserschlange durch den See gleiten. Sie war grün und hatte freundliche Augen. Sie kam direkt auf mich zu geschwommen, als hätte sie eine Botschaft für mich, und ich beugte mich vor, um dieses wunderschöne Exemplar seiner Spezies von nahem zu betrachten.

»Hallo, meine Kleine«, begrüßte ich sie leise und berührte ihren glatten Rücken.

Plötzlich befand ich mich im Wasser. Es war lauwarm, wie Badewasser, das schon eine ganze Weile auf den zögerlichen Zeh gewartet hat, der seine Temperatur ausprobieren wird. Anders als bei den meisten anderen Seen, die vor lauter Algen oder Dreck völlig trüb waren, konnte man hier bis auf den Grund sehen. Das Salzwasser brannte in meinen Augen. Doch ich wollte nie wieder auftauchen müssen, um nach Luft zu schnappen.

Der Übergang von Lac La Belle ins Jahr 1959 war absolut einfach – ich war am ganzen Leib trocken und überhaupt nicht so zerzaust, wie man es nach einer Zeitreise am frühen Morgen hätte erwarten können.

»Hallo!«, sagte Richard Dorsey. »Ich warte schon seit einer Ewigkeit auf dich.«

26. KAPITEL

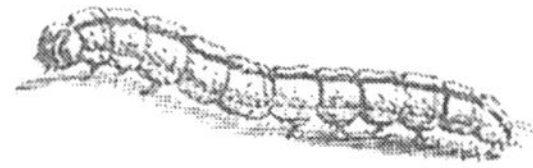

Im Jahr 1959 tranken die Leute Milchshakes zum Frühstück. Keine Diätdrinks oder solche mit Früchten und Tomaten, sondern altmodische Schoko-Milchshakes. Richard und ich teilten uns einen im *Stevie & Chrissie's Diner*, und allmählich begann ich dieses Jahr zu mögen.

»Ich hoffe, die Reise war okay für dich! Eigentlich wollte ich dich begleiten, aber ich hatte noch ein paar Dinge vor deiner Ankunft zu erledigen. Es ist mir etwas unangenehm, dass du in diesem protzigen Auto fahren musstest. Ist alles in Ordnung mit dir? Brauchst du was? Schmeckt dir der Milchshake? Ist Schokolade auch wirklich dein Lieblingsgeschmack? Ich finde, die Milchshakes von 1959 schmecken viel besser als die modernen, findest du nicht?«

Da war er wieder: Richards nervöser Tick, eine Frage nach der anderen zu stellen. Ohne Luft zu holen.

»Ja. Nein. Ja. Ja. Ja.«

»Das habe ich mir gedacht. Also, was möchtest du heute machen?« Richard zog an seinem gestreiften Strohhalm und knackte mit den Fingerknöcheln. »Ich überlasse die Entscheidung ganz dir. Übrigens, vielen Dank, dass du gekommen bist! Ich war noch nie mit jemandem zusammen hier... na ja, zumindest ist es ewig her, dass ich hier Gesellschaft hatte.«

»Du weißt, wie sehr ich dich liebe«, begann ich. Ich beschloss, mit dem Offensichtlichen anzufangen, um einen festen Bezugspunkt herzustellen. Ein Fehlstart!

»Gott, ich wusste nicht, wie …«

Ich griff nach meiner Kette (Fehler Nummer 2) und suchte nach einer Antwort auf Richards unbesonnenen Kommentar.

Meine Glasperlenkette hatte sich in ein echtes Perlenkollier verwandelt!

Ich ließ meinen Blick hinabwandern zu meinem T-Shirt und meiner Jeans, die nun eine schicke weiße Hemdbluse und eine Caprihose waren. Schwarze Ballerinas statt Stoffturnschuhen schmückten meine Füße. Ich schielte zu Richard, der noch immer an seinem Milchshake nippte.

»Ich bin gleich zurück. Ich glaube, dieses ganze Wasser hat … Na ja, ich muss mal eben zur Toilette.«

»Ist irgendwas nicht in Ordnung?«, fragte Richard.

»Schon möglich. Aber nichts Schlimmes«, erwiderte ich und gab ihm einen Kuss auf die Stirn. Ein feuerroter Kussmund zierte jetzt seine Haut.

»Um nicht zu sagen: ziemlich wahrscheinlich«, korrigierte ich mich.

»Okay, aber mach nicht zu lange!«, sagte er.

»Nein, nein!«, rief ich schon halb auf dem Weg zur Toilette, wo eine Fremde mich aus dem Waschbeckenspiegel anstarrte. Sie gefiel mir. Einige ihrer Züge glichen sehr den meinen – Augen, Nase, Haarfarbe, Statur –, aber das hellblonde Haar war perfekt frisiert und mit einem Seidenschal zurückgebunden. Das ganze Outfit signalisierte: Hausfrau-nach-Hausputz-fährt-mit-Cabrio-zu-Ehemann-um-(gesitteten)-Sex-zu-haben-ohne-Frisur-zu-ruinieren. Eine zierliche goldene Armbanduhr tickte leise im Rhythmus von 1959, und die Perlenohrringe passten perfekt zum Collier. Ich überlegte kurz, ob ich den feuerroten Lippenstift erneuern sollte, der meine Lippen und Richards Stirn bedeckte. Nein, noch nicht, dachte ich dann.

Ich konnte mich kaum von meinem Anblick im Spiegel losreißen. Als ich schließlich wieder bei Richard auftauchte, fragte er: »Möchtest du noch etwas? Ich dachte, wir gehen gleich ins Hotel.«

Mir war unbegreiflich, wie er einfach so über die Tatsache hinwegsehen konnte, dass seine Freundin plötzlich ein adrettes junges Mädchen aus gutem Hause war. Ich hatte immer gedacht, der Satz »Liebe macht blind« hätte nur im übertragenen Sinn eine Bedeutung.

»Richard, findest du nicht, dass ich heute irgendwie anders aussehe als sonst?«, fragte ich beschwörend. Die Antwort auf diese Frage war sehr wichtig für mich.

Richard hielt meine Hand, als wir *Stevie & Chrissie's* verließen.

»Vielleicht ein bisschen müde. Habe ich dir schon gesagt, wie schön du bist?« Er antwortete mir immer mit einer Gegenfrage. Ein weiterer Wesenszug, den ich an ihm liebte.

»Dieses Jahr noch nicht«, lächelte ich.

»Du bist schöner als jeder Filmstar!«, sagte Richard. Während der ganzen Fahrt in seinem DeSoto-Cabrio klang das Kompliment in mir nach.

Noch bevor wir beim *Wild Yucca Motel* angekommen waren, hatte Richard sich bei mir bereits weitschweifig für dessen Zustand entschuldigt. Es sei ihm furchtbar peinlich, dass es so heruntergekommen sei – »es braucht dringend einen neuen Anstrich« – »die Schwimmbadbeheizung funktioniert nicht« – »das Grundstück ist völlig verwildert« –, und er gab zu, dass der einzige Grund für unseren dortigen Aufenthalt das Firmenlogo sei, das er als »ein herausragendes Beispiel für das ländliche Design jener Epoche« bezeichnete. Zum Glück war ich zu beschäftigt mit Richards Doppelpässen und meinem eigenen neu entdeckten Glamour, so dass ich auf seine kühne Behauptung nicht weiter einging. Als ich das Schild mit dem Firmenlogo des Hotels schließlich zwischen ein paar Palmen entdeckte, fand ich es eher belanglos. Auf dem Schild stand in einer riesigen Kursivschrift nichts weiter als *Wild Yucca Motel*. Die darunter stehenden Worte *Swim-*

mingpool vorhanden waren in derselben Typo gehalten. Richards Geschmack war manchmal wirklich komisch. Vielleicht erklärte das, warum er mich offenbar mochte.

Glück durchströmte mich, als wir an der Rezeption standen. Ich war noch nie im Urlaub gewesen, nie in einem Hotel, war nie in einem Pool geschwommen, hatte nie schön ausgesehen und war nie verliebt gewesen. All das zusammen war fast zu viel: Normalerweise genügte allein Richards Anwesenheit, um eine gewisse Kurzatmigkeit bei mir zu erzeugen – die Bedrohung, der mein Atemsystem durch jene glückselig machende Kombination von Ereignissen ausgesetzt war, kann man sich sicher vorstellen. Doch Richard blieb von meiner Euphorie ungerührt; er war zu sehr damit beschäftigt, den Plastikstuhl in unserem Zimmer ein paar Zentimeter weiter nach rechts zu rücken, um »die Raumästhetik zu optimieren«. Während er hier und da die Möbel ein wenig umstellte, spielte sich in meinem Körper eine Art Tauziehkampf ab. All diese Premieren fanden an einem einzigen Tag statt, und ich bekam allmählich Angst, in meinem Inneren gar nicht genug Platz zu haben, sie alle unterbringen zu können. Meine Sinne waren aufs Äußerste erregt, im Parkhaus stapelten sich die Autos bald übereinander, und selbst vor den Rasenparkplätzen hatte sich eine kilometerlange Schlange gebildet. Wenn es nicht Richards Raumgestaltung ruiniert hätte (das Bett stand nun an der anderen Wand), wäre ich vor Begeisterung auf- und abgehüpft.

»Also, was möchtest du heute machen?« Richards Nerven hatten sich etwas beruhigt.

»Also, als erstes musst du mir mal diese ganze Geschichte hier erklären! Und danach … weiß ich nicht.«

»Was muss ich dir erklären?«, fragte Richard. Natürlich kannte er die Antwort.

»Was meinst du wohl?«

»Okay«, fing Richard an. »Ich weiß, ich bin dir eine Erklärung schuldig. Aber …, na ja, wir sind ja noch eine ganze Weile hier …«

Mein Herz raste um meine Organe herum wie eine Flipperkugel.

»... und werden sicher noch genug Zeit dafür finden. Ich würde lieber in Ruhe meinen ersten Tag hier mit dir verbringen, statt zu erklären, warum ich mit dir hier bin. Verstehst du, was ich meine? Ich kann es kaum glauben, dass du hier bist! Hast du nicht Lust, mit zum Pool zu kommen? Wir könnten einen Sprung ins Wasser wagen.«

»Ich weiß nicht«, sagte ich – was nicht stimmte, wie mir schnell klar wurde. Es war wieder diese Sache mit den Entscheidungen. Ich wollte ihn nicht verärgern, vor allem jetzt nicht, wo *eine ganze Weile* auf dem Spiel stand. »Ich war noch nie in meinem Leben in einem Swimmingpool. Außerdem habe ich gar keinen Badeanzug dabei, so dass wir schon allein deswegen nicht mal eben ins Wasser springen können.«

»Ich bin mir sicher, du hast einen Badeanzug dabei! Niemand kommt ohne Badeanzug ins Jahr 1959«, sagte Richard. »Und wenn nicht, dann kaufen wir dir eben einen. Guck doch erst mal in deinem Gepäck nach!«

Ich hob meinen Lederkoffer auf. Es war eins von diesen edlen ockerfarbenen Teilen mit den aufgedruckten *L*s und *V*s. Ich fragte mich, wo Richard ihn wohl aufgetrieben hatte.

»Oh, ich glaube, ich habe tatsächlich einen«, sagte ich. In der schicken kleinen Bikinihose befand sich ein Schild mit dem Schriftzug *Givenchy*, und ihre Ausmaße besagten: »Du wirst deine breiten Hüften nie im Leben in diese winzigen Stückchen Nylon zwängen können.«

»Vielleicht sollten wir doch lieber in den Park gehen«, schlug ich zaghaft vor.

»Ich kann es nicht glauben, dass du noch nie in einem Swimmingpool warst! Komm, wir machen das jetzt«, sagte Richard.

Ich schlüpfte in meinen Bikini, der wie angegossen passte, und zog mir einen Frotteebademantel über, weil ich Filmstars das im Kino hatte tun sehen. Auf der Bademanteltasche war

Wild Yucca aufgestickt, und ich fragte mich, ob es wohl auffiel, wenn ich ihn als Erinnerung an meinen Ausflug ins Jahr 1959 mitgehen lassen würde. Ich beschloss, zumindest darüber nachzudenken.

Der Pool funkelte, doch Richard war das wahre Fest für meine Augen. Er hatte lediglich eine Badehose an, und sein ganzer restlicher Körper war meinen Blicken feilgeboten. Es war, als würden meine Augen über ein Feld voller Mohn- und Sonnenblumen, voller Maßliebchen und Veilchen schweifen. Weil ich befürchtete, Richard könnte meine grenzenlose Bewunderung auch über den *Wild-Yucca*-Pool hinweg noch bemerken, drehte ich schnell den Kopf zur Seite und gab vor, das verschlungene Muster des weißen Stuhls am Beckenrand zu studieren. Mir kam es vor, als würde ich direkt in die Sonne schauen, wenn ich Richard in seiner Badehose ansah: Du weißt genau, du kannst erblinden und/oder dauerhafte Schäden an der Netzhaut zurückbehalten, wenn du zu lange hinschaust, und dennoch kannst du partout nicht den Blick abwenden.

Ich vermied es, Richard anzustarren, indem ich auf den Pool blickte. Es war ein windiger Tag, und weiße Schaumkrönchen durchbrachen die glatte blaue Wasseroberfläche. Der Wind legte sich für einen Moment, und plötzlich sah ich etwas auf dem Grund aufblitzen. Ich hätte nicht ein zweites Mal hingesehen, wenn die Erinnerung mich nicht übermannt hätte. Ich hörte Richards Füße – den dumpfen Aufprall von Hacken auf heißem Steinboden – näher kommen, und ich schaute noch einmal hin. Es war ein Diamantring. Hier war er also mit ihr gewesen!

»Dieser Bikini steht dir großartig!«, sagte Richard lächelnd.

Richards Schönheit und der Diamantring blendeten mich. Ich konnte weder den einen noch den anderen ansehen.

»Nein, finde ich überhaupt nicht. Mein Körper fühlt sich so… so zweigeteilt an«, sagte ich. Vielleicht war der Diamantring ja nicht ihrer. Vielleicht war er für mich bestimmt.

»Ja. Das ist das Erste, was einem dabei in den Sinn kommt.«

Seine Antwort war eine tödliche Mixtur aus Sarkasmus, Irritation und Wertschätzung. Sein Blick war nun hoch konzentriert. Wie bei diesem Teenagerspiel, bei dem es darum geht, wer den anderen am längsten anschauen kann, ohne zu blinzeln. Er trug eine Sonnenbrille, also war klar, dass er wahrscheinlich gewinnen würde.

Die dunklen, unbarmherzigen Gläser spiegelten ein Mädchen wider, das mir unbekannt war. Sie zeigten das Abbild einer jungen Frau mit einer ordentlichen Frisur, großen Augen und einem schicken Outfit – das Mädchen, das ich geworden war. Ich mochte diese junge Frau und wollte verzweifelt so werden wie sie, und zwar für immer, in Wirklichkeit, nicht nur im Jahr 1959.

»Bist du bereit zu springen?«, fragte Richard.

»Ich dachte schon, du würdest nie fragen«, antwortete das Mädchen in den Brillengläsern.

27. KAPITEL

Im Jahr 1959 kam der Strom nicht aus der Steckdose. Er wurde von großen schlanken Windmühlen erzeugt, die unsereins nur noch aus dem Sachkundeunterricht in der Grundschule kennt und die es in der Gegenwart lediglich in solch exotischen kleinen Ländern wie Dänemark gibt. Wie Miniaturgötter standen die Windmühlen in langen Reihen inmitten der Wüstenebene aus dem Jahr 1959; in stürmischer Kombination zusammen mit den trockenen Winden versorgten sie Backöfen, Straßenlampen und Schwarzweißfernseher mit Energie.

»Sie sind faszinierend, findest du nicht?«, fragte Richard, der meine Ehrfurcht gespürt hatte. »Sie haben fast etwas Erotisches an sich, so wie sie einen in ihren Bann ziehen. Selbst nach all den Jahren kann ich noch immer kaum meinen Blick von ihnen lösen.«

»Ich könnte stundenlang hier stehen bleiben. Seit wann kommst du denn hierher?«, fragte ich. Die Frage war an sich harmlos, aber Richard wurde dennoch nervös.

»Seit dreizehn Jahren. Kaum zu glauben, wie die Zeit rast«, entgegnete er nachdenklich. »Übrigens kann man bei der da hinten bis ganz nach oben klettern.« Er zeigte auf eine Windmühle, die mindestens fünfzehn Meter hoch war. »Ich wollte das schon immer mal tun, aber nie habe ich jemanden gefunden, der mitkommt. Hast du Lust?«

»Ich fürchte, das ist nicht ganz ungefährlich. Bei dem Wind ...«, antwortete ich, aber Richard war schon in Richtung

Windmühle losgezogen. Das war typisch für unsere Beziehung: Mir blieb nie eine andere Wahl, als ihm zu folgen. Allerdings war dies im Moment auch genau das, was ich wollte.

»Ich habe keine Ahnung. Kann auch sein, dass ich nicht schwindelfrei bin. Ich bin noch nie so weit oben gewesen«, erklärte ich Richard, als wir die Wendeltreppe zur Spitze des Fünfzehnmeterturms hochstiegen.

»Du wirst dich schon wohl da oben fühlen!« Richard drehte sich um und küsste mich sanft. Er war wie ein Kind – ich wusste, da gab es kein Zurück.

»Oh, mein Gott! Oh, mein Gott! Oh, mein Gott!« Das Echo wand sich durch den Hohlzylinder, bis es mein Trommelfell erreicht hatte.

»Was ist los?«, fragte ich, als ich endlich oben bei ihm angelangt war.

Oh, mein Gott! traf den Nagel auf den Kopf. Wenn dieser Satz nur ein einziges Mal in hunderttausend Jahren hätte fallen dürfen, dann wäre er im Jahr 1959 dort oben an der Spitze genau richtig angebracht gewesen. Vom Dach der Windmühle aus hatte man den spektakulärsten Blick, den ich mir je erträumt hatte. Ich konnte nicht glauben, dass 1959 und die Gegenwart auf ein und demselben Planeten stattfanden; es war wirklich eine Schande, dass die Erde so an Format verloren hatte. Überall war nichts als Schönheit. Gebirge stießen an Wolken. Klapperschlangen lebten in Ersteren, Adler in Letzteren, und die starken Winde formten immer neue Überraschungen. Die Swimmingpools und die heiße, trockene Luft waren Paradoxe, die in den Menschen von 1959 nie den Wunsch nach besserem Wetter aufkommen ließen, und die Bäume wuchsen schief und krumm und üppig. Ich hätte Stunden damit verbringen können, ein winziges Stück Natur zu bestaunen, das die Menschen von heute für selbstverständlich erachteten (oder – Gott sollte es ihnen verbieten! – zurechtstutzten). Ich starrte in die Welt hinaus, als würde ich sie zum ersten Mal sehen; dabei war ich schon zwanzig Jahre alt.

»Es ist alles so wunderschön hier!«, sagte ich nach einer langen Weile. Eine größere Untertreibung wäre kaum denkbar gewesen.

»Und, was möchtest du heute sonst noch tun?«, fragte Richard lächelnd.

»Alles.« Ich grinste zurück und legte meinen Kopf auf seine Schulter. Der Wind war so stark, dass ich das Gefühl hatte, er könnte uns beide jeden Moment umwehen. Es war mir egal.

»Es gibt immer ein Morgen«, sagte Richard und legte den Arm um mich. Still standen wir da. Schweigen mit Richard war etwas unendlich Wertvolles, viel schöner als all die leeren, bedeutungslosen Worte, aus denen die meisten Gespräche anderer Leute bestehen. Ich konnte meinen Blick nicht von ihm lösen. Das war eine Postkarte von 1959, und ich war das Mädchen auf ihr.

»Sag mal, Darling, was liebst du eigentlich an mir?«, riss Richard mich aus meinen Tagträumen.

Die Frage war so einfach zu beantworten, dass ich fast ein schlechtes Gewissen hatte.

»Also, ich liebe zum Beispiel diesen Knochen hier – ja, hier, an deiner Hüfte«, sagte ich und berührte ihn leicht. Dieser Knochen war einer meiner Lieblingskörperteile von Richard; ich hatte ihn am *Wild-Yucca*-Swimmingpool entdeckt. Richard als Freund zu haben war so ähnlich wie eine ständige Ostereiersuche.

»Mach das noch mal – aber tiefer!«

»Hmmm.« Ich übertrieb ein wenig. »Na ja, und dann liebe ich die Art, wie du mich ansiehst. Deine Blicke lassen mich erröten. Siehst du?« Ich zeigte auf mein Gesicht. »Das ist nie so rot gewesen, bevor ich dir begegnet bin.«

»Ja, schon besser, aber noch immer nicht ganz richtig.« Es gelang ihm, seine Stimme zugleich genießerisch und streng klingen zu lassen.

»Lass mal überlegen…«, sagte ich. »Was ist mit der Tatsache, dass ich auf dem Dach einer fünfzehn Meter hohen

Windmühle stehe, und das in einer seltsamen Epoche, in die ich überhaupt nicht gehöre? Aber trotzdem habe ich mich nie so sicher gefühlt. – Ist das besser so?«

»Akzeptabel.« Ein Lächeln huschte über sein Gesicht. Über das ganze, nicht nur über die Lippen.

»Okay, dann bist du jetzt dran. Was liebst du an mir?«, fragte ich.

»Nun …« Richard starrte hinaus in die weite Landschaft. Momente, die niemals wiederkommen würden, gingen vorbei. Was brauchte er so lange?

»Ich nehme an … alles«, sagte er schließlich.

»Kannst du das nicht etwas genauer sagen?«, fragte ich. Er hätte sich einfach nur irgendein altes Kompliment auszuleihen brauchen, es vielleicht etwas recyceln. Zum Beispiel: Du hast wunderschönes blondes Haar. Deine Haut ist so weich wie bei einem Baby.

»Ich weiß nicht, was einen dazu bringt, einen anderen Menschen zu lieben.«

»Aber ich kann dir sagen, was ich an dir liebe«, beharrte ich.

»Nein, kannst du nicht! Ein Fremder könnte hier hochkommen, und du könntest ihm sagen, dass er schöne Augen hat …«

»Aber deine Augen haben das Blau von Vergissmeinnichts …«

»Du könntest ihm sagen, dass du seine Stimme magst …«

»Aber du sprichst in jambischen Versen, wie Shakespeare …«

»Du könntest ihm sagen, dass er schön ist …«

»Aber du bist so schön, dass selbst die Zeit aufhört zu vergehen, wenn sie dich anschaut …«

»Psst!«, flüsterte Richard in mein Ohr, als wir uns unsere letzte Minute hoch oben auf der Windmühle stahlen. »Sag so was nicht!«

»Du kannst mir nicht sagen, was du an mir liebst?«, fragte ich. Meine inneren Alarmglocken begannen zu schrillen. Ein

Gefühl von Benommenheit ergriff mich; ich hätte es der Höhe oder dem Wind zuschreiben können.

»Nein«, sagte Richard. »Kann ich nicht.«

Bis die leuchtend orange Sonne begann, ihren Platz am Himmel freizumachen, hatte ich kurz gedacht, wir hätten die Nacht zum Narren halten können.

Richard und ich waren ein zweites Mal im Swimmingpool gewesen, und ich zitterte vor Kälte in meinem weißen Bademantel. Richard bestand darauf, dass ich ein kurzes Schläfchen halten sollte, damit ich besser für den Abend gerüstet sei. Doch ich wollte nicht schlafen, ich hatte Angst, ich könnte womöglich in der Gegenwart wieder aufwachen.

»Warum soll ich jetzt schlafen?«, protestierte ich. »Wir haben doch noch gar keinen Einkaufsbummel gemacht.«

Richard hatte mir erzählt, dass 1959 alles sehr viel billiger als in der Gegenwart war. Es war nicht inflationsbereinigt; unsere heutigen Winterschlussverkaufspreise waren 1959 Alltagspreise.

»Ich will nicht, dass du heute Abend müde bist. Immerhin waren wir im Swimmingpool, sind auf eine Windmühle geklettert und haben Milchshake getrunken – und es ist erst fünf Uhr. Du solltest dir nicht zu viel zumuten!«

»Du hast ja Recht«, sagte ich, und der Schlaf übermannte mich. Die Bettlaken im *Wild Yucca* waren frisch gestärkt und sicher sehr teuer gewesen; von solcher Bettwäsche hatte ich als Kind immer geträumt.

»Bleibst du hier, bis ich eingeschlafen bin?«, fragte ich.

»Natürlich. Und dann gehe ich zum Swimmingpool und arbeite ein bisschen. Okay?« Seine Antwort beruhigte mich. Ich würde im Jahr 1959 wieder aufwachen.

»Du arbeitest sogar 1959?«, fragte ich erstaunt. Hatte er sich über mehrere Epochen hinweg einen Namen gemacht?

»Ich arbeite immer.« Richard schaute mich an, lang und bedeutungsschwer.

»Wen schaust du so an?«, flüsterte ich mit einem koketten Unterton, als er nach einer halben Minute noch immer nicht den Blick von mir abgewandt hatte.

»Ach, ich habe mir das Bild hinter dir angeschaut. Ich glaube, es hängt ein bisschen zu weit nach links unten«, antwortete Richard. Schamröte stieg mir ins Gesicht.

»Oh«, sagte ich und vergrub meinen Kopf im Kissen. Mein Gesicht war so rot, dass ich Angst hatte, das Kissen würde gleich in Flammen aufgehen.

»Hast du's bemerkt? Ich kann dich noch immer zum Erröten bringen«, lachte Richard.

Ich überschritt gerade die graue Linie zwischen Wachen und Schlafen, als ich Richards Kuss auf meinem Nacken fühlte. Ich schauderte, als wäre ein kühler Luftzug durchs Zimmer geweht oder als würde ein Löffel kalter Eiscreme durch meine Kehle rinnen.

Ich konnte Richards Schritte verfolgen, wie er zur Tür ging und mich allein ließ.

»Natürlich habe ich dich angeschaut, Liebste«, sagte er mit leiser Stimme zu sich selbst.

Die Tür schloss sich hinter ihm. Die Schritte wurden immer leiser, während er sich durch den Flur des *Wild Yucca* von mir entfernte.

28. KAPITEL

Das *Wild Yucca* sollte nicht unser einziges Domizil im Jahr 1959 bleiben. Richard redete oft vom Umziehen; er habe schon ewig vorgehabt, an einen Ort mit mehr Platz zu ziehen, an dem man sich für längere Zeit aufhalten könne, sagte er, aber er hätte es immer wieder aufgeschoben. Er wollte in ein richtiges Haus in den Bergen ziehen, weit entfernt von dem kleinen Hotel und, so hoffte ich, von seinen Erinnerungen an sie.

Tatsächlich wurde mir die Lösung des Rätsels um das Jahr 1959 nur stückweise näher gebracht, in kleinen Informationshäppchen, die ich erst kauen, dann schlucken und schließlich vollständig verdauen musste, bevor ich den nächsten Löffel bekam. Richard schien manchmal völlig vergessen zu haben, in welchem Jahr wir uns befanden – als wäre er daran gewöhnt –, während ich gefangen war von seiner Welt und mir abends vom intensiven Schauen die Augen brannten und die Füße vom vielen Laufen schmerzten. Richard bekam dies natürlich mit, denn trotz unserer neuen Ära und unserer alten Liebe betrachtete er mich unentwegt, als handelte es sich um jenen lang zurückliegenden Tag unserer ersten Begegnung im *Haus Retro*. Richard genoss meine Faszination von seiner Welt und bot mir immer mehr Faszinierendes. Abends widmeten wir uns der Kunstgeschichte, morgens spielten wir Rasenbowling, wie es sich für das Jahr 1959 gehörte. Oft saßen wir, erschöpft von all den neuen Dingen und all der Schönheit, auf unserer wackeligen Lieblingsbank beim Swimmingpool und schauten zu, wie im Dämmerlicht die Berge immer mehr zu Schatten wurden. In solchen Momenten wurden wir gerne leichtsinnig. »Ich bin verrückt nach dir«, sagten wir dann und meinten es auch so. Manchmal dachte ich an Mama. Das Wort *verrückt* musste eine ganze Seite im Wörterbuch füllen, so viele Bedeutungen hatte es.

Ich hätte nicht zu sagen vermocht, wie lange ich im Jahr 1959 verweilte – Tage, Stunden oder Jahre. Die Zeit stolperte über sich selbst, und ich wünschte mir, sie könnte für immer weiter so straucheln. Richard fragte mich, ob ich meine Kreaturen vermisste, und jedes Mal sagte ich Nein. Sicher, ich hätte gerne gewusst, wie es ihnen erging und ob sie mich vermissten, aber Richards Welt hatte mir auf eine sehr angenehme Weise erlaubt, mich von meiner eigenen gänzlich zu befreien.

Richard ließ mich 1959 nur selten allein; oft war er wie mein Schatten, folgte mir auf Schritt und Tritt, von unserem Zimmer zum Swimmingpool und zurück oder in die Eingangshalle. So war ich ziemlich erschrocken, als ich eines Tages aus meinem Spätnachmittagsnickerchen erwachte und er fort war. Die Stunden vergingen, und ich wurde immer unruhiger. Ich blätterte in seinen Architekturzeitschriften und Büchern, ich ging zum Swimmingpool und besuchte die Flamingos. Ich fragte sogar den Manager vom *Wild Yucca*, ob er wüsste, wo Richard sein könnte, doch er verneinte.

Die Dämmerung brach herein, und meine Unruhe nahm zu. Ich beschloss, in die Stadt zu gehen, obwohl ich diese Strecke nur selten zurückgelegt hatte und schon gar nicht ohne Richard. Ich hinterließ ihm eine Nachricht und machte mich auf den Weg.

Die Stadt war 1959 bereits ziemlich groß, aber bisher hatte ich nur das Zentrum besucht. Es gab dort einen kleinen Gemischtwarenladen und einen Markt, ein nicht gerade üppig bestücktes Haushaltswarengeschäft, eine Hand voll Restaurants und ein paar vereinzelte Boutiquen. Es war eher ein Urlaubs- als ein Wohnort, und die Geschäfte hatten sich diesem Umstand angepasst. Sie führten nur das absolut Notwendige –

Mehl, Nägel und Kaffee etwa –, und ich fragte mich oft, ob Richard beabsichtigte, uns dort für immer anzusiedeln, oder ob wir nicht vielleicht doch zu dem majestätischen Schloss aus der Zukunft zurückkehren würden.

Die Bewohner der Stadt von 1959 waren alle alt. Schulen, Spielplätze und Sportvereine schienen mir an einem solchen Ort völlig undenkbar, und genauso überstieg es meine Fantasie, mir die Stadt in dreißig Jahren vorzustellen, wenn die meisten Leute gestorben sein würden. Es war ein merkwürdiger Ort, damals, 1959, doch ich mochte ihn.

Die Dämmerung ging allmählich in Dunkelheit über, und ich durchforstete die Stadt. Es gab nur wenige Plätze, an denen Richard sein konnte, und ich erwog, ob er vielleicht in die Gegenwart entflohen war; aber dann schalt ich mich selbst für meine Hysterie. Er war erst seit ein paar Stunden weg, wahrscheinlich arbeitete er bloß.

Das Spielzeuggeschäft, der Gemischtwarenladen, der Souvenirsshop (sie hatten T-Shirts und Sonnencreme), das kleine Kaffeegeschäft: Alle waren sie dabei, Feierabend zu machen. Schließlich befand ich mich allein in der Einkaufszone.

Ich hatte eine ganze Weile schon zu den Bergen gestarrt, als ein hübsches, blasses Mädchen die Straße entlangkam. Sie setzte sich neben mich.

»Bist du neu hier?« Ihre Stimme klang ganz natürlich, und sie nestelte an einem Diamantkreuz, das sie um den Hals trug. Ich fragte mich, ob sie dieselbe nervöse Angewohnheit hatte wie ich oder ob das Kreuz eine besondere Bedeutung für sie besaß.

»Ja. Ich denke schon. Ich meine, ich habe überhaupt kein Zeitgefühl mehr.« Ich lächelte, dankbar für ihre Gesellschaft, für ein wenig junges Leben um mich herum.

»Das geht uns hier allen so«, erwiderte sie. Sie fuhr mit dem Finger über die Diamanten auf ihrem Kreuz, als wollte sie sie zählen. »Woher kommst du?«

Ich zögerte einen Moment. »Also, um ehrlich zu sein, das ist ziemlich kompliziert.«

»Verstehe. Zu uns kommen öfter Leute von weit her. Gar nicht so selten.« Sie blickte zu den Bergen. »Die Touristen sind alle total begeistert von den Bergen. Komisch, oder?«

Ich nickte.

»Was findest du daran komisch?«

Ich dachte eine Weile nach, während ich meinen Blick über den langen, dünnen Stamm einer Palme wandern ließ. Schließlich schaute ich zu der unregelmäßigen Bergkette dahinter. Sie waren schon immer so gewesen. Berge waren der einzige Ort auf der Welt, der allen technischen Neuerungen zum Trotz von Menschen nicht bewohnt werden konnte. »Ich glaube«, erwiderte ich, »das liegt an ihrer Erhabenheit. Wir können sie erklettern, wir können auf ihren Gipfeln stehen und die Welt mit ihren Augen betrachten, aber wir können nie auf ihnen leben.«

»Vielleicht ändert sich das ja eines Tages«, sagte sie arglos.

»Ich glaube nicht«, erwiderte ich mit Überzeugung.

Das Mädchen nickte. Sie blinzelte. »Bist du allein hier? Oder mit jemandem zusammen?«, wechselte sie das Thema.

»Ich bin mit … mit meinem Freund hier.« Ich hielt inne, um mich an dem Wort zu ergötzen. »Wir wohnen im *Wild Yucca*.«

»Oh.« Wieder beherrschten die Diamanten ihre ganze Aufmerksamkeit. »Wer ist dein Freund? Ist er jemand, den ich kennen könnte?«

»Ich glaube nicht. Er ist nur zu Besuch hier. Richard Dorsey heißt er.«

»Richard Dorsey, der Architekt?«

Erstaunt blickte ich das Mädchen an. Woher kannte sie Richard Dorsey?

»Sein Haus, der Dorsey-Bau Nummer Neun, scheint ein ziemliches Meisterwerk zu werden. Alle sagen, unsere Stadt würde dadurch eines Tages noch berühmt. Andererseits arbeitet er schon so lange daran …« Ihre Stimme erstarb, doch ihre Lippen bewegten sich weiter, als würde sie die Sekunden zählen. »Die Leute fragen sich schon, ob er überhaupt jemals fertig wird.«

Der Dorsey-Bau Nummer Neun war aus dem Jahr 1959? Ich nickte und tat so, als wäre mir diese Tatsache geläufig.

»Ich glaube, er braucht das Haus als eine Art ständiges Projekt«, sagte ich.

Das Mädchen schaute mich mit blitzenden Augen an. »Na ja, vielleicht hat er jetzt ja einen Grund, fertig zu werden!«

Verblüfft starrte ich sie an.

Sie spürte meine Verwirrung und fuhr fort. »Natürlich kennt niemand hier Architekt Dorsey wirklich gut. Er lebt sehr zurückgezogen. Doch schon lange kursiert das Gerücht, er würde das Haus für eine Frau entwerfen.«

»Eine Frau?«

»Ja. Vielleicht ist das aber auch nur ein Ammenmärchen. Die Leute hier erzählen gerne Geschichten.« Sie verstummte, aber es war klar, dass sie zu den Leuten zählte. »Hast du ihm mal ein Haus ganz aus Glas gekauft?«

Ich dachte zurück an unsere erste Begegnung im *Haus Retro* und an die Filmszenen im *Sunset Theater*. Es sei ein Noytra-Haus gewesen, hatte er gesagt, das eine Freundin ihm geschenkt habe.

Ich nickte. Eine Lüge.

»Es heißt, Bau Nummer Neun sei ein Geschenk für die Frau, die Architekt Dorseys Herz gebrochen hat. Er verbringt Stunden in dem Gebäude, bessert die Ecken aus und das Dach …« Das Mädchen hielt inne und schüttelte den Kopf, als wäre sie persönlich an der Konstruktion beteiligt. »Er hat das Dach schon zigmal verändert und die Gartenanlage und … Na ja, ich will nicht zu viel verraten. Er will es dir bestimmt selbst zeigen.«

»Ja, das wird er wohl«, sagte ich. Das Diamantkreuz des Mädchens funkelte, als sie es unter das Sternenlicht hielt.

Sie berührte leicht meinen Arm. »Du hast wirklich Glück«, sagte sie. »Aber sein Herz brichst du nicht noch einmal, ja?«

»Nein«, sagte ich und schaute zu den Bergen. »Ich würde niemals Richards Herz brechen.«

29. KAPITEL

Es war spät, als ich ins *Wild Yucca* zurückkehrte. Richards Gesicht drückte Besorgnis aus. »Wo warst du?«, fragte er, und noch bevor ich antworten konnte, drückte er mich auch schon so fest an seine Brust, dass ich Angst hatte, er würde mich zerquetschen. Ich malte mir aus, wie meine Rippen zerbröselten und meine Organe zerplatzten und Richard Dorsey wieder einmal allein zurückblieb.

Nachdem Richard mich wieder freigegeben hatte, unterzog ich ihn einer gründlichen Musterung. Sein Gesicht war noch immer zerfurcht und angespannt, wenngleich es sonst keine Gefühlsregungen verriet. Seine Kleider waren in tadellosem Zustand, sein Haar weder staubbedeckt noch sonst irgendwie verschmutzt. Wenn Richard tatsächlich am Dorsey-Bau Nummer Neun arbeiten sollte, dann verstand er es hervorragend, alle verdächtigen Anzeichen zu verbergen.

»Wo warst du, Liebling?«, fragte Richard erneut.

»Ich musste etwas in der Stadt besorgen«, sagte ich absichtlich geheimnisvoll.

Richard verzog keine Miene. »Bist du zu Fuß gelaufen? Ich hätte dich doch fahren können!«

»Ja, nun...« Ich hielt inne. »Ich glaube, ich war ein wenig einsam.«

»Entschuldige, bitte! Ich fühle mich manchmal, als... Manchmal denke ich, ich könnte dich mit meiner Anwesenheit erdrücken und sollte dich lieber öfter mal allein lassen.«

Richard sah zu Boden. Ich verstand nicht, warum ihm sein Geständnis offenbar peinlich war.

Ein Kind hüpfte in den Swimmingpool des *Wild Yucca*. Ich hörte, wie es platschte und spritzte. Wie eine Warnung, eine dezente Erinnerung an den Diamantring, der noch immer am Grund des Beckens lag.

»Ich liebe es, erdrückt zu werden.« Ich ignorierte die Mahnung.

Richard beugte sich zu mir vor und umfasste mein Gesicht mit den Händen, und wieder einmal hatte ich Angst, ihm die Frage zu stellen, die ich ihm schon seit Monaten, ja, seit fast einem Jahr stellen wollte. Er küsste mich fest und leidenschaftlich, und ich staunte darüber, dass alles, was Richard Dorsey tat, sich immer wieder ganz neu anfühlte.

Die Zeit verging, und ich fragte Richard kein einziges Mal nach dem Dorsey-Bau Nummer Neun.

Natürlich hätte ich das unbedingt tun sollen, doch stattdessen gaukelte ich mir vor, umso eher Teil der fantastischen Welt Richards zu werden, je länger ich dort verweilte. Ich redete mir ein, dass ein Ersatz durchaus irgendwann den Platz des Originals einnehmen und eine neue Liebe bestimmt die Lücke ausfüllen könne, die die alte Liebe hinterlassen hatte. Liebe, so dachte ich in meiner grenzenlosen Naivität, war wie ein Puzzlespiel: Nur ein einziges Puzzleteil fehlt, doch ein jeder von uns ist in der Lage, sich der entsprechenden Form anzupassen, wenn er oder sie sich nur intensiv genug darum bemüht.

Allmählich begriff ich, dass jede Handlung, die ich in meinem Leben seit Richard Dorsey begangen hatte, auf Berechnung basierte – ein unglücklicher Versuch, ihn vergessen zu machen. Mir war klar, ich würde niemals eine exotische Schönheit werden wie die Frau auf dem Bild, daher verachtete ich mich selbst; statt Richard traurig zu machen, bestärkte ich ihn auf unheimliche Art und Weise in seiner Selbstgefälligkeit. Sie war eine bekannte Journalistin, ich hielt mich im Hintergrund; sie verließ ihn, ich klammerte mich an ihn. Ich erlaubte ihm zu reisen, nicht nur in andere Kontinente, sondern auch in andere Lebensabschnitte, während sie, wann immer er sich zu weit von ihr entfernt hatte, stets selbst weggegangen war. Sie wurde erfolgreich und berühmt, und ich gestattete ihm, sich an seinem Versagen zu weiden. Zorka Carpenter war nie gut genug für Richard Dorsey, aber sie würde ihn nicht seine eigenen Träume kaputtmachen lassen. Meine irrige Annahme war, dass er nichts anderes als genau das jetzt wollte: jemanden, der sein Leben auf der neununddreißigsten Etage nicht stören würde.

Er liebte mich, und an diesem einen Punkt war ich mir ausnahmsweise sicher, mir nichts vorzumachen. Ich erkannte es an völlig unbedeutenden Dingen: etwa der Art, wie er meine Taille umfasste oder meinen Namen aussprach oder meinen Morgentoast butterte. Oder auch an seinem authentischen Abschiedsschmerz, wenn er ein paar Straßen weiter zum Einkaufen ging. Doch in den entscheidenden Momenten – solchen, in denen andere Leute ihre Liebe zu gestehen pflegen –, da hatte Richard Dorsey ganz offensichtlich Angst, ich könnte mich in jene andere Frau verwandeln. Er wollte mich nicht eines Tages im Museum hängen sehen; er war zu erschöpft, einen Dorsey-Bau Nummer Zehn zu entwerfen. In seinen Umarmungen fand ich Trost, aber manchmal hatten seine Küsse etwas Gezwungenes an sich – um nicht zu sagen: Statisches –, und wenn er mich anschaute, dann sah er nicht mich, sondern irgendetwas anderes. Nachts, wenn wir in unserem Bett im *Wild Yucca* lagen, lauschte Richard Dorsey auf das Rauschen der Palmen, das Zirpen der Zikaden oder das sanfte Plätschern des Swimmingpools, doch mir und meinen Worten lauschte er nur selten.

Richard verschwand nicht mehr, aber immer öfter entdeckte ich Spuren von Schmutz unter seinen Fingernägeln. Außerdem ging er nach seiner Rückkehr von der Arbeit jedes Mal sofort in die Badewanne. An seinen Händen und Füßen befanden sich winzige Schnitte und Risse, die andere Leute den Wüstenkakteen und dem rauen Wind zugeschrieben hätten, doch ich wusste, es handelte sich um Schnittwunden, die nur durch Glas entstanden sein konnten. Er tischte mir nie Lügen auf – was allerdings auch daran lag, dass ich keine Fragen stellte. Ich fragte ihn nie, ob es am anderen Ende der Stadt ein Gebäude ganz aus Glas gab, das er für eine andere Frau baute.

Wären meine Kreaturen da gewesen, hätten sie mich gefragt, warum ich mit einem Mann zusammen war, der seine Vergangenheit mehr liebte, als er mich jemals zu lieben bereit sein würde. Manchmal, wenn ich allein am Swimmingpool und Richard Dorsey auf seiner Baustelle war, stellte ich mir selbst diese Frage. Ich flehte die Berge und die Sterne und sogar das Chlorwasser an, mir irgendeine Antwort darauf zu geben. Doch so sehr ich mich auch bemühte: Die einzige Antwort, die ich fand, lautete, dass ein bisschen Richard Dorsey besser sei als gar nichts und dass ich eben die Tochter meiner Mutter wäre, deren einziger Lebensinhalt in der Hoffnung bestanden hatte.

30. KAPITEL

Es war später Nachmittag, meine Lieblingszeit im Jahr 1959. Ich bewegte mich etwas unbeholfen auf meinen hochhackigen Sandaletten, so dass Richard darauf bestand, meine Hand zu halten. Ich hatte das Gefühl, mich in diesen Tagen mehr und mehr auf ihn zu stützen, und ich war mir sicher, er merkte das genauso. Sogar seine Armmuskeln wirkten kräftiger auf mich.

»Ich denke, wir haben noch etwas Zeit, bevor der Film anfängt«, sagte Richard.

1959 war die einzige Zeit, in der er seine goldene Uhr nicht um den Hals trug. Ich warf einen Blick auf meine Armbanduhr: 5 Uhr 17.

»Noch etwas Zeit wovor, Darling?«, fragte ich. Ich nannte Richard 1959 immer *Darling* – es klang so sophisticated in meinen Ohren.

Richard antwortete nicht und bog stattdessen nach links ein. Der Schotter knirschte unter den Reifen des DeSoto; der Staub, den sie aufwirbelten, wehte in den offenen Wagen, als wir um die Kurve fuhren.

Der Natur- und Felsenpark bestand mehr aus Bäumen als aus Findlingen, wenngleich die Findlinge imposanter waren. Sie schienen die knorrigen Bäume beinah zu zermalmen. Die Bäume waren alte Männer und Frauen, mit gebeugten Rücken und nackten Ästen, die auf den Boden aufstießen wie Spazierstöcke. Sie wussten, dass sie einst wunderschön gewesen waren, aber nun im Sterben lagen. Sie alle waren dem Tode nahe, doch nicht in der Lage, das Leben zu reproduzieren, das ihren Platz einnehmen sollte.

Es war still, als ich mich umschaute. Richard hatte den Arm um meine Taille gelegt.

»Siehst du die Bäume?«, fragte er.

»Ja.« Meine Antwort klang schwärmerisch. »Kann ich mal einen anfassen?«

Richard ließ mich nur widerstrebend los. Ich ging hinüber zu einem der Bäume und legte die Hand auf seinen knotigen Ast. Er zerbröselte unter meiner Berührung. Löste sich in Asche auf.

»Was ist mit ihnen passiert?«, fragte ich alarmiert. »Warum sterben sie alle? Wo sind ihre Abkömmlinge?«

Richard kam nicht näher. »Sie sind schön auf ihre Art, findest du nicht?« Er ließ seine Blicke über sie schweifen. Ein Habicht kam angeflogen und ließ sich auf einem der Bäume nieder, ein Zweig knickte ab und fiel zu Boden. Der Habicht stieß sich unbefriedigt wieder in die Lüfte, auf der Suche nach etwas Lebendigem. »Es hat ein Feuer hier gegeben. Das ist alles, was übrig geblieben ist.«

»Aber«, beharrte ich, »wo sind die jungen Bäume, das neue Leben?« Ich blickte mich um. Die Tränen stiegen mir in die Augen.

Richard schaute mich so eindringlich an wie noch nie. Er schien überrascht von meiner Reaktion.

»1959 gibt es kein Wachstum, Liebling«, sagte er schließlich.

»Was meinst du damit?«

»Nun«, erklärte er geduldig wie ein Grundschullehrer, der einem Kind das Lesen beibringt, »in der Gegenwart bewegt sich die Zeit nach vorn, 1959 bleibt sie stehen.«

Ich schaute auf Richards Bürstenschnitt – seine Haare waren seit meiner Ankunft nicht einen Zentimeter gewachsen. Ich befühlte meine Fingernägel, die noch immer kurz geschnitten, sah an mir herab auf meine Arme und Beine, die noch immer ungebräunt waren. Voller Panik schaute ich auf die nackten Bäume um mich herum.

Als ich Richards Blicke auf mir ruhen sah, verzog ich die Lippen rasch zu einem Lächeln. Seine Liebe zu mir war mit Händen zu greifen, doch er schien unendlich traurig zu sein. Das letzte Mal hatte ich ihn so im *Sunset Theater* gesehen.

»Sie sind wirklich wunderschön«, beeilte ich mich zu sagen. »Und sie werden immer so schön bleiben.«

Doch es war zu spät. Richard trat auf einen der Bäume zu. Sanft berührte er seinen erstarrten Ast. Er löste sich in Asche auf.

Die Nacht war herrlich und voller Sterne, die durch mein Haar leuchteten. Richard und ich waren auf der Premiere von MANCHE MÖGEN'S HEISS gewesen, einem Film, den Richard sich unbedingt in einem Kino von 1959 und nicht in der Gegenwart im Fernsehen hatte anschauen wollen. (Dies waren die Momente, in denen das Zeitreisen ein wenig verwirrend war.) Nach dem Film waren wir eine gute Stunde mit dem Auto gefahren, und Richard war in tiefes Schweigen verfallen. Er sah noch immer sehr ernst aus, wie wenn jemand ihn schon vor Jahren seines ganzen Frohsinns beraubt hätte.

Wir befanden uns noch ziemlich weit weg vom *Wild Yucca*, als Richard den Wagen an den Rand der Schotterstraße lenkte.

»Wir sind da«, sagte er. Eine Staubwolke stieg vom Boden hoch.

»Wo sind wir?«, fragte ich.

Wo er angehalten hatte, musste vor langer Zeit einmal eine kleine Stadt gewesen sein. Die Hauptgebäude des Ortes bestanden aus einer Tankstelle, einem verrammelten Lebensmittelladen und *Duke's Tavern*. *Candy's Snack Shop* brüstete sich damit, »die beste Hausmannskost diesseits der St.-Pilara-Berge« anzubieten, doch ich hatte den starken Verdacht, dass Candy und ihre Hausmannskost bereits während des amerikanischen Bürgerkrieges das Zeitliche gesegnet hatten. Das Dach der Bude war eingestürzt und ein Absperrband rund um den Parkplatz gespannt, um jeden potenziellen Schaulustigen von vornherein in seine Schranken zu verweisen. Aus *Candy's* war eine Baustelle geworden. Abgesehen von der Tankstelle war in diesem verlorenen Kaff nichts weiter geöffnet. Die ineinander verschlungenen Bäume mit ihren langen arthritischen Fingern und gewundenen Stämmen hatten sich der wenigen Überbleibsel des Ortes fast gänzlich bemächtigt. Die Natur tat mit dieser Stadt, was normalerweise der Mensch ihr antat.

Richard hatte am Fuß der Berge geparkt. Direkt über uns befand sich ein Haus. Ich hatte noch nie ein so prachtvolles Gebäude gesehen: Mauern, Dach, Stufen aus Glas reflektierten das Licht, das vom Mond und den Sternen kam. Es waren keine Lampen erforderlich, so hell strahlte die riesige Glühbirne, die das Universum war. Aber, wie ich vermutet hatte: Der Dorsey-Bau Nummer Neun war nicht fertig geworden. Glasplatten lagen auf dem dreckigen Boden herum, vier verschiedene Briefkästen aus Glas standen Seite an Seite zur Auswahl. Die Bäume waren kaum mehr als kleine Stümpfe mit ein paar dünnen Zweiglein; wahrscheinlich waren sie ein- und wieder umgepflanzt und dann erneut entwurzelt worden. Das Gebäude war nicht umzäunt, genauso wenig wie die anderen unvollendeten Arbeiten von Architekt Dorsey. Allerdings war dies der einzige Bau, den Richard eines Tages fertig zu stellen hoffte.

Richard blickte zum Himmel, zum Haus, als könnten sie Geschichten erzählen.

»Zum ersten Mal bin ich vor ein paar Jahren hierher gekommen. Ich kann nicht genau sagen, wie es dazu kam. Eines Tages wachst du auf, und dein Leben ist nicht mehr so, wie es einmal war. Keine allmähliche Veränderung oder nur eine andere Facette des Lebens, sondern ein ganz abrupter Wechsel. Und von jetzt auf gleich bist du ein Anderer.«

Er hielt inne, als würde ihm die Bedeutung seiner Worte zum ersten Mal wirklich bewusst.

»Ich habe immer geglaubt, sie würde hier zusammen mit mir sein. Ruhm, Geld, Aufträge – das alles nicht, aber sie.« Er machte eine Pause. »Zuerst bin ich nach Peking gefahren, dann nach Teheran. Es war wie im Rausch.«

Ich nickte.

»Ich hätte mich um die Bauten Eins bis Drei kümmern müssen, aber dann kam ich in Kapstadt an. Dort hatte ich schon so eine böse Ahnung … Ich habe keinen der Bauten je fertig gestellt. Stattdessen kehrte ich nach Hause zurück und wartete.«

Ich nickte wieder. »Wie lange hast du gewartet?«, fragte ich. Der Film hatte gezeigt, wie er die Zeit des Wartens verbracht hatte, nicht aber dessen Dauer.

»Viele Jahre.« Richard schüttelte den Kopf. »Aus mir hätte wirklich jemand werden können.«

Es war das Traurigste, was ich je einen Menschen hatte sagen hören.

»Warum sie?«, fragte ich.

Richard holte tief Luft. Dies war die Frage, die sein ganzes Leben bestimmte. Und doch war seine Antwort überraschend. »Eigentlich ist das wirklich seltsam. Sie und ich, wir waren einfach sehr lange zusammen. Und weißt du, wenn du mit jemandem so lange zusammen bist und die Beziehung nie einfach und letztlich auch nie richtig gut war, dann willst du trotzdem nicht davon lassen. Und wenn es dann doch eines Tages zu Ende geht, verlierst du völlig das Gleichgewicht und denkst die ganze Zeit, wie großartig diese Beziehung gewesen ist.«

Ich konnte es mir vorstellen.

»Ich glaube, manchmal ging es gar nicht so sehr um sie, sondern mehr um die Idee als solche«, sagte Richard.

Ich dachte an das *Wild Yucca* und die Diamanten auf dem Grund des Swimmingpools. »Warum lässt du ihren Ring dort liegen?«, fragte ich. »Glaubst du, sie wird jemals Ja sagen? Wird sie jemals zurückkommen?«

Eine Eule saß auf dem Dach des Hauses. Ich schloss für einen Moment die Augen, dann war sie verschwunden.

»Nein, das glaube ich nicht.« Richard hielt inne. Er blickte erneut zum Dorsey-Bau Nummer Neun. »Sie ist für immer gegangen.«

»Ist das der Grund, warum du deine Häuser nie fertig gebaut hast?«, fragte ich. »Warum du die Dinge nicht beenden kannst?«

Plötzlich musste ich an meine Kindheit denken. Richard war nicht sehr viel anders als Mama. Beide waren Menschen, die glaubten, wenn sie in ihrem Herzen etwas lebendig hielten, würde es niemals sterben. Dabei spielte es keine Rolle, dass das Objekt ihrer Begierde längst fort war. Sie definierten sich selbst über die Person, die sie liebten, nicht über die Person, die sie wiederliebte.

Richard antwortete auf meine Frage, aber nicht mit Worten. Er schaute mich an, nahm meine Hand und fuhr mit meinen Fingern über die Pampelmusennarbe auf seiner Stirn. Ich wünschte mir verzweifelt zu wissen, wie tief diese Wunde war und ob sie jemals verheilen würde.

»Zorka, Liebling«, begann Richard. »Wir alle hängen irgendwelchen Träumen nach, die uns in unserer Entfaltung bremsen, aber zugleich bieten uns diese Träume auch eine Art Fluchtmöglichkeit.« Er hielt inne, und zum ersten Mal wurde ich mir des Altersunterschieds zwischen uns bewusst. Der Unergründlichkeit seines Lebens. »Ich möchte, dass du deinen Traum verwirklichst.«

»Wirst du es fertig stellen?«, fragte ich. »Wenn ich bei dir bleibe, wirst du das Haus zu Ende bauen?«

Richard rieb noch immer mit meinen Fingern über seine Stirn.

»Jedes Mal, wenn das Haus im Prinzip fertig ist, finde ich einen neuen Fehler. Ich bin zum Beispiel überhaupt nicht glücklich mit dem Schlafzimmer. Seine Linienführung…« Er unterbrach sich.

Die Tränen standen mir in den Augen. Er wandte den Blick ab. Ich wünschte mir eine Uhr, wie er sie hatte, eine Uhr, die mich für immer und ewig an jenem Punkt halten könnte, an dem wir uns getroffen hatten.

»Hat es nach ihr noch andere gegeben?«, fragte ich schließlich.

»Ja. Dich.« Richards Worte klangen, als wäre ich genug für ihn, als wäre ich genug, um Jahre der Einsamkeit wettzumachen. Und genau wie an jenem lang zurückliegenden Tag im *Haus Retro* wollte ich diese Worte wenigstens für einen kleinen Moment auskosten und genießen. Richard schwieg. Vielleicht kosteten wir sie ja beide aus.

»Bin ich die Einzige, die du jemals hierher gebracht hast? Ins Jahr 1959, meine ich?«

»Ja. Aber als ich dich bei diesen Bäumen gesehen habe…«, sagte Richard. »1959 ist eine Flucht. Es ist kein Ort, um dort zu leben.«

»Ich möchte für immer hier mit dir zusammen sein.«

»Ein Immer gibt es im Jahr 1959 nicht, Liebling. Die Zeit steht hier still. Träume werden nie erfüllt. Menschen werden hier nie zusammen älter. Sie sind dazu verdammt, dasselbe Jahr ständig zu wiederholen. Ich weiß das so genau, weil ich das nun schon seit vielen Jahren mache. Ich werde nie das Jahr 1960 erreichen.« Richard schaute auf das Armaturenbrett des DeSoto. Es war ein rotes Modell von 1959.

»Ich möchte die Zeit mit dir zusammen wiederholen«, sagte ich inbrünstig. Es war fast ein Flehen.

»Nein, möchtest du nicht.«

»Möchte ich doch!«

»Ich werde es dir nicht erlauben.« Richards Bemerkung war an ihn selbst gerichtet, nicht an mich.

»Bitte!«

Richard drückte meine Finger so fest, dass meine Gelenke

knackten. Ein lautes, deutliches Knacken, als ob ein riesiger Felsbrocken sich gerade im Moment vom Bergmassiv gelöst hätte. Wenn es doch nur so gewesen wäre! Vielleicht hätte er den Dorsey-Bau Nummer Neun zertrümmert.

»Kannst du diese Welt hier verlassen? Mit mir zusammen in die Gegenwart zurückkehren?«, fragte ich.

»Ich kann 1959 nicht aufgeben. Was ist, wenn du mich verlässt und ich keinen Ort mehr habe, wo ich hingehen könnte?«

»Aber du wirst nicht zurückkehren müssen! Ich liebe dich doch!«

»Woher weißt du das so genau?«

»Ich weiß es einfach.«

»Sie wusste es auch.«

Dieses *sie* war so heiß, dass es den Dorscy-Bau Nummer Neun hätte in Flammen setzen können; es war so gewaltig, dass es jeden Stern vom Himmel hätte fegen können. Vor vielen, vielen Jahren war *sie* der Grund gewesen, warum Richard zu leben aufgehört hatte, und nun wünschte ich mir verzweifelt, *die* zu sein, die ihn wieder zum Leben erwecken könnte.

»Du musst leben, Zorka! Du bist viel zu gut für 1959.«

Während unserer Rückfahrt zum *Wild Yucca* sprach Richard kein einziges Wort. Als wir schließlich in unsere Betten gekrochen waren, konnte ich den frostigen Wind jener Jahre spüren, der uns in den Schlaf sang. Richard hatte den Arm um mich gelegt, und ich dachte daran, wie negativ ein Mädchen damals angesehen wurde, das sich verführen lassen oder gar selbst einen Mann verführt hatte. Doch trotz aller Komplikationen und Unwägbarkeiten war jemanden zu verführen noch immer hundertmal leichter, als jemanden dazu zu bringen, dich zu lieben.

»Darling?« Richard und ich lagen Nase an Nase, und dennoch hatte ich das Gefühl, sein Atem würde meine Wirbelsäule entlangfahren. Sein Blick kitzelte meine Augäpfel.

»Ja?«

»Du hast die schönsten Augen aller Zeiten«, wiederholte er das Kompliment, das er mir schon so oft gemacht hatte.

»Nein, du hast die schönsten Augen aller Zeiten! Sie sind so unendlich blau«, sagte ich im Brustton der Überzeugung.

»Aber deine sind jung und voller Hoffnung«, entgegnete Richard sehnsüchtig.

»Und deine?«

»Meine? Meine nicht.«

Ich antwortete nicht. Manchmal gibt es das, dass jemand Einblick in die Zukunft erhält, lange bevor diese stattfindet. Doch dieser Moment kommt immer ein klein wenig zu spät, denn du kannst ihn nicht bewahren, du kannst ihn nicht halten, sondern du kannst nur schauen.

»Ich liebe dich«, flüsterte Richard, als wäre dies das größte Geheimnis der Welt.

»Ich weiß.«

»Bist du sicher, dass du das weißt?«

»Ja.«

»Würdest du es bitte einmal laut und deutlich sagen, damit ich ganz sicher sein kann?« Er strich mit den Fingern über die Linien in meiner Hand, wie eine Wahrsagerin.

»Richard Dorsey liebt Zorka Carpenter.«

»Das hört sich wunderschön an, so wie du es sagst.«

Ich nickte leicht.

»Warum ist deine Haut nur so weich?«, wiederholte er jene Worte, die er vor langer Zeit schon einmal gesagt hatte.

»Deine Hand ist so weich, nicht meine Haut!«

Das war so, noch immer.

»Versprich mir etwas ...« Richard zauderte kurz. »Versprich mir, dass, egal was passiert, du immer weißt: Es liegt daran, dass ich Angst habe, dich zu sehr zu lieben. Und nicht daran, dass ich dich nicht genug lieben würde.«

Dies waren die letzten Worte, die Richard Dorsey zu mir sagte, bevor der Schlaf mich übermannte.

31. KAPITEL

Um 1 Uhr 15 wachte ich auf. Allein. Nach ein paar Minuten begann ich mir Sorgen zu machen. Ich schaltete das Licht ein und ließ meine Blicke durch das Zimmer schweifen. Richards Sachen waren noch da, aber er selbst nicht.

Ich fand ihn schließlich am Swimmingpool. Er saß in seiner nassen Badehose am Beckenrand und zitterte am ganzen Körper in der kalten Luft, die die Nacht mit sich gebracht hatte. Der Pool war nicht erleuchtet; das einzige Licht kam von den Neonbuchstaben des *Wild-Yucca*-Logos. Das Wort *Swimmingpool* spiegelte sich im Wasser, und Richard zeichnete die Schrift mit dem großen Zeh nach. Er tat dies mehrere Male, hoch konzentriert, als wollte er auf jene Weise das Schreiben erlernen. Die Wasseroberfläche kräuselte sich leicht unter der Bewegung und glättete sich erst wieder, nachdem Richard sich auf einem der weißen Liegestühle ausgestreckt hatte.

Die stattlichen Palmen von 1959 fächelten ihn allmählich trocken. Er lag auf dem Rücken, parallel zum tief dunklen Himmel. Hin und wieder fiel der Widerschein eines neongelben *W* oder *U* auf das Weiß seiner Augen, und immer dann veränderte sich sein Atemrhythmus. Das war lange, bevor Richard Dorsey auf die Idee kam, zum Fenster unseres Zimmers hoch zu schauen. Zufrieden, dass es dunkel war, rollte er sich zusammen und schlief ein.

Schweigend betrachtete ich ihn, bis die Morgendämmerung hereinbrach und ich allein in unser Zimmer zurückkehrte.

32. KAPITEL

Señorita ...«

Das Klopfen an der Zimmertür weckte mich aus dem Schlaf.

»Verzeihen Sie die Störung, aber ich muss das Zimmer für die nächsten Gäste fertig machen.«

Ich ging zur Tür und riss sie ruckartig auf.

Ein ungefähr sechzehn Jahre altes Mädchen in einer schwarzweißen Uniform stand im Türrahmen. Sie hielt einen Staubwedel aus echten Straußenfedern in der Hand.

»Ich glaube, Ihr Wagen steht schon unten«, sagte sie.

Ich schaute auf den Wecker. Es war 7 Uhr 30.

Richard war fort. Lauter Stilbrüche – so oder ähnlich hätte Richard sich ausgedrückt – störten die Ordnung in dem kleinen Hotelzimmer. Ich war Stilbruch Nummer Eins, wie mir ein Blick in den Spiegel bestätigte: Meine Haare waren lang und strähnig, das perfekte Styling zu meinem Mädchen-vonnebenan-Gesicht. Mein schicker Koffer war weg, dafür entdeckte ich in einer Einkaufstasche mein zweites Paar ausgebleichter Jeans.

»Können Sie mir bitte noch ein paar Minuten Zeit lassen? Es dauert nicht lange.« Vorsichtig schloss ich die Zimmertür.

Ich kam mir vor wie ein ungebetener Gast bei einer Dinnerparty.

Schnell putzte ich mir die Zähne, zog mich an und packte meine Toilettensachen zusammen. Mein Blick fiel auf den *Wild-Yucca*-Bademantel, der an einem Haken hinter der Badezimmertür hing. Ich nahm ihn in den Arm, hielt einen Moment inne und roch dann an ihm, als wäre es der letzte Herbsttag und ich wollte mir den Duft dieser Jahreszeit für den kalten Winter bewahren.

»Tut mir Leid«, sagte ich zu dem wartenden Mädchen, als ich das Zimmer verließ. »Ich wusste nicht, dass man so früh schon auschecken muss.«

»Sind Sie sicher, dass Sie alle Ihre Sachen haben?«, entgegnete sie als Antwort.

»Ja.« Ich überlegte kurz. »Oh, eins habe ich vergessen.«

Ich ging zurück ins Zimmer und trat an das große Fenster. Ich schaute hinunter zum Swimmingpool. Er war leer. Auch am Beckenrand befand sich niemand.

»So, ich bin fertig«, sagte ich.

»Das Hotel überlässt seinen Gästen gerne den hauseigenen Bademantel als Souvenir. Möchten Sie Ihren nicht mitnehmen?«, fragte das Mädchen freundlich.

»Nein, danke. Ich glaube nicht, dass er noch in meine Tasche passt.«

Ich gab dem Mädchen den Zimmerschlüssel und ging den langen, dunklen Flur zurück nach Hause.

33. KAPITEL

In dem Moment, als ich vor dem Gewächshaus stand, wurde mir klar, dass irgendetwas nicht in Ordnung war.

Obwohl ich von draußen nichts hören konnte, sagte mir meine Intuition, dass die Welt innerhalb des Hauses völlig aus den Fugen geraten sein musste. Hastig schloss ich die Haustür auf. Völlig verstörte Kreaturen lösten sich von den Glaswänden. Vögel mit wasserschweren Flügeln hatten sich im Fischteich verirrt. Fledermaus und Eule waren trotz der frühen Stunde hellwach, und Schlange hing kopfüber von der Zimmerdecke herunter. Vogelspinne schrie aus voller Kehle und schien sich in einem Gewirr von Algen verfangen zu haben, während Motte auf den Überresten von Grashüpfers Fühler herumkaute.

»Was ist hier los?«, brüllte ich, so laut ich konnte.

Ein beklemmendes Schweigen legte sich über die Menagerie. Vogelspinne wimmerte leise, und ich stürzte zu ihr, um sie von den schleimigen grünen Fäden zu befreien, die ihren ganzen Körper umwickelt hatten.

»Ich will eine Antwort haben!«, rief ich. »Wenn ich nicht sofort eine Antwort bekomme, wird es keinen Glühwürmchenball geben.« Ich tat mein Bestes, um Vogelspinne von den Algen zu befreien, doch sie hielt einfach nicht still genug. Während ich mich ganz auf sie konzentrierte, wechselten die anderen Kreaturen viel sagende Blicke miteinander.

»Ich muss mit Vogelspinne zum Arzt«, sagte ich in den

schweigsamen Hofstaat hinein. »Ich würde vorschlagen, während ich weg bin, denkt ihr alle mal scharf nach und überlegt, was ihr mir zu sagen habt. Das mit dem Glühwürmchenball ist nämlich mein voller Ernst!«

Die Tierklinik von Ix war vierundzwanzig Stunden am Tag geöffnet, allerdings war ich bisher niemals dort gewesen. Ich hatte mich immer dessen gerühmt, allein für meine Kreaturen sorgen zu können; nie hatte sich eine von ihnen unter meiner Aufsicht den Flügel gebrochen, und immer waren sie alle bester Dinge gewesen. »Was ist passiert?«, fragte der Arzt schnoddrig. Er stellte sich weder vor, noch begrüßte er Vogelspinne. So etwas gehörte eigentlich beim Tierschutzverein angezeigt.

»Sie benimmt sich nicht normal. Ich habe sie völlig verheddert in diese Algen vorgefunden, und wenn ich versuche, sie zu befreien, fängt sie an zu schreien«, sagte ich.

Wie auf Kommando stieß Vogelspinne einen spitzen Schrei aus.

Der Arzt steckte die Hand in Vogelspinnes Käfig und begann unsanft an ihr herumzuzerren. Vogelspinne schrie jetzt noch lauter, doch das schien dem Arzt egal zu sein.

»Schätzchen, Schätzchen, ist doch alles in Ordnung«, sprach ich beruhigend auf Vogelspinne ein. »Wenn wir nach Hause kommen, schauen wir gleich, ob wir etwas finden, das du beim Glühwürmchenball anziehen kannst. Hast du Lust?« An den Arzt gewandt, sagte ich: »Würden Sie bitte etwas sanfter mit ihr umgehen? Sie scheint große Schmerzen zu haben!«

»Schon klar, junge Frau. Ich versuche sie lediglich von diesem Unkraut zu befreien, damit ich sie untersuchen kann.«

»Aber Sie tun ihr weh«, rief ich. Vogelspinne brüllte vor Schmerzen.

»Ich hätte sie ja gar nicht erst in dieses Zeug hineingelassen«, erwiderte der Arzt.

»Ich auch nicht. Sie ist krank«, sagte ich zu ihm.

»Irgendjemand muss ihr doch wohl erlaubt haben, mit diesen Algen rumzuspielen! Und das war bestimmt nicht ich, der ich dieses Vieh noch nie zuvor in meinem Leben gesehen habe.«

Vieh? Ich konnte den Anblick von Vogelspinne, die sich in Schmerzen wand, nicht länger ertragen – genauso wenig wie diesen Lackaffen von einem Möchtegernarzt.

»Nehmen Sie sofort Ihre Hände weg! Ich bringe sie nach Hause.«

»Das würde ich Ihnen aber nicht raten!«, sagte der Arzt drohend.

»Das lassen Sie mal schön meine Sache sein!«, fauchte ich zurück.

Und ein wütendes Mädchen und eine schwer kranke Vogelspinne stürmten hinaus in die Dunkelheit.

Die nächsten beiden Tage brachten nur Widrigkeiten mit sich. Während Vogelspinne immer kränker wurde, wuchs in mir die Sehnsucht. Ich hatte noch immer nichts von Richard gehört, und Traurigkeit trat an die Stelle von Hoffnung. Ich redete mir ein, dass Richard zurückkommen würde. Immerhin war er auch früher schon häufig verschwunden und jedes Mal wieder zurückgekehrt.

Aber je mehr Zeit verging, umso mehr kam ich zu dem Schluss, dass es Richard nie gegeben hatte und ich in einen Geist verliebt war. Ich tat mein Bestes, mich selbst davon zu überzeugen, dass ich tatsächlich im Jahr 1959 gewesen war; ich hatte wirklich diese verwachsenen Bäume gesehen und war in dem Swimmingpool geschwommen. Ich zwang mich, mir das Brennen des Chlors in meinen Augen in Erinnerung zu rufen; ich fragte mich Details aus MANCHE MÖGEN'S HEISS ab – Tony Curtis schenkte Marilyn Monroe ein Diamantcollier, um ihre Zuneigung zu gewinnen –, und ich kaufte mir sogar einen Schoko-Milchshake, um das Gedächtnis meiner Geschmacksnerven zu überprüfen. Sie bestanden den Test, auch wenn ein Milchshake mit einem Strohhalm nicht das Gleiche war wie einer mit zweien. Ich erzählte mir selbst, dass irgendwo auf der Welt an einer Tür in einem Hotel mit dem Namen *Wild Yucca* ein weißer Bademantel hing, der nach einer wilden Mischung aus Richards und meinem Duft roch und meinen Körper geziert hatte.

Auch meine Kreaturen hatten ihre innere Ruhe noch nicht wiedergefunden. Selbst die Drohung, den Glühwürmchenball abzublasen, brachte sie nicht dazu, über die Ereignisse während meiner Abwesenheit zu sprechen. Doch ich hatte nicht die Energie, weiter in sie zu dringen.

In der Nacht meiner siebenundvierzigsten Stunde ohne Richard konnte ich wieder einmal nicht schlafen. Ich irrte allein durch das Gewächshaus, lief hinaus auf die Wiese dahinter und dachte an die Nacht zurück, als ich Termite getroffen hatte. Mein Leben war voller schmerzhafter Erinnerungen, und ich wollte sie nicht länger leugnen oder sie zerreden oder mich von ihnen abwenden. Ich schalt mich selbst, dass ich das Leben so lange vom Spielfeldrand aus betrachtet hatte. Dass ich es an mir hatte vorbeiziehen lassen. Niemals würde ich dies mehr tun. Nicht jetzt. Nicht irgendwann später.

Doch nun, da ich endlich beschlossen hatte, an meinem eigenen Leben teilzunehmen, war der Zutritt mir auf einmal verschlossen.

Die Autofahrt zu Richards Haus schien Jahre zu dauern, und als ich endlich angekommen war, wünschte ich mir, die Uhr zurückdrehen zu können.

Ein hoher Zaun aus engmaschigem Stacheldraht umgab das baufällige Gebäude, das kaum mehr als das Haus zu erkennen war, das Richard Dorsey einst gehört hatte. Ein leuchtend gelbes Schild verbot den Schaulustigen – so wie mir –, sich der von kniehohem Unkraut und wild wuchernden Bäumen umgebenen Ruine zu nähern. Zertretene Blumen – Vergissmeinnicht – hatten sich in den schlammigen Boden gegraben. Löwenzahn hatte sich durch die Risse in den Steinplatten gefressen, die zur Eingangstür führten. Zeitungen,

Post und Reklameblättchen drohten den Briefkasten zu sprengen, und Architekturzeitschriften waren quer über den Pfad verstreut.

Dem Verbotsschild zum Trotz kletterte ich über den Zaun und ging auf das Haus zu. Die Farbe blätterte von den Außenwänden ab, die Tür hing nur noch lose in den Angeln, und die meisten der Spezialfensterscheiben waren zerbrochen. Es gab keine Türschlösser, die man hätte knacken müssen. Von innen wirkte das Haus, als wäre es Jahre, ja, Jahrzehnte nicht bewohnt gewesen. In sämtlichen Ecken und Ritzen befanden sich Spinnweben, und ein eisiger Wind blies durch das, was früher einmal das Wohnzimmer gewesen war. Die Möbel waren größtenteils umgekippt – manche waren mit weißen Laken bedeckt, andere dienten den Mäusen als willkommene Futterquelle. Die Orchideen im Badezimmer waren vertrocknet, mit Staub bedeckt und von Insekten angefressen. Eine Ratte lag auf Richards Kissen; hin und wieder schielte sie zum Wecker hinüber, der noch immer 12 Uhr 04 anzeigte. Zwei Likörgläser standen schwer auf dem zerbrochenen Glascouchtisch.

Das einzige Anzeichen von Leben im ganzen Haus barg der Gaskamin. Wie durch ein Wunder brannte ein Feuer auf dem künstlichen Holz. Zwischen Gasflammen und Asche verkohlte dort das dritte übrig gebliebene Exemplar von DORSEY: UNVOLLENDETE BAUTEN. Seite für Seite zerfiel es zu Staub: erst der Bau Nummer Eins aus der nordamerikanischen Provinz, dann der Wolkenkratzer aus Peking, dann das Kriegerdenkmal in Teheran. Kapstadt, Riad, Oslo, Island, Belize wurden für immer Vergangenheit. Das einzige Gebäude, das sich nicht in Nichts auflöste, war der Dorsey-Bau Nummer Neun, Richards einziges Wohnhaus und der einzige seiner Entwürfe, der niemals fotografiert worden war.

Ich drehte den Gashahn zu und schloss die Augen.

Die letzten beiden Tage hatte ich damit zugebracht, mir einzureden, 1959 hätte es gar nicht gegeben. Doch dies war völliger Unsinn gewesen: Es existierte – nur nicht für mich.

36. KAPITEL

Die nächsten Tage wurde ich überflutet von Postkarten.

Das Semester war fast zu Ende, die Abgabefrist für ihre Examensarbeit beinahe abgelaufen, und Kris Tina konnte einfach den Dorsey-Bau Nummer Neun nicht finden. Sie war »fix und fertig« und bombardierte mich mit Postkartengejammer. Kris Tina jettete von Stadt zu Stadt, wandte jede auch nur erdenkliche Methode an, den Standort des Dorsey-Baus zu lokalisieren, doch ohne jeden Erfolg.

Die erste Postkarte kam aus Kalkutta. Kris Tinas Prosa spiegelte noch Optimismus wider (»Ich glaube, ich bin nah dran!«, schrieb sie). Ihre Indientour setzte sich fort mit Bombay und Neu Delhi. Die nächste Station war Japan, dann China, dann Singapur. Vielleicht war Richard Dorseys letzter Entwurf ja ein Badehaus, ein Tempel, ein Königsschloss, doch wieder lag sie falsch. Nach Asien kam Afrika. Ich wusste, dass Richard Dorsey nie in Afrika gewesen war, aber Kris Tina Woo wusste das nicht. Wildparks, Ghettos, Apartheid-Gefängnisse, die Taggecko-Bäume auf Madagaskar: Kris Tina suchte den Dorsey-Bau Nummer Neun in jeder nur erdenklichen Ecke. Anschließend hetzte sie nach Europa, wo sie Länder wie Portugal, Lettland und Kroatien besuchte. Doch erneut musste sie unverrichteter Dinge wieder abziehen und war zutiefst verzweifelt. Sowohl ihre Examensarbeit als auch ihr Notendurchschnitt hingen von dem unauffindbaren Gebäude ab; sie drohte, in die zweite Liga abzurutschen, und war niedergeschmettert.

Kris Tina hatte mir angekündigt, dass dies ihre letzte Postkarte sein würde, was mich nicht weiter verwunderte. Richard Dorsey hätte immer warmes Wetter und ein pompöses Drumherum geliebt – wäre es nicht von besonderer Ironie, wenn er seinen letzten Entwurf in der bitteren Kälte und absoluten Einöde der Antarktis verwirklicht hätte? Die junge Frau hatte fünf Tage damit zugebracht, diesen Kontinent zu erforschen – sie hatte ein Team aus Eisbären, Wissenschaftlern und Gletscherspezialisten zur Unterstützung angeheuert –, und doch kehrte sie einmal mehr ergebnislos zurück. Kris Tina Woo zufolge, angehende Promovendin in der Richard-Dorsey-Forschung, hatte es niemals einen Dorsey-Bau Nummer Neun gegeben.

Ich las Kris Tinas Postkarte gerade zum siebenundzwansigsten Mal, als das Telefon klingelte. In meiner Naivität hoffte ich noch immer, bei jedem Anrufer könnte es sich um Richard handeln. Ich verfluchte mich selbst für diese Hoffnung und schwor mir, endlich damit aufzuhören.

Das Telefonklingeln war eine Tortur für meine Ohren, aber trotzdem ließ ich es ins Leere läuten. Irgendwann würde es schon wieder aufhören, dachte ich. Die Dinge hatten immer ein Ende.

Doch das Telefon blieb hartnäckig, als handelte es sich um einen Notfallruf. »Kann nicht mal jemand ans Telefon gehen?«, brüllte ich durch das Gewächshaus.

Wenig später segelte Taube mit dem Hörer im Schnabel in mein Zimmer. Der Blick, mit dem sie mich bedachte, war mitleidig, um nicht zu sagen: verächtlich, und ich musste an Mama denken, nachdem ihr Herz entzwei gebrochen war. Ich wollte nicht so werden wie sie.

»Danke«, sagte ich zu Taube.

»Hallo«, sagte ich in den Hörer.

»Ja, hallo … Hallo, Zorka!«

Die Stimme kam mir vage bekannt vor. »Hallo?«

»Hier ist Dr. Grandy von der Fakultät für Tiermedizin. Richard Dorsey hat uns miteinander bekannt gemacht.«

»Oh, ja… ja, natürlich! Wie geht es Ihnen, Doktor?« Richards Name hatte noch immer einen solchen Wohlklang in meinen Ohren. Ob es Dr. Grandy wohl ebenso erging?

»Mir geht's ziemlich gut, danke der Nachfrage. Ich möchte Sie nicht weiter aufhalten, aber ich wollte mich nur kurz persönlich melden, um unsere Freude über Ihre Bewerbung auszudrücken. Außerdem wollte ich Ihnen sagen, dass Sie zu unserem Januarkurs zugelassen sind. Wir freuen uns wirklich sehr, dass Sie zu uns in die Stadt kommen wollen!«

Kurs? Bewerbung? Zugelassen?

»Das muss ein Missverständnis sein.« Ich hatte mich nie an der Fakultät für Tiermedizin beworben.

»Nein, das ist kein Missverständnis, Zorka! Sie waren eine unserer besten Bewerberinnen. Dr. Weber – er unterrichtet am Institut für Wildtierforschung mit Schwerpunkt ›Integration und Zähmung‹ – meinte, er wäre in seinen ganzen dreiundzwanzig Jahren Auswahlgremium noch nie so beeindruckt von einer Bewerbung gewesen. Und ich kann dem nur zustimmen! Unsere Fakultät ist wirklich hoch interessiert daran, Sie auszubilden, Zorka.«

»Meine Bewerbung?«

»Ja, Ihr Aufsatz, in dem Sie – in der dritten Person – davon erzählen, wie Sie immer blinzeln müssen, wenn Sie eine Klapperschlange anschauen. Das ganze Team hat bei der Lektüre eine Gänsehaut bekommen. Ja, wirklich! Es war fast so, als hätten nicht Sie selbst es geschrieben, sondern…« Er ließ das Ende des Satzes in der Luft hängen. »Vergessen Sie's – manchmal neige ich einfach zur Weitschweifigkeit. Sie werden das noch früh genug feststellen, wenn Sie erst mal in meinem Anatomiekurs sind.«

Ich schaute hoch zur Sonne und hielt die Arme eng um mich geschlungen. In Taubes tiefschwarzen Augen konnte ich mein Spiegelbild erkennen, aber es sah anders aus als das, welches ich vor langer Zeit in Richards Sonnenbrille gesehen hatte. Dr. Grandy sprach noch immer – glaubte ich zumindest –, aber ich brachte weder ein *Aha* oder *Oh* oder *Danke* heraus. Ich wusste einfach nicht, was ich sagen sollte.

Es kam nur selten vor, dass meine Kreaturen wirklich ruhig waren. Ich hatte mich noch immer nicht richtig an den Anblick von Marienkäfer mit Punkt gewöhnt; er hockte ermattet neben Schwarze Witwe, die sanft über seinen getupften Panzer strich. Hätte Tausendfüßler sich vorwärtsbewegt, hätte Thunfisch einen tiefen Atemzug genommen, hätte Fledermaus mit der Wimper gezuckt: Man hätte das Geräusch Kilometer weit hören können.

Ich war diejenige, die die Stille unterbrach.

»Ich habe gerade einen wichtigen Anruf bekommen.« Ich hoffte, mit dieser dramatischen Ankündigung eine Reaktion provozieren zu können. Kreatur blickte zu Kreatur. »Ein wichtiges Dokument ist aus meinem Schlafzimmer verschwunden.«

Kein Flügel rauschte. Keine Flosse machte Schwimmbewegungen. Kein Fühler zuckte.

»Wisst ihr vielleicht, was damit passiert ist?«, fuhr ich fort. Forschend schaute ich von einer Kreatur zur anderen.

Kein Glupschauge rollte. Kein Insektenbein erhob sich vom Betonfußboden.

Ich fühlte mich Lichtjahre von meinen Kreaturen entfernt. Dabei saßen sie genau vor mir, aufmerksam und wachsam, wie immer in Wartestellung. Aber irgendetwas war anders, als wären die gläsernen Wände des Gewächshauses neu gemacht worden. Ein kunstvoll gewebtes Spinnennetz trennte mich von den Kreaturen, die ich so sehr liebte. Sie gehorchten mir nicht mehr.

»Okay«, nickte ich schließlich resigniert. Ich zog mich in mein Schlafzimmer zurück und verschloss die Tür vor meinen Kreaturen lauter, als nötig gewesen wäre.

Ich hörte ein kollektives Seufzen, als die Flügel wieder rauschten, die Flossen wieder ruderten, die Fühler zuckten, die Glupschaugen sich bewegten und Insektenbeine vom Betonfußboden gehoben wurden.

35. KAPITEL

Vogelspinne hatte nicht länger acht Beine, alle Zähne oder beide Fühler. Sie verlor ihre Haare und konnte keinen Schritt mehr tun, ohne sich vor Schmerzen zu winden. Sie sehnte sich nach dem Ende: Vogelspinne lag im Sterben. Ich konnte den Tod nicht zurückhalten, wie ich naiverweise gedacht hatte – weder den einer Kreatur noch den eines Menschen oder der Liebe. Ich beugte mich dieser Erkenntnis, bis ich die Januarausgabe von *Scientific Creatures* erhielt, die sich unter anderem dem Thema Paarung widmete.

Der Zeitschrift zufolge waren männliche Vogelspinnen allein auf das fokussiert, was sie als ihren eigentlichen Lebenszweck betrachteten, nämlich aufs Paaren. Vogelspinnen, so hieß es, verfügten nur über eine kurze Zeitspanne der Geschlechtsreife und trachteten von daher danach, in eben dieser Zeit möglichst viele Nachkommen zu zeugen. Wegen dieser genetischen Disposition dürften männliche Vogelspinnen unter keinen Umständen in Gefangenschaft gehalten werden, da sie sich buchstäblich zerreißen würden, um einen weiblichen Partner zu finden und sich fortzupflanzen. Dies war Vogelspinnes Schicksal.

Trotz ihres erbärmlichen Verhaltens hatte ich vor, meiner ganzen Familie zu erlauben, am vierten Glühwürmchenball teilzunehmen, eine Entscheidung, die von der ganzen Menagerie mit lautem Beifall begrüßt wurde. Marienkäfer wählte eine bodenlange Abendrobe, Grille und Seepferdchen elegante Cuts mit langen Schößen und Schlange die allerneueste Querbinder-Kreation. Habicht hielt kluge Reden über potenzielle Begleitpersonen, und die geheime Wahl des Ballkönigs und der Ballkönigin begann. Die Glühwürmchen eilten mit silbernen und goldenen Deko-Artikeln hin und her: Kerzen, Blumen und Zeltplanen schmückten die Lophelia-Wiesen. Es sollte der prachtvollste Glühwürmchenball aller Zeiten werden. Im Zentrum des Interesses sämtlicher meiner Kreaturen stand ich, und Gerüchte besagten, ich würde am Tisch der Königin sitzen und aus einem goldenen Becher trinken und eine Spitzenserviette haben.

Das Leben nach Richard war längst nicht so farbenfroh wie das vor ihm. Irgendwie brachte ich meine Tage hinter mich, doch immer wieder erwischte ich mich dabei, wie ich ihm in Gedanken von alltäglichen Begebenheiten erzählen wollte (»Stell dir vor, Baby-Hai hat heute seinen ersten Zahn bekommen!«) und, was weit wichtiger war, von solchen, die in der Nacht des Glühwürmchenballs eine schicksalhafte Wendung mit sich bringen würden. Ich fragte mich oft, ob er an mich dachte.

Ich spürte den Schmerz, den Richards Abwesenheit in mir erzeugte, besonders heftig während meiner Arbeit im Kaktusarium. Viele Jahre schon war mein Dasein kein Zuckerschlecken gewesen, aber während der vergangenen Monate hatte mich Richards Präsenz, seine besänftigende Stimme, sein Humor für alles entschädigt. Die Tage vergingen, und ich gewöhnte mich allmählich an den Gedanken, dass Richard am Ende meiner Schicht nicht mehr auf mich warten würde; zugleich wurde das Kaktusarium immer unerträglicher für mich.

Ich las gerade FRÜCHTE DES ZORNS vieren der mir anvertrauten Kakteen vor, als es passierte.

»Die Besitzer des Landes kamen auf das Land, oder noch öfter kam ein Vertreter an ihrer Stelle. Sie kamen in geschlossenen Wagen, und sie befühlten die trockene Erde mit ihren

Fingern, und manchmal trieben sie große Bohrer in die Erde…«

»Ich möchte, dass Sie sofort in mein Büro kommen«, unterbrach Cossman mich.

»Ja, Herr Doktor«, erwiderte ich und legte das Buch auf die Steine zu meinen Füßen. Die Kakteen warfen einander besorgte Blicke zu.

»Was hat es damit auf sich, dass Sie, wie ich hörte, nicht zu Ihren Schichten erscheinen?«

»Ich musste ganz plötzlich die Stadt verlassen, Sir«, begann ich mit einem Anflug von Stolz. *Die Stadt verlassen* klang so rätselhaft und *ganz plötzlich* so wichtig. »Aber Jesse hatte angeboten, mich zu vertreten, was ich dankend angenommen habe. Sehen Sie…« Ich zeigte auf den Zeitplan an der Wand.

»Wo sollte Sie schon jemand *ganz plötzlich* hinbestellen?«, fragte Cossman.

»Mein Freund hat mich eingeladen…«

»Ihr Freund?« Cossmans Stimme hatte einen boshaften Unterton angenommen. »Die Worte *Freund* und *Zorka Carpenter* haben ja wohl kaum etwas in einem einzigen Satz zu suchen…« Cossman wandte mir sein Gesicht zu. »Von jetzt an möchte ich nicht mehr, dass Sie sich in Ihren Schichten vertreten lassen. Verstanden?«

»Ja«, entgegnete ich und ging zurück in den Park.

Ich nahm den Steinbeck vom Boden, doch Cossmans Worte wogen schwer in meinem Herzen. Er hatte Recht: Richard Dorsey hatte mich wohl nie geliebt! Auf der Windmühle aus dem Jahr 1959 hatte er in einer ganzen Enzyklopädie von Worten nicht ein einziges gefunden, um seine Liebe zu mir zu beschreiben. Vielleicht war ich ja nur eine Art Trophäe, so wie sein Bowlingschuh, ein Schmuckkästchen oder ein Scheitelkäppchen. Vielleicht hatte Richard sich bloß beweisen wollen, dass er mich haben konnte.

Ich blätterte durch FRÜCHTE DES ZORNS und beobachtete die Kakteen. Der Mensch wendet sich gern vertrauten Dingen zu, und das Bedürfnis nach Vertrautem hatte mich ins Kaktusarium geführt. Kakteen waren gefügige, introvertierte und passive Kreaturen. Ich war einmal genauso gewesen. Doch damals war ich noch ein Mädchen, und jetzt war ich etwas anderes.

»Können Sie nicht anklopfen?«, blaffte Cossman mich an, als ich unangemeldet in sein Büro trat. »Was haben Sie so Wichtiges, dass es nicht bis morgen warten kann?«

»Es geht genau um meine morgige Schicht, Dr. Cossman«, begann ich. »Ich werde nicht hier sein können.«

»Haben Sie nicht gehört, was ich Ihnen eben noch gesagt habe?«

»Habe ich sehr wohl. Und ich möchte Ihnen etwas sagen, *Diktator* Cossman: Sie sind ein geldgieriger Sadist, der weder ein Gefühl für seine wunderschönen Pflanzen noch für seine Angestellten hat. Das Einzige, was Sie interessiert, ist, wie man die Natur gegen sich selbst stellt, um möglichst viel Geld zu machen. Ich habe keine Lust mehr, für so jemanden zu arbeiten.«

Cossman war sprachlos, und ich knallte die Tür hinter mir zu, als ich den Raum verließ.

36. KAPITEL

Der Tag, an dem der Glühwürmchenball stattfinden sollte, begann ruhig. Als ich erwachte, schliefen fast alle meine Kreaturen noch oder waren gerade eingeschlafen – in Vorbereitung auf den Festabend. Bevor ich das Haus für meinen Tagesausflug verließ, küsste ich sie alle noch einmal auf die Stirn. Manche von ihnen schreckten hoch, andere schliefen weiter wie die Steine.

Lediglich Eule wurde wach. »Weeeeeeeeeer?«, fragte sie.

»Ja, ich liebe dich auch seeeeeeeeehr«, antwortete ich mit Tränen in den Augen.

Sie lächelte und schlief wieder ein.

Das *Haus Retro* sah anders aus als sonst. Es lag nicht an seinem Anstrich, der noch immer silbrig glänzte, und auch nicht am Parkplatz, auf dem noch immer jede Menge Sportwagen europäischen Fabrikats abgestellt waren. Es lag auch nicht an seiner Klientel, die noch immer aus Designfreaks auf der ständigen Suche nach trendigen alten Dingen bestand.

»Hallo, Sie«, begrüßte Hamilton mich von der Tür aus.

»Hallo, Mr. Hamilton«, erwiderte ich. Ich versuchte mich an ihm vorbei zum Gang mit den Aluminiumreinigern zu schlängeln. Ich wollte das Geschäft so schnell wie möglich wieder verlassen.

»Sie brauchen sich gar nicht erst dorthin bemühen«, bremste Hamilton meinen Elan. »Wir führen kein *Alulux* mehr. Ich habe es vor ein paar Tagen erst aus dem Sortiment genommen, weil ich dachte, meine weniger betuchten Kunden kaufen das ohnehin nicht, nur die …«

Die Glitzerwelt vergangener Epochen war im *Haus Retro* in verschiedene Gänge unterteilt. Hamilton war der Wächter über dieses Reich, und er hatte das Passwort ausgetauscht.

»Aber Sie müssen doch Aluminiumreiniger im Sortiment haben! Ich brauche unbedingt einen für heute Abend. Kann ich bitte selbst kurz durchschauen? Mehr brauche ich auch nicht. In einer Minute bin ich wieder draußen.«

Hinter Hamilton sah ich eine Frau. Sie befand sich im Fünfziger-Jahre-Gang und lachte über einen Witz, den ich nicht hören konnte und wahrscheinlich auch nicht verstanden hätte. Die Frau warf in einer übertriebenen Geste den Kopf zurück und schenkte dem gut aussehenden Designertypen neben ihr ein strahlendes Lächeln. Ich war mir sicher, diese Frau lebte in einem echten Glashaus und nicht in einem Gewächshaus, in dem Hunderte von Insekten, Vögeln und Fische hausten, und sie hatte jedes Recht dieser Welt, im *Haus Retro* nach Aluminiumreinigern zu schauen. Sie konnte sie sich leisten, sie wusste sie anzuwenden, sie konnte vermutlich sogar die in Deutsch gehaltene Anleitung lesen und verstehen. Sie war das Zielpublikum für das *Haus Retro*.

Ich hielt mich nicht länger mit Suchen auf, nachdem ich meine Entscheidung einmal getroffen hatte. Ich würde diesen Ort verlassen, wie ich es mir immer ausgemalt hatte: mit einem würdevollen Abgang.

»Sie haben tatsächlich Recht, Mr. Hamilton. Ich werde woanders nach einem Aluminiumreiniger suchen müssen. So etwas ist sicher nicht schwer zu finden«, sagte ich und trat zur Tür.

Hamiltons Ton wurde freundlicher.

»Versuchen Sie es mal bei *Hal's Hardware*. Ich glaube, dort finden Sie einen zu einem guten Preis«, sagte er.

»Danke. Das liegt sogar auf meinem Heimweg, dann kann ich es ja gleich mal probieren«, erklärte ich.

Ich blickte zurück in das Geschäft, seine gut sortierten Regalgänge, den glänzenden Betonfußboden, den Optimismus, den es ausstrahlte.

»Viel Glück, Mr. Hamilton«, sagte ich.

Hinter mir verschmolzen die elektronisch gesteuerten Türflügel zu einem perfekten gläsernen Quadrat.

37. KAPITEL

Es war Paarungszeit, und Heuschrecke wurde immer aufgedrehter. Anfangs dachte ich, ihr plötzlich verändertes Benehmen hätte mit der Zeitumstellung zu tun. Zweimal im Jahr, im Frühling und im Herbst, spielte die ganze Menagerie verrückt. Aber trotz ihrer erhabenen Position als mächtigstes Element im Königreich der Natur hatte die Sonne nicht einen solchen Einfluss, um Vogelspinnen schleichend in den Selbstmord zu treiben, Heuschrecken kamikazeartig gegen Glaswände fliegen und eine junge Frau vor Einsamkeit eingehen zu lassen. Die Sonne, so über allem stehend sie auch war, hatte nicht das Recht und nicht die Macht, mein Herz zu brechen.

Ich trug den Kopf hoch, als meine Kreaturen sich anschickten, das Gewächshaus zu verlassen und sich zum alljährlichen Glühwürmchenball aufzumachen. Ich hatte 310 Söhne und Töchter, und zum ersten Mal in der Geschichte des Glühwürmchenballs bestand ich darauf, dass sie einzeln an mir vorbeidefilierten, bevor sie losgehen konnten. Widerwillig hatten die Kreaturen sich in einer langen Reihe aufgestellt – lauter kleine Soldaten, die in die Schlacht ziehen.

Die erste Kreatur in der Reihe war Tausendfüßler.

»Ich glaube, Tausendfüßler, so ganz fair ist das nicht den anderen gegenüber, dass du deinen natürlichen Vorteil so ausspielst. Bei all diesen Füßen bist du natürlich der Erste in der Reihe!«, sagte ich scherzhaft.

Tausendfüßler lachte und warf einen kurzen Blick über die Schulter, als befürchtete er, ich würde ihn ans Ende der Reihe verdammen wollen.

»Ich habe nur einen Witz gemacht, keine Sorge«, beruhigte ich ihn. »Du siehst toll aus. Viel Spaß heute Abend!«

Marienkäfer war der Nächste.

»Wer ist denn dieses zauberhafte Geschöpf hier?«, fragte ich und winkte ihn vor. Marienkäfer nahm ein noch tieferes Rot an. Ich musste an mich selber denken, wenn ich mit Richard zusammen gewesen war.

»Benimm dich gut, mein Lieber, und denk dran: Immer schön rar machen! Okay?«

Marienkäfer nickte und glitt in Tausendfüßlers Spur.

Dann kam Qualle an die Reihe.

»Hallo, Schönheit«, sagte ich. »Und, wer ist dein Date auf dem großen Fest heute Abend?«

»Eine wunderschöne Feuerqualle aus Ikis«, antwortete Qualle. Vor lauter Aufregung und Nervosität war ihr Stottern heute noch auffälliger als sonst.

»Na, die kann sich aber glücklich schätzen!«, sagte ich.

Die Nächste in der Warteschlange war Fledermaus, die in ihrem Cut besonders vornehm aussah.

»Alle Achtung, Fledermaus!«, rief ich. »Du wirst bestimmt mal ein ganz toller Hecht werden, wenn du groß bist, ein echter Herzensbrecher!«

»Ich würde niemals das Herz von jemandem brechen«, erklärte Fledermaus im Brustton der Überzeugung.

Fledermaus leistete mir oft Gesellschaft, wenn ich wegen Richard nachts nicht schlafen konnte. Sie wusste mehr über mich und mein Leben als die meisten anderen meiner Kreaturen.

»Ich weiß, das würdest du niemals tun, Liebling. Und du weißt, dass ich nachts immer an dich denke, oder?« fragte ich sie.

»Natürlich, du bist doch meine Nachtfreundin!«

»Und ich werde immer deine Nachtfreundin bleiben, Fledermaus«, erwiderte ich traurig.

Das Ritual war mit fast all meinen Kreaturen das gleiche. Trotz ihrer Größe und Unüberschaubarkeit verband mich mit jedem einzelnen Mitglied meiner Familie eine ganz bestimmte Erinnerung, und ich liebte sie alle. Sie waren wunderschön, meine Kreaturen, und ich schätzte mich unendlich glücklich, sie zu haben.

Nun waren nur noch zwei Kreaturen übrig.

»Hallo, Termite«, sagte ich. Ich hatte mich die ganze Zeit zusammengerissen, aber jetzt traten mir die Tränen in die Augen. Mühsam versuchte ich sie zurückzuhalten.

»Was ist los?«, fragte Termite.

»Nichts, meine Kleine. Ich kann nur nicht fassen, wie groß du geworden bist! Verstehst du das, dass wir uns schon so lange kennen?«

»Ich bin so glücklich, seit ich dich getroffen habe!«, antwortete Termite.

Die Kehle war mir wie zugeschnürt.

»Ich möchte dir sagen… In der Nacht von Mamas Beerdigung… Ich war so froh, dass du mit mir zusammen aus dem Wald gekommen bist!«, begann ich.

»Ich hatte keine Ahnung, ob bei Balzritualen wirklich das Geweih eine Rolle spielt. Ich habe es einfach mal so behauptet.« Termite bezog sich auf die Geschichte mit der Gabelantilope – mit deren Erforschung ich mich an dem Abend beschäftigt hatte, als wir uns kennen lernten – und kicherte leise.

Ich verzog die Lippen zu einem Lächeln. Termite war sehr stolz auf ihren Humor, und ich wollte bei ihrem letzten Witz für mich angemessen reagieren.

»Du hattest Recht«, grinste ich.

»Ich denke, ja«, sagte Termite leicht wichtigtuerisch. »Du warst so jung damals! Beinah hättest du etwas anderes geglaubt.«

Das stimmte, ich war so jung damals. Ich hatte gedacht, das Leben verstanden zu haben, aber ich war weit davon entfernt gewesen. Erst jetzt hatte das Leben mich die Dinge begreifen lassen.

Ich schaute zu Termite. Sie blickte zu ihren Kollegen, die schon vorausgeeilt waren. »Und jetzt amüsier dich gut, und denk immer daran, dass ich dich sehr, sehr lieb habe!«, sagte ich mehr in die Dunkelheit als zu ihr.

»Bis gleich also!«, erwiderte Termite und verschwand.

Vogelspinne war die Letzte in der Reihe.

»He, Vogelspinne, wie geht es dir?«, fragte ich und strich ihr sanft über den Rücken. Ich kannte die Antwort: Vogelspinne war todkrank.

»Gut geht's mir!«, antwortete sie und plusterte sich ein wenig auf. »Ich fühle mich viel besser. Und kann's kaum noch erwarten, endlich wieder zu tanzen.«

»Schön! Du siehst auch viel besser aus als neulich«, log ich. Vogelspinne wechselte ihre Haltung. Sie hatte die Falschheit aus meinen Worten herausgehört.

»Wer ist denn die glückliche Begleitung dieses Mal? Du hast dir doch bestimmt die Schönste im ganzen Land aussuchen können«, sagte ich. Ich wollte unser Gespräch so lange wie möglich ausdehnen. Ich wollte nicht Auf Wiedersehen sagen.

»Es gibt niemanden. Ich gehe allein«, antwortete Vogelspinne. »Ich dachte, ich leiste dir und Mr. Richard Gesellschaft, wenn es euch recht ist. Ich habe mit Glühwürmchen gesprochen: Wir drei sitzen alle zusammen am Königinnentisch.«

Vogelspinne registrierte meinen Blick. »Ich störe doch nicht, oder?«, fragte sie rasch.

Ich konnte sie nicht anlügen. Vogelspinne war eine der wichtigsten Kreaturen in meinem Leben. Ich wollte nicht, dass sie eine falsche Erinnerung von mir zurückbehielt.

»Mr. Richard ist nicht mehr da.«

»Was? Wo ist er denn hingegangen? Wird er dich mitnehmen?«, fragte Vogelspinne.

»Mr. Richard ist ganz weit weg gegangen, und er hätte mich sehr gerne mitgenommen, Vogelspinne. Er wollte mich mitnehmen, er wollte dich mitnehmen und all die anderen Kreaturen auch. Er hat sich wirklich sehr darum bemüht. Er hat mich sogar einmal zu sich eingeladen, damit ich sehen könnte, ob es mir dort gefiel.«

»Und gefiel's dir?«, fragte Vogelspinne.

»O ja! Es war ein ganz besonderer Ort, an den man nur durch einen kristallklaren See gelangen kann. Ein Ort, an dem alle Lebewesen schön und gesund sind …«

»Sogar ich?«, unterbrach mich Vogelspinne.

»Ja, selbst dir würde es dort wieder besser gehen. Die Bäume sahen aus wie aus Märchenbüchern, und neben den Swimmingpools brannten Feuer, damit einem nie zu warm oder zu kalt wurde. Es gab hohe Berge und viele Sterne. Durch die Blütenblätter von riesigen Blumen wurde Strom erzeugt, und die Menschen dort tranken sogar zum Frühstück schon Milchshake.«

»Ist Mr. Richard noch immer da?«, fragte Vogelspinne.

»Ja, ist er.«

»Ist er freiwillig dort?«

»Ja, Püppchen, er ist freiwillig dort.«

»Und warum gehst du nicht dahin?«, fragte Vogelspinne.

»Weil ich nicht kann, Vogelspinne. Das ist Mr. Richards Welt.«

Vogelspinne schwieg für einen Moment.

»Oh«, sagte sie schließlich mit einem verständigen Nicken.

»Möchtest du, dass wir beide zusammen auf den Ball gehen?«, fragte sie nach einer Weile. »Ich könnte doch deine Begleitung sein.«

»Weißt du was? Ich gehe schnell rein und ziehe mir ein schickes Kleid an. Und du gehst schon mal vor und amüsierst dich mit deinen Freunden. So elegant, wie du bist, muss ich ja schließlich irgendwie versuchen mit dir mitzuhalten«, sagte ich.

Mit gesenktem Kopf trottete Vogelspinne los. Ich machte mir Sorgen, ob sie es überhaupt bis zu den Lophelia-Wiesen schaffen würde, doch dann fiel mir ein, dass Termite sicher ein Stück weiter oben des Weges auf sie warten würde.

»Mommy?« Vogelspinne war schon fast außer Sichtweite.

»Ja?«, antwortete ich.

»Hat dir schon mal jemand gesagt, wie schön du bist?«, fragte sie. Ich war heilfroh, dass sie zu weit weg war, um meine Tränen sehen zu können.

Ich lächelte.

»Ja, Vogelspinne. Und du, du bist auch wunderschön«, sagte ich.

Vogelspinne lächelte, als sie Richards Worte von unserer ersten Begegnung wiedererkannte, und hinkte davon. Nachdem ich ihre Silhouette in der fernen Dunkelheit gar nicht mehr ausmachen konnte, ging ich zurück in mein Glashaus.

Meine einzige greifbare Erinnerung an Richard Dorsey waren die Sterne. Ich verehrte sie, denn ihr Anblick gab mir Gewissheit, immer etwas unendlich Schönes in meiner Nähe zu haben. Ich würde wohl in meinem ganzen Leben nicht mehr ein so besonderes Geschenk erhalten, aber ich wusste, ich würde auch sie gehen lassen müssen. Ich holte alle meine Sterne aus den Ecken und Ritzen des Gewächshauses hervor und brachte sie nach draußen. Einige von ihnen, die perfekten Exemplare, die Richard ausgesucht hatte, waren begierig darauf, endlich wieder am Himmel zu leuchten. Aber die von mir erwählten Sterne, die mit den seltsamen Formen und dem gebrochenen Licht, zierten sich nicht wenig, als ich ihnen die Rückkehr zu ihrem Geburtsort vorschlug. Ich musste ihnen erst versichern, dass sie eines Tages wieder geliebt und bewundert und die Menschen sich ihrer erfreuen würden.

Nachdem ich zugeschaut hatte, wie meine Sterne an ihre ursprünglichen Plätze zurückgekehrt waren, machte ich mich ans Packen. Ich brauchte kaum eine Stunde, um meine paar Habseligkeiten zusammenzusuchen – Kleider, Kulturbeutel, ein Lipgloss mit Kaugummigeschmack, das Zoë mir geschenkt hatte, und ein paar kleinere Souvenirs. Mein wertvollster Besitz waren meine Kreaturen und Richard gewesen – die einen gab ich nun auf, der andere hatte mich aufgegeben. Das Einzige, was mich davon abhielt, zu den Lophelia-Wiesen zu laufen, war meine feste Überzeugung, dass dies das Beste für meine Kreaturen war. Ich hatte mein ganzes Leben in Gefangenschaft verbracht – Sklavin eines Vaters, der mich vergessen hatte, einer Mutter, die krank war, eines Gewächshauses voller Kreaturen, eines Lebens, das jemand anderem gehörte –, und ich war fast daran zerbrochen. Auch Richard war ein Sklave: seiner Erinnerungen, seiner Angst vor dem Verlassenwerden, seiner Heile-Welt-Epoche, in die er die Frau seines Herzens nicht mitnehmen konnte, vor lauter Angst, nicht mehr weglaufen zu können. Freiheitsentzug hatte die Macht zu zerstören. Ich wollte nicht, dass irgendjemand, schon lange nicht meine geliebten Kreaturen, länger eingesperrt war.

Der Aluminiumreiniger von *Hal's Hardware* hatte ein ganz normales Etikett und war sehr billig gewesen; er war einfach anzuwenden und schäumte noch dazu wunderbar. Als ich sicher war, das Reinigungsmittel überall gleichmäßig aufgetragen zu haben, zog ich ein Streichholzheftchen hervor. Die blau-orange Flamme tanzte auf dem kleinen schwarzen Hölzchen, und trotz der tagelangen Planung dieses Moments traf sein Tanz mich vollkommen unvorbereitet. Ich hielt die Flamme an einen der Aluminiumträger, und ein magischer Walzer riss das Leben, das mich immer wieder in seinen Fluten hatte versinken lassen, mit in seinen Sog.

Und für einen Augenblick regnete es Glas vom Himmel.

38. KAPITEL

Das Dokument war zweizeilig und in *Franklin-Gothic*-Schrift gesetzt. Ich hatte lange Stunden an meiner Darstellung gearbeitet, denn mir klar, sie würde die einzige bleibende Erinnerung an das Woo-Modellhaus Nr. 1 sein. Der Bericht entsprach voll und ganz meinen Ansichten; ich erläuterte, dass ein Glashaus für seinen Bewohner mehr Einschränkungen mit sich brachte als eines aus Mörtel und Stein, aber zugleich pries ich die Konstruktion als einzigartiges Kunstwerk, dessen Schönheit in seiner Unsichtbarkeit liege.

Kris Tina Woo kehrte an die Fakultät für Architektur an der Princeton University zurück; wenn die Gerüchte stimmten, verbrachte sie die wenigen Stunden außerhalb der Unterrichtszeit damit, an ihrer Examensarbeit zu feilen (»Der Dorsey-Bau Nummer Neun als Schimäre«) und detaillierte Entwurfskizzen für ihr nächstes Modellhaus anzufertigen, einen Komplex, über den sie vollkommenes Stillschweigen bewahrte.

Das Postamt war in heller Aufregung über die Neuigkeiten mit dem Gewächshausbrand. Solch ein Ereignis war in einer Provinzstadt wie Unity ein willkommener Anlass für Klatsch und Tratsch, und ich versuchte, mich so klein wie möglich zu machen, als die Umstehenden anfingen, über die Ursachen des Brandes zu rätseln.

»Guten Tag«, sagte ich sorgsam bemüht, jeden Blickkontakt zu vermeiden. »Ich habe eine Benachrichtigung erhalten, dass hier ein Einschreiben für mich hinterlegt sein soll. Außerdem«, fügte ich hinzu, »werde ich demnächst umziehen und möchte sicher gehen, dass Sie meine Post aufbewahren, bis ich eine neue Adresse habe.«

Ein Exemplar des *Unity Ledger* lag auf dem Tresen. Auf der Titelseite war Kris Tina Woo abgebildet. Die Schlagzeile besagte: »Weltberühmte Architektin bestätigt: ›Das Woo-Modellhaus Nr. 1 war schon immer mein Lieblingsprojekt.‹« Offenbar hatte der Journalist sich hier auf die Pressefreiheit berufen.

»Selbstverständlich«, sagte der Postbeamte ruhig. »Warten Sie eine Minute, ich bin gleich zurück.«

Während er meine Daten überprüfte, gelang es mir, einen verstohlenen Blick auf den *Ledger* zu werfen. Obwohl die Titelseite, wie zu erwarten, beinah vollständig von dem Brand beherrscht wurde, stach mir eine kleine Meldung in der unteren linken Seitenecke ins Auge. Ich schaute genauer hin.

»Namhafter Designer Dorsey schließt sein Büro in Unity.«

Richard Dorsey, der weltberühmte Architekt, der sich zunehmend auf Innenraumdesign konzentriert hätte, sei sieben Jahre lang in Unity aktiv gewesen, hieß es in dem Artikel; der unerwartete Rückzug ins Private schockiere Kundschaft und Stadtbevölkerung gleichermaßen. Hamilton wurde zitiert (»Diese Stadt wird nie mehr dieselbe sein. Richard hatte großen Einfluss auf alle, die ich kenne…«), und ein kleines Schwarzweißfoto illustrierte den Text. Richard war sehr viel jünger auf dem Schnappschuss, vielleicht Mitte zwanzig, und ich erkannte das Foto wieder aus seiner Zeit mit ihr. Er stand neben dem *Wild-Yucca*-Schild und trug eine Motorradlederjacke. Sein Gesicht war gebräunt und seine Haare vom Wind zerzaust, und er schaute mit einem Gesichtsausdruck in die Kamera, der lang vergangene Leidenschaften bezeugte. Ich hielt das Foto dicht an meine Augen und starrte es so lange an, bis es nur noch aus Hunderten von schwarz-weißen Pixeln bestand, die zusammengenommen den schönsten Menschen auf der ganzen Welt ergaben.

Dorseys neuer Aufenthaltsort sei unbekannt, so hieß es in dem Artikel, und von seinen Auftraggebern – er selbst habe natürlich nie einen einzigen Namen genannt – sei derzeit niemand für einen Kommentar erreichbar.

Der Postbeamte kehrte mit zwei Briefumschlägen zurück. »Gibt es sonst noch etwas, das ich für Sie tun kann?«

Eine Warteschlange hatte sich hinter mir gebildet.

»Sir«, flüsterte ich hastig. »Was ist mit meinen Kreaturen? Geht es ihnen gut?«

»Ja.« Der alte Mann lächelte. »Es geht ihnen gut. Viele von ihnen mussten Interviews geben, und sie haben sich dafür entschieden, auf den Lophelia-Wiesen zu leben. Dort gibt es jede Menge Bäume für die Vögel. Der Engelsteich ist für die Fische da, und der Rest der Kreaturen kann sich auf den Wiesen verlustieren. Und was Ihre Vogelspinne betrifft …«

Ich spitzte die Ohren.

Der Postbeamte fuhr fort: »… der junge Mann hat im Handumdrehen eine Gefährtin gefunden. Am Königinnentisch ist ein Platz frei geblieben, und Glühwürmchen hat dafür gesorgt, dass die hübscheste Spinne von den ganzen Wiesen sich neben ihn setzt. Sie war von Kopf bis Fuß in Taubenblau gekleidet, und es war Liebe auf den ersten Blick.«

Vogelspinne, der ich meine lang zurückliegende Begegnung mit Richard im Fünfziger-Jahre-Gang des *Hauses Retro* zu verdanken hatte, war nun selbst endlich vergönnt, das zu fühlen, was ich an jenem Tag empfunden hatte. Ich lächelte.

Als ich das Postamt verlassen hatte, schaute ich mir die Umschläge genauer an. Der erste war in New Jersey abgestempelt. Mit einem Anflug von schlechtem Gewissen öffnete ich ihn. Ich glaubte meinen Augen nicht zu trauen, als ich die folgenden Worte las:

Liebe Zorka,

danke für deine doch recht aufschlussreichen Bemerkungen zu meinem Werk, dem Woo-Modellhaus Nr. 1. Wie du weißt, waren meine Recherchen zu Architekt Dorsey und dem Dorsey-Bau Nummer Neun erfolglos. Wäre da nicht das, was er hinterlassen hat – seine anderen Bauten –, würde ich fast meinen, mein Idol hätte niemals existiert.

Ich fürchte, auch dieser Brief birgt schlechte Neuigkeiten. Nachdem ich mir die Dorsey-Bauten vor Ort angeschaut habe, kam ich sinnvollerweise zu dem Schluss, meine Energien künftig auf den Craftsman Style zu konzentrieren. Der Modernismus hat seine Vollendung bereits gefunden – jeder weitere Versuch, Architekt Dorseys genialen Entwürfen nachzueifern (oder sie gar zu übertrumpfen) ist zum Scheitern verurteilt, da bin ich mir ganz sicher. Aus diesem Grund werde ich das Woo-Modellhaus Nr. 1 zugunsten eines anderen Bauvorhabens niederreißen lassen. Die Abrissarbeiten werden nächsten Dienstag beginnen. Ich danke dir im Voraus für dein Verständnis.

Deine Vermieterin
Kris Tina Woo

Ich faltete den Brief zusammen und lächelte. Der zweite Umschlag starrte mich an. Mein Name, nur mein Vorname, war in hastigen Lettern aufs Papier geworfen; einen Absender gab es nicht. Ich wusste, der Brief konnte nicht von Richard sein – er schrieb in Druckbuchstaben und mit Bleistift, so wie ein Architekt eben. Ich zog das Blatt heraus.

Unter der handschriftlichen Zeile – »Ich bin endlich zum Stichwort *Architektur* vorgedrungen« – befand sich ein Ausriss aus der GROSSEN ENZYKLOPÄDIE DES WELTWISSENS. Der Text besagte:

Neutra [NOY'trah], Richard Joseph

(1892-1970), Architekt, gebürtig aus Österreich, wohnhaft seit 1925 in den USA. Neutras Bauten suggerieren ein Fließen des Raumes, indem er hauptsächlich mit Glas und leichten Stützkonstruktionen arbeitet.

In seinen besten Entwürfen wird Neutras Philosophie einer Architektur, die biologische und psychologische Bedürfnisse miteinander vereint, ebenso deutlich wie sein künstlerischer und technischer Ansatz. In seinem Buch WENN WIR WEITERLEBEN WOLLEN (1954) stellt Neutra die These auf, dass die weitere Existenz der Menschheit nur durch die Kontrolle ihrer Umwelt mittels Design, Architektur und Städteplanung gewährleistet sei.

39. KAPITEL

Mein Weggang von Unity hatte überhaupt nichts Dramatisches an sich. Kein prächtiger Sonnenuntergang untermalte das Ende dieses Kapitels. Keine Wolken und keine plötzliche Düsternis am Himmel bedeuteten mir, dass ich drauf und dran sei, den falschen Schritt zu tun. Kein leuchtendes Anzeigeschild mit der Aufschrift »Nächste Ausfahrt Freiheit« oder »Bauarbeiten: Keine Weiterfahrt möglich!« signalisierte mir ein Innehalten. Dabei wünschte ich mir nichts sehnlicher, als dass irgendwelche himmlischen Mächte mir die richtige Richtung anzeigen, mir eine himmlische Landkarte zur Verfügung stellen würden. Doch nichts dergleichen geschah. Ich war ganz allein bis zu diesem Punkt vorgestoßen, und ich hatte gelernt, dass das Leben keine Landkarten verteilte.

In Unity gab es nun nichts mehr, was mich hielt. Meine Mama war in Ix begraben, in Daddys Familiengrab – selbst posthum blieb ihr Wunsch lebendig, dass Daddy zurückkommen und sich für alle Ewigkeit neben sie legen möge. Wo Daddy war, wusste ich nicht; allerdings konnte ich es nach wie vor nicht lassen, eine Kerze für ihn anzuzünden. In dem Grab gab es auch noch ein Plätzchen für mich, und ich hatte die Hoffnung nicht aufgegeben, eines Tages zwischen meinen beiden Eltern liegen zu können und wieder eine richtige Familie zu sein. Meine Kreaturen waren ausgezogen zu den Lophelia-Wiesen. Ich wusste, sie dachten noch immer an mich, und ich hoffte, sie würden nett zueinander sein.

Was Richard Dorsey betrifft: Nun, jede noch so winzige Begebenheit in meinem Leben war mit einer Fußnote versehen, und diese Fußnote hieß Richard Dorsey. Jedes Ereignis trug ein kleines Sternchen oder eine hochgestellte Ziffer. *Vgl. Richard Dorsey. [1]Siehe Richard Dorsey. [2]Nur in Verbindung mit Richard Dorsey. [3]Hätte Richard Dorsey gefallen. [4]Kann nicht aufhören, Richard Dorsey zu lieben. [5]Ebenda. [6]Ebenda. [7]Ebenda. Lateinprofessoren ergehen sich in Leidenschaft für lang ausgestorbene römische Dialekte. Piloten sprechen über ihre Liebe zur Luft, Meteorologen über Kaltfronten, Turner übers Gleichgewicht, Forscher über die Welt. Doch meine Hingabe zu Richard Dorsey, davon bin ich fest überzeugt, war tiefer empfunden als all diese Leidenschaften. Oft hatte ich das Gefühl, ich befände mich wieder im Swimmingpool des *Wild Yucca* und Richard würde mich unter Wasser ziehen, so wie er es damals getan hatte. Am meisten an diesem Bild verwirrte mich, dass ich manchmal gar nicht wollte, seine Hände würden den Griff um mich lockern, damit wir aneinander geklammert tiefer und tiefer in die Vergangenheit hinabsinken könnten – ohne jede Wiederkehr.

In früheren Zeiten hätte ich mein Zimmer im Studentenwohnheim der Fakultät für Tiermedizin als elegant und einer Königin gemäß betrachtet. Nun sah ich lediglich seine ganzen Stilbrüche. Bei meiner Ankunft schob ich erst einmal den Schreibtisch ein Stück nach links, so wie Richard es getan hätte, und der genaue Wortlaut seines Ausspruchs – »Dieser Tisch wäre genial in seiner Art, wenn er auf die Nordwand hinausgehen würde« – schwebte wie eine Comic-Sprechblase über meinem Kopf. Ich konnte nicht schlafen, konnte ihm nicht entkommen. Mein Nachthemd war dasjenige, das ich zuletzt 1959 getragen hatte, und der Stoff, der Geruch, die Farbe erinnerten mich an ihn. Ich fragte mich, wie wohl das Wetter 1959 war und was er gerade im Moment tun mochte. Ich fragte mich, ob es dieses *gerade im Moment* überhaupt gab, wenn zwei Menschen so weit entfernt voneinander waren. Vielleicht arbeitete er ja weiter am Dorsey-Bau Nummer Neun, schwamm im Pool oder stellte sich ein gemeinsames Leben mit mir vor. Ich schaute aus meinem Fenster zum Mond, der die Form eines halb aufgegessenen Kuchens hatte, und ich fragte mich, ob – vielleicht – Richard Dorsey zum selben Mond schaute und mein Spiegelbild in ihm sah, so wie ich seins. Vielleicht war der Mond wie ein 25-Cent-Stück – Richard war Kopf und ich Zahl.

Eine eingeschaltete Keramiklampe, die auf meinem Nachttisch stand, erwartete mich. Ich wusste, sie würde eines Tages meine Zukunft erleuchten; ihr Scheinen würde mich durch lange Nächte hindurch begleiten, in denen ich die Kiemenstruktur bei Goldfischen, die Phobien von gezähmten Ringelnattern, die Lungenkapazität von Deutschen Schäferhunden studieren würde. Doch jetzt erinnerte mich die Nachttischlampe nur an die Vergangenheit. Eine Vergangenheit, die ich noch nicht ausknipsen wollte.

Ich wusste, ich würde nicht leicht einschlafen können, dennoch nahm ich mir vor, es zu versuchen. Ich nahm die Pfefferminzzahnpasta aus meinem Kulturbeutel und gab ein wenig auf meine Zahnbürste. Nach dem Bürsten reinigte ich meine Zähne noch mit Zahnseide, wusch mir das Gesicht und bürstete mir die Haare. Ich wollte nicht allein in einem dunklen Bett an einem fremden Ort einschlafen. Um das Zubettgehen noch ein wenig hinauszuzögern, leerte ich meinen Kulturbeutel aus. Die erste Nacht in einem einsamen Studentenwohnheim war eine optimale Gelegenheit, ein wenig Ordnung in meine Toilettensachen zu bringen, dachte ich. Fast eine Stunde hatte ich damit zugebracht, die Zahnpastatube so lange zusammenzuquetschen, bis die ganze Creme sich im vorderen Teil direkt unterm Deckel gesammelt hatte, meine Zahnseide neu aufzuwickeln und mein Lipgloss von Fusseln zu befreien, als ich ein kleines Stück Papier entdeckte, das zu einem absolut symmetrischen Quadrat gefaltet war und in der Innentasche des Kulturbeutels steckte. Beinah hätte ich es weggeworfen, weil ich es für einen Werbe- oder Beipackzettel hielt, doch hier griff das Schicksal ein und erfüllte seine Pflicht. Ich hatte den Mülleimerdeckel schon hochgeklappt, mich dann aber eines Besseren besonnen und entfaltete langsam den Zettel. *Wild Yucca* waren die ersten Worte, die ich las. Der Name des Hotels war in der Typografie gesetzt, die das Haus für alle seine Belange verwendete – Richard verehrte diese Schrift. Durch einen Schleier von Tränen las ich die nächste Zeile.

Mit Bleistift und in *Sans Serif* standen dort die Worte:

Ich liebe es, wie du
manchmal blinzelst.

DANKSAGUNG

Ich möchte mich zuallererst bei Leslie Falk von der Collins McCormick Agency für ihre Freundschaft und ihre Unterstützung als Agentin bedanken. Außerdem bei Becki Heller, meiner Lektorin, die mir stets mit genialen Ideen und aufmunternden Worten zur Seite stand. Auch den anderen Kollegen von St. Martin's Press gilt mein Dank für ihre großzügige Hilfe und ihren Glauben an die Märchenwelt, die ich erschaffen habe: vor allem Alicia Brooks, die von Anfang an daran geglaubt hat; Sally Richardson, Verlegerin; John Cunningham, ebenfalls in der Verlagsleitung; George Witte, Cheflektor; Dori Weintraub, Marketingleitung; Christina Harcar, Leitung Nebenrechte; und Kevin Sweeney, Korrektorat.

In meinem wirklichen Leben gibt es viele Menschen, die ihm Zauber verleihen. Ich danke all den Erstlesern meines Romans und meinen wunderbaren Freunden, insbesondere Roberto Arakelian, Margaret Frohn, Evelyn Johnson, Rich Mutell, Blair Rich und Christina Sun.

Last but not least die funkelndsten Sterne in meinem Universum: Brad, du bist mein Lichtstrahl in einer dunklen Welt. Und ihr, meine Familie – Mom, Dad, Vanessa, Austin und Malcolm: Ich danke euch für eure immer währende Liebe zu mir, auch wenn ich manchmal klage.

btb
www.btb-verlag.de

ALEXANDRIA BRUNKHORST

geboren in Milwaukee, Wisconsin, lebt in Los Angeles. Bis vor kurzem hat sie in einer Künstleragentur gearbeitet.
»Das Schmetterlingshaus«, ursprünglich gedacht als Weihnachtsgeschenk für einen Freund, ist ihr erster Roman.
www.alexbrunkhorst.com

© Evelyn Johnson

btb
www.btb-verlag.de

ALEXANDRIA BRUNKHORST ERZÄHLT AUS IHRER SCHREIBWERKSTATT:

Es heißt, »Das Schmetterlingshaus« hätten Sie als Weihnachtsgeschenk für einen Freund geschrieben. Stimmt das? Ein selbst geschriebenes Buch ist ein ungewöhnliches Geschenk. Sie müssen den Menschen, dem Sie es schenken wollten, sehr geliebt haben ...

Diese Geschichte stimmt. Ich habe »Das Schmetterlingshaus« tatsächlich als Weihnachtsgeschenk geschrieben. Ich muss zugeben, dass ich sehr in den Menschen verliebt war, für den ich es geschrieben habe. Meine Charaktere haben eine große Sehnsucht - ganz besonders Zorka. Die Charaktere und die Geschichte überhaupt sind ein Spiegel meiner Gefühle zu dieser Zeit.
Der Mann, für den ich das Buch geschrieben habe, hat sich sehr geschmeichelt und geehrt gefühlt und hat mich als Autorin enorm unterstützt und ermutigt. Er ist ein unglaublicher, begabter und kreativer Mann, und ich kann mich glücklich schätzen, ihn gefunden zu haben. Er hat mein Leben so verändert, wie Richard Zorkas Leben verändert hat.

Kennen Sie sich mit sämtlichen Details über Insektenkunde und Architektur aus oder mussten Sie viel recherchieren?

Bevor ich mit »Das Schmetterlingshaus« angefangen habe, wusste ich einiges über Architektur, aber kaum etwas über Insekten. Seltsamerweise habe ich den ersten Satz: »Es war Paarungszeit, und Heuschrecke wurde immer aufgedrehter«, niedergeschrieben, ohne zu ahnen, wohin all das führen würde. Ich habe den Roman in der Beverly Hills Library geschrieben (dem einzigen Ort, an dem ich mich konzentrieren konnte) und hatte jede Menge Recherchematerial in greifbarer Nähe. Als ich also angefangen habe, die verschiedenen Themen miteinander zu verflechten, habe ich mich mehr und mehr in die Insektenkunde eingearbeitet, weil ich so fasziniert davon war, wie das Verhalten dieser Tiere dem der Menschen ähnelt. Das Thema Architektur hat

auch sehr gut gepasst, weil die Modernisten davon ausgehen, dass der Mensch und die Natur eine Einheit bilden. Insofern haben sich diese Dinge hervorragend verknüpfen lassen.

Nach unserem Abend im Leuchtturm der verlorenen Seelen hatte es Richard schon wieder weit fort getrieben. Nachts lag ich in meinem Bett und fragte mich, ob meine Liebe – jene Liebe, die ich jedes Mal, wenn wir uns sahen, tiefer in ihm zu verankern suchte – ihm helfen würde, sich selbst zu finden oder ob er nur noch mehr verloren ginge.

Die beiden Menschen, die einander in Ihrem Buch begegnen, sind so einsam, wie man nur sein kann. Halten Sie es überhaupt für möglich, diese existenzielle Einsamkeit in einer Beziehung zu überwinden?

Gute Frage. Zorka und Richard sind sehr einsam, trotzdem finde ich es interessant, dass sie, als sie die Chance bekommen, ihre Einsamkeit bis zu einem gewissen Grad zu lindern, zögern und verängstigt sind. Das mag banal klingen, aber ich denke, es ist wichtig, sich selbst als seinen besten Freund anzunehmen, bevor man jemand anderen Teil seines Lebens werden lassen und erwarten kann, dass er diesen Part übernimmt.
Abgesehen davon finde ich ein bisschen Einsamkeit auch nicht schlimm. Wenn ich mir mein Leben so ansehe, fällt mir auf, dass ich in den Zeiten, als ich allein war, am meisten gewachsen bin.

Was braucht man für eine gute Beziehung?

Keine Ahnung. Ich wünschte, ich könnte Beziehungen besser führen! Aber mal im Ernst – es gibt so viele Sachen, die zu einer guten Beziehung gehören. Das Fundament bilden Liebe, Verständnis, Ehrlichkeit oder auch so etwas wie Chemie. Meiner Meinung nach sind eine Prise Humor und Offenheit auch ganz wichtige Faktoren. Und natürlich Kommunikation. Selbst die

besten Beziehungen zerbrechen, wenn man nicht über seine Probleme reden kann.

Stichwort offenes Ende: Die beiden kriegen sich doch am Ende, oder?

Ich bin sehr froh, dass Sie mich danach fragen, weil das nicht genug Leute tun. Mir gefällt die Idee, dass die Leser das Ende so interpretieren, wie sie es für richtig halten ... Ich will, dass sie alle ein Stück des Buches mitnehmen in ihr eigenes Leben.

Wie ging es Ihnen, als Sie die letzte Seite von »Das Schmetterlingshaus« geschrieben hatten?

Ehrlich gesagt, war ich sehr traurig, dass ich mit dem Roman fertig war, weil ich mich so lange in die faszinierende und wunderbare Welt meines Buches hatte flüchten können. Ich habe jeden Tag von elf bis vier Uhr nachmittags geschrieben, und das waren meine Lieblingsstunden, weil ich da die Gelegenheit hatte, irgendwo anders zu leben, an einem anderen Ort. Ich weiß, das klingt banal, aber es stimmt. Tränen liefen mir übers Gesicht, als ich fertig war. Es hört sich vielleicht seltsam an, aber ich schätze, ich habe erst gewusst, wie die Geschichte endet, als ich die Worte niedergeschrieben habe. Insofern habe ich mich in gewisser Weise parallel zum Leser vorgearbeitet. Ich habe ja, wie gesagt, in der Bibliothek geschrieben und weiß noch, wie ich bei den letzten Kapiteln geweint habe. Die anderen an meinem Tisch haben mir ziemlich schiefe Blicke zugeworfen.

Wie ist Ihr Verhältnis zu Ihren Figuren? Ist Zorka während des Schreibens zu einem Teil Ihres Lebens geworden?

Zorka ist nach meiner geliebten Großmutter benannt, die eine Woche, bevor ich mit der Arbeit an meinem Buch angefangen habe, gestorben ist. Deshalb war sie mir noch so nahe. Aber – und das wird Ihnen bestimmt jeder Autor bestätigen – um einen guten Roman zu schreiben, muss man sich in die Köpfe und Herzen seiner Charaktere hineinversetzen. Deshalb habe ich, selbst wenn ich nicht geschrieben habe, versucht, wie Zorka zu

leben, auf bestimmte Situationen mit ihrer Naivität zu reagieren und die Krisen im Leben mit einer Prise Humor zu meistern. Ich habe mich auch in hohem Maß mit den Tieren identifiziert, besonders mit Vogelspinne und Termite, die ich bereits in einem frühen Stadium als Metaphern für Zorkas Einsamkeit und Sehnsucht erschaffen habe.

» Zwei Mal im Jahr, im Frühling und im Herbst, spielte die ganze Menagerie verrückt. Immer wieder, wenn die Sonne an ihrem tiefsten Punkt stand, krachte Schmetterling gegen die Zimmerdecke, als hätte er vergessen, dass nicht länger der Himmel über ihm war. «

Hat Audrey Niffeneggers »Die Frau des Zeitreisenden« Ihren Roman inspiriert?

Das Buch wurde so hoch gelobt, und viele Freunde, denen die Gemeinsamkeiten in der Thematik aufgefallen sind, haben es mir ans Herz gelegt. Aber ich habe damals mein eigenes Buch überarbeitet und war besorgt, ich könnte unbewusst Teile des anderen Romans einfließen lassen. Aber »Die Frau des Zeitreisenden« steht eindeutig auf meiner Leseliste für dieses Jahr.

Welche Autoren sind Ihre Vorbilder, wen lesen Sie gern?

Ich liebe Bücher und gehe davon aus, dass jedes Buch, das man liest, in irgendeiner Form Einfluss auf die eigenen Gedanken nimmt, wenn auch manchmal nur durch ein Wort, das man noch nie vorher gehört hat.
Ganz besonders liebe ich Bücher, in denen magische Welten erschaffen werden, die neben der eigenen Welt existieren oder auch nicht. Gabriel Garcia Marquez, Carson McCullers, Italo Calvino, Michael Chabon, E. B. White, Roald Dahl, J. K. Rowling und Dr. Seuss sind einige meiner Favoriten.

Wie hat Ihre Familie reagiert, als sich herausgestellt hat, dass Sie neuerdings Schriftstellerin sind?

Sie waren begeistert. Schon als kleines Mädchen habe ich Stunden damit zugebracht, irgendwelche wilden Geschichten zu erzählen - meiner Familie, meinem Hund oder jedem, der sie hören wollte - und meine Eltern haben mich später ermutigt, Journalistin zu werden. Stattdessen habe ich beschlossen, Karriere in der Wirtschaft zu machen, aber als ich am Ende zum Schreiben zurückgekehrt bin, hat sich niemand groß darüber gewundert. Ich glaube, meine Eltern haben immer gewusst, dass ich irgendwann als Schriftstellerin enden würde.

» Der Übergang ins Jahr 1959 war absolut einfach - ich war überhaupt nicht so zerzaust, wie man nach einer Zeitreise am frühen Morgen hätte erwarten können. ‚Hallo!', sagte Richard Dorsey. ‚Ich warte schon seit einer Ewigkeit auf dich.' «

Verraten Sie uns etwas über Ihr nächstes Buch - es wird doch eins geben?

Ich habe gerade meinen nächsten Roman beendet, der im Moment noch den Arbeitstitel »Gracie« trägt. In vielerlei Hinsicht ähnelt er dem »Schmetterlingshaus«, denn auch er ist eine wundersame, beinahe fantastische Geschichte über eine junge Frau auf der Suche nach der Liebe und nach sich selbst. »Gracie« hat auch ein Krimi-Element - Die junge Frau denkt über die rätselhaften Tode von sechs Männern nach, die sie allesamt geliebt haben. Im Gegensatz zu »Das Schmetterlingshaus« spielt »Gracie« an einem realen Ort und zu einer realen Zeit: Der Roman ist in Florida Ende des zwanzigsten Jahrhunderts angesiedelt. So wichtig die Wüste für »Das Schmetterlingshaus« war, so bedeutend ist die Rolle des Meeres in meinem neuen Buch.